Los perros buenos no llegan al Polo Sur

Hans-Olav Thyvold

Traducción del noruego de Ana Flecha Marco

HarperCollins *Español*

Las citas tomadas de «Heart of a Dog», de Laurie Anderson, Canal Street Communications 2015, se utilizan con permiso. Todos los derechos reservados. El fragmento en las páginas 194–195 pertenece a *Polo Sur*, de Roald Amundsen; el fragmento en las páginas 260–261 a *kykelipi,* de Jan Erik Vold; la carta al director en la página 260 es de Irene McIntyre Kristensen, y fue publicada en *Dagsavisen.*

Los libros de HarperCollins Español pueden ser adquiridos con fines educativos, empresariales o promocionales. Para más información, envíe un correo electrónico a SPsales@harpercollins.com.

Título original: *Snille hunder kommer ikke til Sydpolen*

Publicado en noruego por Aschehoug en 2017.

PRIMERA EDICIÓN

Copyright de la traducción © 2022, Ana Flecha Marco

Este libro ha sido debidamente catalogado en la Biblioteca del Congreso de los Estados Unidos.

ISBN 978-0-06-298592-7

22 23 24 25 26   LSC   10 9 8 7 6 5 4 3 2 1

Pour Jacqueline

What are days for?
To wake us up.
To put between the endless nights.
What are nights for?
To fall through time
into another world.

LAURIE ANDERSON

Primer mordisco

1

A **SÍ QUE ESTO ES LA MUERTE.** Éste será el último día de vida del comandante Thorkildsen. Lo sé en cuanto pongo las patas en la habitación del enfermo. ¿Que cómo lo sé? El Comandante no es más que una sombra de lo que fue, tumbado y jadeante en su lecho de muerte. Aunque también se veía así ayer y anteayer y el día anterior. El día anterior a ese no lo recuerdo, tampoco el día anterior a aquél.

La señora Thorkildsen me sube a la cama, como lleva haciendo todos los días desde hace ya un tiempo. Al Comandante le gusta tenerme en la cama. Tal vez ése sea mi cometido en la vida. Una vez, un galgo afgano me llamó «perrito faldero gigante» y me pareció bien. Me gustaría saber para qué serviría un galgo esquelético y tembloroso en la cama de un hombre moribundo. En estos momentos en que lo más importante es la ternura y el cariño, no hay nada mejor que un perrito faldero gigante con pelo y empatía en abundancia.

Cubro de lametazos al Comandante, de la cabeza a los pies, como le ha empezado a gustar en estos últimos tiempos, aunque ya no le queda alegría, sólo peste. Ese olor nauseabundo que sale de dentro del Comandante ya estaba allí mucho antes de que se pusiera «enfermo», como ellos dicen, y vinieran a buscarlo. Pero ahora inunda la habitación con todos sus matices. El amargor de la muerte. El dulzor de la muerte.

> Tanto monta, monta tanto. Gira que te girarás, siempre tendrás el culo detrás.

El Comandante me enseñó esa rima, pero tuve que hacer unas cuantas pruebas prácticas antes de aceptarla como cierta. Me perseguí la cola con vigor y perseverancia, estuve muy cerca de alcanzar a esa condenada, pero al final me topé con la verdad:

Gira que te girarás, siempre tendrás el culo detrás.

La señora Thorkildsen duerme. Me daba miedo que fuera la primera en morir si no descansaba un poco, pero tiene que despertarse si quiere aprovechar las últimas horas del Comandante en la Tierra, y no quiero que se las pierda. Lo más sencillo sería despertarla ladrando, pero no quiero hacer ruido aquí. He recibido una educación burguesa y nunca me ha abandonado el temor a que me echen a la calle. No sé de dónde viene ese miedo, porque no recuerdo que me hayan echado nunca de ningún sitio, pero así funciona la angustia: no necesita pruebas para florecer.

Paso por encima de los pies del Comandante, me escabullo de la cama y, pasito a pasito, avanzo hacia la butaca de la señora Thorkildsen. Le empujo la pierna con cuidado, para que no se sobresalte, pero, por supuesto, no consigo evitar que lo haga. Está aturdida, como siempre que se despierta de golpe, pero se levanta enseguida, con un salto que recordaría al de un tigre si tuviera la fuerza suficiente. Aun así, es tan rápido que casi me sobresalto yo.

La señora Thorkildsen le pone una mano en la frente al Comandante. Inclina la cabeza y acerca la oreja a la boca de él. Contiene la respiración. Mucho rato. La señora Thorkildsen me mira. Mucho rato.

—¿Quieres salir? —pregunta.

No, ¡maldita sea! Si fuera así, habría apoyado las patas delanteras en la puerta y la habría rascado, gimiendo. ¿Acaso no me conoce después de tantos años? La señora Thorkildsen es una mujer inteligente y leída, pero a veces le cuesta entender lo que quiero decir. Tal vez se deba a mi naturaleza. Soy perro de un solo hombre, nunca lo he ocultado. Al contrario. La señora Thorkildsen me ha dado de comer y me ha bañado, me ha cepillado y me ha sacado a pasear desde el día en que vinieron a buscar al Comandante, sí, y también antes de eso, pero yo soy y seré el perro del Comandante hasta el día de su muerte. Ahora que ha llegado ese día y voy a ser un perro viudo, me doy cuenta de que no le he dedicado ni un solo pensamiento a la cuestión de qué pasará conmigo y con la señora Thorkildsen. Las penas, de una en una y según vayan llegando. Es una buena regla. Los horarios fijos de las comidas, por el contrario, son una regla estúpida.

La señora Thorkildsen le murmura algo con dulzura a su marido mientras le humedece la boca con una esponjita, le habla en voz baja con esa voz cantarina y clara que tiene, la que en su día contrastaba tan bien con la voz grave del Comandante, cuando se sentaban en casa, en la penumbra, cada cual con su copa de agua de dragón, tarareando canciones cuya letra habían olvidado. Entonces hablaban de todas las cosas raras que habían hecho juntos. De tías abuelas deshonestas y reyes nubios. De barcos y libros. De la guerra que fue y de la guerra que vendrá. A veces, hablaban de cosas que deberían haber hecho. Y había un buen puñado de cosas, hechas o sin hacer, de las que no hablaban nunca.

Cuando termina de humedecerle la boca, la señora Thorkildsen se queda de pie mirando a su esposo, que parece dormir tranquilo, pero que, por dentro, lucha con sus últimas fuerzas para morir. No es tan fácil como antes.

Algo debe de haber desencadenado una decisión en la cabecita blanca de la señora Thorkildsen. Trepa a la enorme cama de metal del Comandante con un torpe y hercúleo esfuerzo. Casi tiene que estrujarse entre la barandilla y el cuerpo todavía gigante de él. Después, descansa en su brazo, como hago yo normalmente.

Se hace el silencio de nuevo en la habitación y yo no sé qué debería hacer. La cama está demasiado alta. No puedo subirme a ella sin la ayuda de la señora Thorkildsen y, con lo que le ha costado subir, no creo que vaya a volver a bajar para subirme a mí y después volver a encaramarse a su sitio. Me quedo quieto en el suelo y barajo mis alternativas.

«*Alternativa A: gimotear*» está descartada por mi ya mencionado miedo a que me echen de la habitación.

«*Alternativa B: paseos inquietos de un lado a otro de la habitación*». No está de más, pero tampoco serviría de nada.

En fin. Tal vez también debería barajar lo siguiente: «*Alternativa C: sentarme quieto y atento*» como uno de esos adorables *spaniel* que muestran su duelo frente a la tumba de quien les daba de comer, fallecido hace tiempo. «Fido estuvo nueve años sentado junto a la tumba». ¿Y bien? ¿No podría Fido haberse pegado un tiro y reencontrarse con su amo en el más allá? Aunque claro, hay que tener en cuenta el problema de los malditos pulgares oponibles. Deberían fabricar un arma para perros. Hay mercado.

La señora Thorkildsen sabe bien que el Comandante nos va a dejar esta noche, pero le habla como si hoy fuera un día normal en el camino de vuelta a casa. Cuando él regrese, se sentarán juntos con una copita y serán testigos de cómo, poco a poco, el día da paso a la noche. Encenderán unas velas. Escucharán a Haydn. Encenderán la chimenea. Hablarán en voz baja y con ternura. Estarán a gusto.

La señora Thorkildsen puede decir lo que quiera, pero me temo que es demasiado tarde. La parte del cuerpo contra la que se abraza esta noche está a punto de apagarse. El Comandante está ahí dentro en alguna parte, como un mecánico que se pasea metódicamente y va bajando un interruptor tras otro, cerrando grifos, apagando luces. El pequeño mecánico huele a alcohol y a depravación, y eso es precisamente a lo que quiere oler.

—Espero que no sea necesario decirte que te quiero...

Las palabras de la señora Thorkildsen son tan obvias que casi me hacen olvidar la impresión que me causa que las esté pronunciando. Nunca había oído a la señora Thorkildsen decir nada semejante.

El Comandante exhala tres profundos sollozos. Está aquí y, aunque la señora Thorkildsen no pueda oírlo, yo oigo cómo me llama. Sólo las madres de los lobos saben de dónde saco las fuerzas, pero de un salto vuelvo a estar sobre la cama. Me coloco entre la pared y el Comandante y busco mi sitio de siempre, con el hocico en su mano que, aún a través de la enfermedad y de la muerte, huele a mar y a fósforo. Ya no tengo miedo.

El Comandante deja de respirar justo antes de que su corazón deje de latir. Una muerte anunciada. Lo último que hace es un ruido que no había hecho nunca. Es el sonido de su voz, que intenta escaparse antes de que el mecánico la apague a ella también.

• • •

Se ha ido.

La señora Thorkildsen tarda un rato en darse cuenta de lo ocurrido. No sé si se había quedado dormida, pero ahora está totalmente despierta. Dice su nombre. La mano en la frente, la oreja en la boca, contiene la respiración. La calefacción silba. Entonces, la señora Thorkildsen rompe a llorar en silencio y yo vuelvo a acercarle el hocico. Tarda un rato en percatarse de mi presencia. Se sorbe la nariz y posa una mano huesuda en el cuello. Es una rascadora decente. Le falta el agarre firme y perfectamente calculado del Comandante, pero, para compensar, tiene las uñas largas. Llega lejos con ellas. Me mira un instante y, después, dice:

—Bueno, Tassen, ya sólo quedamos tú y yo.

Entonces, nos quedamos dormidos los tres.

2

NACÍ EN EL CAMPO. El olor de establo ha desaparecido con los años, pero soy un perro de granja. Una camada de seis. A finales de primavera. Nunca conocí a mi padre, pero creo que no deberíamos darle demasiada importancia a eso. Soy un poco escéptico con la psicología. En cualquier caso, aplicada a los perros.

Los hermanos de mi camada fueron desapareciendo uno a uno, y yo también lo habría hecho de no haber nacido así.

Del color equivocado.

Mi vida ha sido como es porque tengo la cara de un color que no se considera «correcto». Y ni siquiera hace falta tanto. En mi caso, se trata de un trocito encima del hocico, que es la única parte de mí que no está cubierta de pelo negro, sino blanco. Una mancha blanca en el morro y ya era un perro de segunda, inútil para las exhibiciones, de menor categoría. El que queda cuando se ha vendido el resto de la camada.

Un marginado.

Naturalmente, entonces no entendía nada de esto. Como cualquier cachorro, me alegraba cada vez que desaparecía del comedero uno de mis competidores. Eran días felices que mejoraron aún más a medida que avanzaba un verano tan largo y lleno de impresiones para todos los sentidos que, cuando cayeron los primeros copos de nieve, me pareció que caían por primera vez.

Con la nieve, llegó una vida nueva o, mejor dicho, llegaron varias vidas nuevas en forma de nuevos hermanos. No me preguntes quién era el padre de esta camada, pero, desde el día en que nació, hizo mi existencia insoportable. Madre, que en los últimos meses se había vuelto más distante, ahora era directamente hostil hacia mí. Sólo quienes hayan experimentado que su propia madre les gruña y les intente morder sabrán lo que se siente.

Pasé de una apacible existencia de hijo único a convertirme de golpe en el paria de la camada. «Paria» es demasiado suave. Ni siquiera formaba parte de la camada. Mi hermano y mis hermanas eran buenos conmigo y olían bien, pero la relación con mi madre no volvió a ser la misma. Creo que me ha marcado, pero, como he dicho, dejemos a un lado a Freud. Y a Pavlov también, ya que estamos.

Desde la mañana hasta la noche, personas de todo tipo y de todas las edades irrumpían en casa, todas con el mismo objetivo: ¡ver a los cachorros! Había vuelto ese momento y, con él, la esperanza de que era posible volver a una vida de paz y estabilidad una vez que nos hubiéramos deshecho de esos sucios cachorrillos. Siempre podría perdonar los gruñidos y los mordiscos de mi madre, o al menos evitarlos.

A pesar de su diversidad de tamaños y edades, la gente que pasaba por casa reaccionaba casi siempre de la misma forma. Se les ablandaba la voz, les bajaban las pulsaciones, la sangre les olía más dulce. Todos cantaban variaciones de la misma melodía y todos estaban allí para buscar un favorito. Elegir perro. Algo que sólo puede compararse con ir a un orfanato y comprar el niño o la niña que más te guste.

La gente que compara tener un perro con tener un hijo está completamente equivocada. Las personas que ven nacer a sus perros son una minoría (por desgracia) y todavía son menos las que deciden llevarlos a sacrificar al final de una vida de amor en común. Y mientras que tus hijos, con suerte, crecerán y, tras unos años, se alejarán de ti y de tus locuras, tu perro estará contigo toda su vida, una vida en la que te convertirás en el mismísimo Dios todopoderoso:

¿Debería dejar vivir a mi perro o debería dejarlo morir?

Durante este segundo concurso de belleza de mal gusto, tomé consciencia de verdad de mis defectos. Porque nadie me miraba hasta haberse cansado de mirar a los cachorros y, cuando me miraban, todos hacían la misma pregunta:

—¿Por qué es tan grande? — preguntaban.

Y después venía la respuesta prejuiciosa e intolerante de la mancha blanca en el hocico. La suerte estaba echada. Pero, aun sin la mancha en el morro, no habría tenido nada que hacer contra esas cuatro criaturitas que todavía no habían comprendido que tenían la cola detrás y que la vida está llena de rincones siniestros.

«Oooh» decía la mayoría de la gente al ver a los cachorros. La verdad es que nunca comprendí lo que querían decir con eso. Pellizcaban y acariciaban y rascaban hasta el punto en que era imposible saber quién estaba más embriagado, si ellos o los cachorros. Niños y adultos, hombres y mujeres, se dejaban hipnotizar uno por uno. Yo también recibí caricias y cumplidos. Cuando llueve, todos los perros se mojan, como quien dice, pero yo, un perro en plena juventud, me sentía como un viejo elefante.

Cuando me imaginaba una vida en manos de los odiosos niños que venían a casa, un escalofrío me recorría la espalda hasta la punta del rabo. No se le puede dar un perro a un niño sin amaestrar. Había niñas que no querían tener un perro, querían un conejo (¡!), pero mamá y papá habían decidido que tendrían un perro. Una decisión inteligente, pero ¿qué supondría para el desarrollo de un perro ser el sustituto de un conejo?

De todas formas, me alegra haber presenciado ese mercado de carne y pelo, y me alegra aún más haberme librado de participar en él gracias a mi mancha blanca y mi avanzada edad. No tenía ni idea de lo que era una «exposición canina», pero sentía un pinchazo en el estómago cada vez que oía esas palabras. No sólo me parecía bien, sino que me aliviaba saber que no estaba hecho para las exposiciones caninas, aunque sintiera curiosidad por saber de qué se trataba todo eso. Debo reconocer que tenía fantasías insanas con ese concepto.

Cuando se estaba subastando mi camada, yo era demasiado joven y estúpido para comprender el cinismo que rodeaba a la selección y venta de los cachorros. Me veía obligado a sonreír —con sarcasmo— ante la suerte que escondía mi desgracia. Resulta que he tenido una maravillosa vida de perro gracias a que la gente, tras decenas de miles de años de convivencia con perros, no ha comprendido el primer mandamiento, el punto 1.1 del manual de instrucciones: «No juzgarás al perro por su pelaje».

. . .

En cuanto entró en la sala, destacó entre todos los que habían pasado por allí y se habían deleitado con esas bolitas peludas. Fue el único que vino solo. También era el mayor. Y el más grande. En cuanto cruzó el umbral, se hizo con la sala. A partir de ese momento, todo se regiría por sus reglas. Un viejo macho alfa que deambula en solitario. No era fácil interpretar aquello, pero, en la situación en la que me encontraba, todas las noticias parecían malas.

Fue el único que no se mostró sentimental con la pequeña camada. Sin proferir un

«Oooh».

me señaló directamente y preguntó:

—¿Qué le pasa a éste?

Una vez más, me vi obligado a escuchar cómo explicaban y constataban mi inferioridad. No tenía ganas de irme a ninguna parte, pero tampoco me apetecía que me humillaran. El gran macho alfa no terminó de escuchar la respuesta, sino que la interrumpió.

—A mitad de precio. En efectivo.

Así, el Comandante se convirtió en mi dueño.

Todo sucedió tan deprisa que no me di cuenta de lo que estaba pasando hasta que, por primera vez en la vida, me encontré en un coche. Al principio me parecía que lo que se movía no era el coche, sino el paisaje que nos rodeaba, y eso convirtió el viaje en una pesadilla. Me pusiera donde me pusiera, unas fuerzas invisibles me empujaban en todas direcciones hasta que ya no sabía qué estaba arriba y qué abajo. Lo mismo le ocurría a mi estómago. Lo eché todo. Normalmente habría engullido una delicia semejante, pero me sentía fatal y me quedé tumbado en mi propio vómito hasta que llegamos y, sin saberlo, ya estaba en casa.

. . .

Me encontraba tan enfermo y débil que no me enteré de mucho de esa primera noche, o tal vez lo conocido haya borrado el recuerdo de lo desconocido. Pero he oído muchas veces la historia de cómo el Comandante llegó un día sin previo aviso con un cachorro pestilente a la casa que compartía con la señora Thorkildsen, que ya temía la muerte de su marido mucho antes de que él enfermara. Y de cómo me metieron en la bañera, me envolvieron en una bata vieja y me hicieron una foto. A la señora Thorkildsen le encanta enseñar esa foto bochornosa, incluso a completos desconocidos.

El motivo por el que me gusta escuchar esa historia a pesar de todo es que la señora Thorkildsen, después de explicar lo poco que le apetecía tener un perro, siempre acaba declarando lo siguiente:

«¡El Comandante sabía lo que hacía cuando se trajo a Tassen!».

Y, cuando lo hace, siento que estoy a punto de recobrar la dignidad perdida. La dignidad es importante para los perros, aunque sea difícil de percibir cuando rebuscamos en la basura o nos rascamos el trasero con la alfombra.

Ya se sabe que adiestrar a un perro no es una ciencia exacta. El Comandante no creía en el truco del palo y la zanahoria. Era más de palos y trocitos de carne. Con eso no quiero decir que me pegara. No era necesario. Cuando me agarraba del cuello, yo ya era consciente de la fuerza que tenía. Y su fuerza era la mía. Nadie se metía con el perro del comandante Thorkildsen.

. . .

El Comandante estaba a menudo en casa desde que se había debilitado y había tenido que ir a la casa de enfermos en la que no permitían entrar a los perros, pero rara vez pasaba la noche con nosotros. La última vez que lo hizo, vinieron a buscarlo de madrugada. Así que, de alguna manera, tuvimos mucho tiempo para acostumbrarnos a la idea de que estábamos solos los dos: la señora Thorkildsen y yo. Aun así, ahora es distinto. La señora Thorkildsen se sienta junto a la ventana, en la butaca de siempre, mientras que yo, ahora que ya no está prohibido, me hago un ovillo en el sillón de piel de vaca del Comandante, algo impensable cuando todavía vivía con nosotros. Así nos hemos sentado muchas noches los dos, tantas que creíamos que le habíamos pillado el truco, pero resulta que la meta se ha convertido en la línea de salida. Había vida después de la muerte.

El aliento del Comandante siempre olió más a gas mostaza que a rosas, pero un día percibí un matiz lejano de algo más. Poco a poco, se convirtió en un olor amarillo e invisible que se colaba en la habitación, no sólo a través de su boca, sino también de los poros de su piel, mientras leía otro libro más sobre la guerra. El Comandante leía todos los libros que hablaban de la guerra. La señora Thorkildsen leía todos los demás. Y así se dividían el trabajo.

A la señora Thorkildsen le diagnosticaron el virus de la biblioteconomía ya de mayor, pero parece que ya había nacido con él. Los síntomas estaban ahí. De niña, tenía dos libros muy gordos encuadernados en piel de ciervo (algo que he comprobado con mi propio olfato), llenos de historias fantásticas que nunca se cansaba de escuchar. Y tenía que escucharlas, porque aún no sabía leer.

Con un libro bajo un brazo y una banqueta bajo el otro, salía a la calle. A cada persona que se encontraba, le preguntaba:

—¿Me lees un cuento?

«La gente era pobre», dice la señora Thorkildsen cuando cuenta esa historia, cosa que hace a menudo, porque era una de las historias favoritas del Comandante. Al menos, según la señora Thorkildsen. Yo no estoy tan seguro. Me habría gustado hablarlo con el Comandante antes de llegar a una conclusión.

—La gente era pobre —decía la señora Thorkildsen—, pero todo el mundo sabía leer.

Yo no creo que fuéramos pobres, pero sí diría que el Comandante, la señora Thorkildsen y yo leíamos. Digo «yo» aunque, técnicamente hablando, yo no leía. Los perros no saben leer. Pero, algunas veces, en párrafos cortos y expresiones, tumbado en un extremo del sofá después de comer albóndigas en salsa de carne, podía sentir los libros de guerra del Comandante a medida que se le iban metiendo en la cabeza. Una vez dentro, se convertían en ruido, clamores, imágenes, olores, miedos y caos. Se quedaba allí sentado durante horas, en su sillón de piel de vaca, y era imposible saber qué le ocurría sólo con mirarlo. Mientras que la señora Thorkildsen se ríe y llora cuando lee, la forma de leer del Comandante era silenciosa y profunda. El corazón le latía al mismo ritmo y respiraba al mismo compás por la nariz página tras página, libro tras libro. El Comandante leía con tal intensidad que dudo que quedara gran cosa para el siguiente lector de los libros que devoraba. A veces, dejaba de leer para mencionar algo o leer en alto un fragmento del libro que tenía entre manos. Así es como la señora Thorkildsen podía intuir por dónde iba la guerra. Al fin y al cabo, estamos hablando de una gran guerra, no de una simple pelea de perros.

. . .

Salíamos de caza juntos, los tres. Íbamos en coche a los cotos y yo siempre me quedaba a hacer guardia junto al coche mientras ellos se iban a cazar. Era un infierno. Un amigo francés de la señora Thorkildsen opina que el infierno son los demás. Yo diría que depende de quiénes sean los demás. El infierno es esperar solo en un coche. Vigilar un coche mientras pasa gente en todas direcciones es de por sí una tarea casi imposible para un solo perro, así que ladro muchísimo, por seguridad. También me preocupaba cómo iría la caza. El Comandante y la señora Thorkildsen no iban en busca de piezas pequeñas. Volvían al coche cargados con bueyes y pájaros, ciervos y cerdos y, además de eso, traían toda la fruta, las setas, las especias y las verduras que necesitaban. Había que reconocerles el mérito. Afortunadamente, también eran buenos pescadores porque los perros no saben pescar y a mí me encanta el pescado. Si fuera humano, me pasaría el día en el muelle en busca de pescado seco.

No recuerdo que volviéramos de caza con las manos vacías ni una sola vez. Siempre ha habido comida en mi bol. Por la noche, tras una larga cena en la que nunca sabías qué podía caer al suelo, el Comandante y la señora Thorkildsen se sentaban a oscuras frente a los ventanales y tomaban agua de dragón mientras hablaban hasta bien entrada la madrugada.

Ahora ya no habría más noches largas y acogedoras como aquellas, pero tendremos que conseguir comida de alguna manera. Debo reconocer que me preocupaba la idea. Es cierto que la señora Thorkildsen casi siempre iba de caza con el Comandante y, por lo que yo sabía, era tan buena cazadora como él, pero después de ver cómo se puso cuando se encontró una rata en el sótano, no tengo muy claro que esté en condiciones de alimentarnos a los dos. También es cierto que el Comandante, como a él mismo le gustaba señalar, había llenado el sótano con provisiones de comida y bebida que deberían durar un año, pero ¿qué ocurriría cuando pasara ese año si la señora Thorkildsen no era capaz de cazar por sí misma? Estaba preocupado. Y un perro preocupado puede convertirse fácilmente en un perro triste. ¿Y para qué sirve un perro triste?

Aún mayor y más alegre es, pues, mi sorpresa cuando la señora Thorkildsen vuelve al coche tras su primera cacería en solitario donde yo no quepo en mí de gozo por volverla a ver, con pescado y aves y las galletitas para perros que vienen en una bolsa amarilla con la foto de un jack russell terrier bastante adorable, pero que están increíbles y además tienen la consistencia perfecta.

La última parada del día es la mejor, porque yo puedo ir también. Es tan inesperado que me lo pienso cuando, tras bajarse del coche, la señora Thorkildsen dice:

—Ven.

¿Cómo puede ser tan bella una palabra?

Tengo la inteligencia suficiente para comprender cuándo es mejor ir a pie, y ésta es una de esas ocasiones. La señora Thorkildsen me guía entre la multitud con mano firme y su firmeza me hace sentir seguro.

Un olor familiar y desconocido al mismo tiempo me cosquillea la nariz. La señora Thorkildsen nos conduce en dirección a ese olor, hacia el fondo de la sala. Hay una gruta en la que entro siguiendo a la señora Thorkildsen y no tardo en darme cuenta de dónde estamos: en la Cueva del Dragón.

—Creo que necesitaremos un carro —dice la señora Thorkildsen.

Dicho y hecho. La señora Thorkildsen avanza despacio, pero segura, conmigo detrás, atado con la correa, y mete una botella tras otra en el carro. Algunas las devuelve a la estantería, pero la mayoría terminan en el carro. Cuando está lleno, se dirige a la salida y a mí me entran ganas de volver al coche y luego a casa, donde seguramente me espere un premio después de tal expedición. Pero no es tan sencillo.

Antes que nada, la señora Thorkildsen tiene que sacarlo todo del carro y dárselo al hombre del otro lado del mostrador. El hombre acaricia las botellas de una en una mientras la señora Thorkildsen le explica que tiene invitados porque su marido acaba de morir y le van a organizar un homenaje. Parece ser motivo suficiente. El hombre de detrás del mostrador dice que lo lamenta mucho y le devuelve las botellas a la señora Thorkildsen. Ahora, pasamos al siguiente problema. Surge cuando la señora Thorkildsen mete las botellas en bolsas de plástico. Son demasiadas bolsas para que pueda llevarlas ella sola.

—¿Cómo demonios voy a meter todo esto en el coche? —dice.

Y me gustaría decirle que se olvide del tema, que no lo va a conseguir, que tendrá que conformarse con lo que pueda llevar y salir de aquí, pero, entonces, un joven robusto y con barba se ofrece a ayudar. La señora Thorkildsen se libra de llevar nada, el hombre carga con todas las bolsas y nos vamos al coche mientras la señora Thorkildsen le cuenta todo lo que alcanza a contarle sobre sí misma, sobre su vida y sobre mí. La señora Thorkildsen no podría estar más agradecida, le habría gustado seguir con la conversación, pero seguro que el hombre tenía más cosas que hacer.

3

LA SEÑORA THORKILDSEN NO COME. En lugar de hacerse la comida después de ofrecerme un desayuno tardío, se sirve una copa de agua de dragón, algo que no recuerdo haberle visto hacer tan temprano. Pero ¿qué sé yo? Tal vez sea normal hacer esas cosas cuando se muere tu marido. No bebe. Aún no. Se queda sentada en una banqueta de la cocina y gira la copa entre los dedos.

La señora Thorkildsen me mira y yo miro a la señora Thorkildsen y tal vez ella piense lo mismo que yo:

¿Quién de los dos morirá primero?

Yo tengo seis años.

La señora Thorkildsen, setenta y cinco.

La mayoría de los perros no entiende mucho de números. Más bien diría que no entiende nada. Un perro no puede usar los números para mucho más que contar, y esto es más o menos lo que necesita contar un perro promedio:

Yo.

Tú y yo.

Manada.

Naturalmente, una manada puede ser «pequeña» o «grande». Como ya se sabe, todo es relativo. Yo entiendo que un número puede ser «pequeño» o «grande». Pero hasta ahí llego. No hay nada en el número «sesenta y cinco» que me diga si es «pequeño» o «grande». Lo que sí sé es que cinco mosquitos son más que cuatro elefantes. Por lo tanto, «sesenta y cinco» debe de ser más que «sesenta y cuatro». Sí. Eso creo. Incluso si convertimos los elefantes en gallinas, los multiplicamos por arenques y los dividimos entre osos polares. Pero sólo porque yo sepa todo esto no hay que dar por hecho que otros perros también lo saben. Pregúntale a un gordon setter, por ejemplo —si consigues que deje de lamerse sus partes—, si uno más uno es dos y su respuesta será estornino, estornino y estornino. No soy racista. Los gordon setter no son inteligentes. Es un hecho.

Yo, por otra parte, soy un perro más inteligente que la media. «Juguetón, inteligente y con ganas de aprender», de hecho. Lo tengo por escrito. Y la verdad es que estoy de acuerdo. Inteligente. Al menos según los criterios humanos. Es cierto que no es tan difícil que un perro parezca inteligente a ojos de la humanidad. Si respondes a «¡Sentado» y a «¡Dame la pata!» vas por buen camino para que te declaren un genio. No puedo negar que disfruto de las bajas expectativas. Y las exploto sin ningún pudor.

Mis amigos humanos me ven como un perro modelo. Pero,

entre los perros, bajo un poco de nivel. Bastante, en realidad. Ciento ochenta y seis, tal vez. O quince. O quizás un poco de cada. Una especie de mezcla entre ciento ochenta y seis y quince.

Como perro, me quedo corto en casi todo. Fuerza, tamaño, instinto, olfato, agresividad. Tengo una puntuación tan baja en todas las categorías que, en un mundo dirigido por perros, no habría encontrado pareja, y eso en el caso de que, contra todo pronóstico, hubiera sobrevivido a mi etapa de cachorro. Ése es el motivo por el que los animales dan a luz a varias crías al mismo tiempo y por el que a veces sacrifican a quienes son como yo. Es común que acabemos devorados por los zorros antes de que nos bajen los testículos.

En resumen, gracias a la intervención humana tengo comida, un techo sobre mi cabeza, caricias, calor y cariño. Sí, cariño. Necesito mucho cariño, no tengo ningún problema en admitirlo. También ofrezco un montón de cariño. Sobre todo, cuando los demás lo necesitan. Soy un perro de compañía. Un perrito faldero demasiado grande a quien no le vendría mal perder unos cuantos kilos, pero ¿cómo los voy a perder cuando tengo tantos caprichos al alcance de las patas en casa de la señora Thorkildsen?

Aun así, como el resto de los perros del mundo, soy un lobo. Dentro de mí conservo toda la información que necesito como lobo, escondida tras los recuerdos de cada eslabón de la cadena genética hasta llegar a mí.

Un lobo en teoría.

Algo es algo.

En otras palabras, la memoria de un perro tiene la misma forma que el universo. Es decir, más o menos como un reloj de arena, o lo opuesto. Todos los perros somos así. Si abres la memoria de un chihuahua o de un boyero de Berna, verás la misma cosa a una escala diferente, aunque, por supuesto, la memoria tiene un olor distinto para cada individuo.

Muchos de los recuerdos que llevamos con nosotros son heredados, al igual que los instintos místicos, que no son tan místicos en realidad. Aun a riesgo de sonar como un pastor de Brie que ha olisqueado demasiados calcetines:

Se trata de una corriente continua de consciencia. En su forma más banal, sucede de forma natural, como en el caso del border collie, un perro al que no hace falta adiestrar para que haga lo que quieren los humanos. Sólo hay que ponerle una batería y ya empieza a correr. Y correr. Y correr. Pero ¿es feliz? Puedes planteártelo cuando te encuentres con un ejemplar de esa raza con una pelota de tenis en el hocico y los ojos despiertos. ¿Se puede confiar a largo plazo en un lobo que pastorea a las ovejas en lugar de comérselas?.

Muchas, posiblemente la mayoría de las sabias palabras que escuché de cachorro han resultado ser verdades, a veces con grandes modificaciones, salvo cuando eran completamente falsas. «Come caca para evitar dolores de barriga», por ejemplo. Probablemente fuera un consejo buenísimo en otro tiempo y lugar, pero en zonas muy pobladas ya no se puede hacer. Te pillan sólo por cómo te huele el aliento. Si no llegas a casa exultante con un bigote de caca, claro. Y su reacción es muy fuerte. La misma caca de perro que recogen del suelo con una bolsita negra de plástico que después cierran cuidadosamente con un nudo y depositan en el receptáculo de caca de perro más cercano, de repente se convierte en un motivo de gritos y de asco. «¡Maldita sea!», exclaman. Algunos te golpean y ese es otro tema. Pero lo peor es que, más tarde, tras humillarte bajo la manguera del jardín y que vuelvas con prudencia a buscar su compañía, compruebas que has bajado de rango. No es que haya nuevos miembros de la manada que te hayan relegado a un rango inferior, sino que ya no estás tan arriba como antes. Es una patada en la entrepierna a tus aspiraciones. Te encuentras en la parte más baja de la escalera, pero estás satisfecho y tienes ambiciones de subir, quién sabe, tal vez hasta la cima, hasta que un día, por algún desafortunado incidente, con o sin caca en el bigote, se vuelve evidente que encima de ti hay un espacio que parece demasiado amplio, imposible de trepar. Un hueco entre ti mismo y el resto de la manada que nunca se cerrará. «¡Come caca!» son palabras sabias que han perdido su sabiduría y se han quedado sólo en palabras. Y ya se sabe que a veces las palabras no son de fiar.

4

CUANDO MURIÓ EL COMANDANTE, tres personas que no recordaba haber visto antes aparecieron en la puerta. Sólo me hizo falta un rápido olfateo para sopesar a quién nos enfrentábamos.

El hombre era el cachorro de la señora Thorkildsen, la mujer era su perra y el cachorrillo era la cría de ambos.

Estaba claro que la visita era una sorpresa y puso a la señora Thorkildsen de un humor que nunca había olido antes. Ni siquiera era necesario tener sentido del olfato para percibirlo. Su dulce voz sonaba más tensa y sus movimientos se volvieron más bruscos.

Han venido a ayudar, dice la Perra, y la señora Thorkildsen le da un abrazo que la incomoda y que, por lo tanto, me hace sospechar de ella.

No creo que la señora Thorkildsen apreciara especialmente la visita. Como digo, había algo en su voz. Eso y que, de repente, desarrolló el mal hábito de acostarse temprano.

El Cachorro y la Perra, a diferencia del Comandante y la señora Thorkildsen, hablaban sobre todo del futuro. Cosas que había que hacer, como ellos decían. La vida no podía vivirse sin más, había que planearla y gestionarla. «¿Cuándo?». ¿Cuándo vamos a ir a la funeraria? ¿Cuándo vamos a vaciar el garaje? ¿Cuándo vamos a la iglesia? ¿Cuándo irás a visitarnos? ¿Cuándo comemos?

Resultaba inquietante observar la interacción entre la Perra y la señora Thorkildsen. La Perra era amigable y entusiasta, tal vez demasiado. Estaba desesperada por caerle bien a la señora Thorkildsen, pero la señora Thorkildsen, a quien yo hasta ese momento habría descrito como amigable y cercana, no quería saber nada. Como un viejo labrador empachado, hacía caso omiso a la Perra. La comparación no es una metáfora. Las técnicas disciplinarias de la señora Thorkildsen eran prácticamente las mismas que las que habría usado una perra vieja con una más joven. El resultado también era el mismo. La Perra estaba cada vez más insegura y torpe en su entusiasmo.

• • •

Desde mi punto de vista, el entierro fue una decepción, pero de eso sólo tienen la culpa mis exageradas expectativas. Tal vez fuera la propia palabra «entierro» lo que me despistó. Teniendo en cuenta que a los perros nos encanta enterrar cosas, sobre todo cosas muertas, supongo que me esperaba tener un papel en el acto, pero no fue así. Al parecer, la señora Thorkildsen quería enterrarlo sola.

—Quédate ahí —dijo sin atisbo de emoción cuando cerró la puerta para irse al entierro del Comandante. Y eso hice.

Un par de días más tarde, la manada desapareció por dónde había venido. Recuerdo el día exacto por un hombre que iba a tener una influencia nada desdeñable en nuestro futuro. Un hombre importante en la vida de la señora Thorkildsen tras la muerte de su marido.

—Recuerda que el técnico de la antena vendrá el jueves —fue lo último que el Cachorro le dijo a su madre cuando se fue.

—No quiero que venga ningún técnico —respondió la señora Thorkildsen.

. . .

Yo tampoco sentía ningún interés por el técnico, pero el técnico vino y, como había predicho el Cachorro, llegó el jueves. Era un tipo simpático. Joven, peludo y con una cierta inclinación por los perros. No era mal rascador, y con eso ya tenía mucho ganado. La señora Thorkildsen sirvió café y rollitos de canela, a pesar de que el hombre le había dicho «no, gracias». Aun así, se bebió el café y cuando, por pura educación, para ahorrarse la insistencia de la anciana, le hincó el diente al primer rollito de canela, estaba vendido. La señora Thorkildsen lo sabía, por supuesto, aunque dudo que lo hiciera de manera premeditada. El resultado, en cualquier

caso, fue que el técnico de la antena, embriagado por los rollitos de canela y a pesar de que la señora Thorkildsen insistió en que sólo necesitaba un canal de televisión, le sintonizó
una barbaridad de cadenas. El técnico se llevó una bolsa de
rollitos de canela y todo fue muy agradable, pero, cuando se
fue, la señora Thorkildsen me preguntó:

—¿Qué demonios voy a hacer con todos estos canales?

Y debo admitir que no lo sé.

· · ·

Los grandes cambios llegan poco a poco. La señora Thorkildsen
descubrió que prefiere ver la televisión antes del mediodía, y así
fueron las cosas a partir de entonces. Y, tal y como tenía sus
horarios fijos para ver las noticias con el Comandante, ahora
tiene un horario antes de comer en el que se sienta a ver un programa que yo no entiendo muy bien, pero que ella claramente
disfruta. A grandes rasgos, el programa consiste en personas
que conversan sin que yo alcance a comprender lo que dicen.
Personas mayores, personas jóvenes, hombres y mujeres se encuentran cada día para hablar y gritar y llorar cada vez más alto
mientras la señora Thorkildsen los mira.

Ni el doctor de la tele ni sus pacientes hablan un idioma
que conozca. Como todo perro, solo hablo noruego, así que no
entiendo una palabra de lo que dicen. La señora Thorkildsen
tiene el detalle de contarme de qué trata el programa cada día.
Y no son asuntos banales. De hecho, es un desfile repugnante
de problemas típicos de los humanos:

«¿Fue maltrato infantil o un accidente?».

«¿Por qué mi madre finge tener cáncer?».

«Mi hija de veintiún años está obsesionada con su novio heroinómano, celoso y controlador».

«¿Debería separarme de mi esposa enferma?».

«Mi marido me golpeó con una cuchara de madera y ahora quiere que yo le pida perdón».

Inmediatamente seguido de:

«Golpeé a mi esposa con una cuchara de madera... ¡y debería arrepentirse!».

Cada día trae nuevas calamidades, nuevas personas que lloran y gimen, que se comportan de una manera en la que nunca he visto comportarse a nadie en casa de la señora Thorkildsen y que no me imagino que ella encontrara aceptable. Aun así, parece que hace que la señora Thorkildsen se sienta mejor. Antes de que empiece el programa, prepara un té que se sirve en un termo. Hace unas tostadas con queso y, como consecuencia, siempre cae algo para mí junto a la encimera de la cocina. Se sienta en su butaca de muy buen humor.

—Vamos, Tassen. Vamos a ver al doctor de la tele —dice la señora Thorkildsen.

Yo la sigo con torpeza hacia el salón, donde ella se apoltrona frente al televisor. Suena la sintonía del programa. La señora Thorkildsen me cuenta de qué trata la emisión del día y después no vuelve a abrir la boca hasta que termina y apaga la televisión.

—Ay, Dios mío —suele decir entonces.

Normalmente eso es todo, pero a veces hace comentarios más extensos mientras mueve la cabeza de un lado a otro y llega a la misma conclusión que cuando comenta las noticias. Todo se va a la mierda.

· · ·

La familia de la señora Thorkildsen y su vida sentimental son mucho menos dramáticas que lo que sucede en el programa del doctor de la tele. La gente con la que ella habla por teléfono también tiene sus problemas, pero más o menos todos tienen que ver con hacerse viejo. Corazones que no laten como deberían, caderas que se rompen e hijos que no vienen de visita. Nada de violencia ni de pasiones ruinosas; nada de abuso de sustancias, sólo problemas aburridos de los que uno se abstrae viendo la televisión. Pero sienta bien quejarse un poco, incluso cuando no hay mucho de lo que quejarse, así que la señora Thorkildsen disfraza un poco, la verdad, y cuenta que a ella tampoco la visitan nunca. En primer lugar, no es cierto, y, en segundo lugar, creo que lo dice para consolar a sus interlocutores.

El Cachorro viene a casa bastante a menudo, habla de números y se va. Si tiene tiempo, se toma un café, pero no suele hacerlo. Un día, apareció en el salón y quiso llevarme en el coche. Para mi sorpresa, a la señora Thorkildsen no le supuso ningún problema.

Yo estaba confundido y, a decir verdad, tuve un poco de miedo cuando el Cachorro y yo nos marchamos de allí. Me asustaba que la señora Thorkildsen no viniera de paseo. Era la única vez que me había separado de ella desde que murió el Comandante. No me tranquilizó que el coche oliera a armas de fuego.

Un arma en un coche cambia las cosas, si no por completo, al menos en gran medida. ¿Íbamos a la guerra? ¿De caza? ¿O íbamos a hacer algún otro recado? Estaba nervioso, tenía la desagradable sensación de que iba a ocurrir una catástrofe, pero después de un rato comprendí que estaba a punto de suceder algo grande. Literalmente. El Cachorro tenía abierta la ventana de su lado del coche y por ahí entraban todos los olores del mundo al mismo tiempo. No tenía sentido centrarse en un solo olor; lo único que podía hacer era abrir bien los orificios nasales y dejar que entraran todos.

Cuando fui consciente de que, por primera vez en mi vida, no me iba a quedar en el coche, sino que iba a participar en la cacería, me avergüenza reconocer que enloquecí un poco. La señora Thorkildsen me había llevado a muchos sitios que yo, en mi inocencia, había pensado que eran el bosque. Es decir: hierba, árboles... Es el mismo concepto, pero aun así es completamente distinto. Una infinidad de árboles y plantas y olores y sonidos. Había vida por todas partes, una orquesta aromática, saltarina y crujiente de animales pequeños. Y yo era el único perro del lugar. Mi bosque.

Nunca había oído un disparo, a pesar de que el Comandante tenía un arsenal de armas de fuego escondidas en los rincones más extraños de la casa; desde la pistola que guardaba en el cajón de los calcetines del recibidor hasta la escopeta de dos cañones que tenía debajo de la cama. Nunca lo vi usar ninguna de ellas.

Cuando sonó el primer disparo, casi me hago pis de puro terror. Nunca había oído nada semejante. Me sobresalté y me escondí en el brezo, pero, antes de que se desvaneciera el sonido del eco, el disparo se me quedó grabado como el rugido invencible de nuestra tribu y, cuando sonó el segundo, ya estaba esperando con ansias el tercero.

Y entonces salí de caza por el bosque. El cachorro de la señora Thorkildsen salió de caza por el bosque. Y los dos hicimos pis aquí y allá para marcar nuestro territorio. Fue un día fantástico hasta que subí una colina mientras el Cachorro me seguía, terriblemente rezagado. Yo ya estaba en la cima antes de que él se diera cuenta de lo que estaba pasando. El Cachorro se puso a gritar y a chillar con una voz que podría haber sonado poderosa entre cuatro paredes, pero que, entre los árboles, sonaba débil y desvalida. No había manera de oír sus gritos con el olor que, cada vez más, iba impregnando el aire. Normalmente, cuando me encuentro con un olor nuevo y estimulante, soy imposible de controlar. Y este olor era el más estimulante y complejo que había olido en toda mi vida.

Entonces, saltaron las alarmas en mi pequeño cerebro perruno. Ese estado de excitación y de euforia se vio atravesado por una flecha de angustia. Una flecha de olor. El olor venía del brezo que tenía frente a mí, pero el impulso de seguirlo se cortó en seco. Dudé si acercar el hocico. De repente, me parecía más conveniente retirarme un poco, ya que, desde donde me encontraba, el mensaje era más que evidente.

¡Miedo!

Este era un olor que dejaba huella, el olor de un ser que apenas sabía lo que era el miedo y que reclama su espacio en consecuencia. De hecho, eso es lo que intentamos cada vez que levantamos la pata, pero la mayoría no nos engañamos ni a nosotros mismos. Cuando, tras olisquear el charquito que ha dejado un american staffordshire terrier malhumorado en el parque, levanto la pata y orino con desdén, no me hago ilusiones de poder defender el territorio cara a cara con ese mismo american staffordshire terrier.

Así que, sí, he olido el mensaje del miedo a lo largo de mi vida, con muchas farolas de por medio, pero ninguno de esos olores me ha asustado de verdad. El miedo es lo que más temo del mundo, pero no sabía que el miedo fuera un sentimiento que, reducido a la esencia, oliera a lobo.

He oído hablar del lobo, pero nunca había sido consciente de que existiera de verdad. Hay muchos perros de ciudad que piensan que el lobo es sólo una leyenda urbana, o ni siquiera eso. Entiendo por qué lo piensan, sobre todo si son perros de caza. Yo estaba preparado para creer que el lobo existía, pero no para lo que sentiría el día que percibiera su presencia. Ese fue el día que comprendí el significado de una expresión que hasta entonces había carecido de sentido para mí: «bendita ignorancia».

El olor emanaba de una roca enorme, aún mojada. Me acerqué a ella despacio y, a medida que me aproximaba, el olor fue cambiando y el mundo cambió con él. Ahí estaban los gritos de las batallas y los misterios y las leyendas que nunca mueren. El deseo sediento de sangre de defender el territorio y el deseo indomable de sobrevivir. El significado de la luna. Cómo matar una serpiente. Bosques de sabiduría. Bosques de miedo.

Podría haberme pasado el resto de mi vida oliendo aquella roca, y lo habría hecho si no hubiera aparecido el Cachorro y me hubiera agarrado del collar con una invectiva que no voy a reproducir aquí, para después sacudirme tan fuerte en el morro que me hizo ver las estrellas. Se había acabado la cacería.

Así terminó la que tal vez sea la mejor experiencia de mi, no especialmente pecaminosa, vida perruna: con la cola bien alta y un potente olor nuevo grabado en la memoria. En el coche, vomité por primera vez desde que era un cachorro y me gané otro golpe en el morro por eso, pero da igual. Cuando volvimos a casa, me quitaron las tentaciones a manguerazos hasta que volví a oler aburrido, pero el olor del lobo se quedó conmigo. El olor del lobo es al mismo tiempo el más inspirador y el más humillante que he percibido nunca.

• • •

El Cachorro estaba decepcionado de que hubiéramos vuelto de cazar con las manos vacías y ni siquiera intentó disimularlo. La señora Thorkildsen lo consoló con un par de rollitos de canela y un café. El Cachorro dijo que yo era un cazador inútil, pero yo sabía que se equivocaba. Sabía que lo llevaba dentro, pero, al mismo tiempo, creció en mí una nueva y terrible sospecha:

tal vez la señora Thorkildsen no sea una máquina de matar, después de todo.

Me extrañaba un poco que el Cachorro, un joven fuerte, relativamente joven y armado, ni siquiera hubiera sido capaz de cazar una pieza pequeña, mientras que la anciana y desarmada señora Thorkildsen traía más presas de las que podía arrastrar a casa por sus propios medios. Cuanto más lo pensaba, más nervioso me sentía. Tal vez la señora Thorkildsen no nos estuviera alimentando con sus propias presas, sino con las que dejaba atrás el resto de los depredadores después de haber saciado sus necesidades. Temía que la señora Thorkildsen no fuera más que una simple carroñera.

De ser así, mi respeto por la señora Thorkildsen debería haberse desvanecido entonces y para siempre. Si hubiera querido cuestionar el papel de la señora Thorkildsen como líder de nuestra pequeña manada, quizá podría haberlo hecho. No soy demasiado grande, pero puedo enseñar los dientes y gruñir desde lo más profundo de la garganta si debo hacerlo (y, además, el tamaño no es un argumento en sí mismo, como demuestra el miedo que les tiene la señora Thorkildsen a las ratas). Un salto sobre la mesa del desayuno de la señora Thorkildsen —allí, alerta, gruñéndole a la cara y mostrándole los dientes— y no creo que ella se hubiera defendido. No desarmada.

Sin embargo, puedo decir con bastante seguridad que no lo haré. Es muy cómodo que me sirvan comida todos los días y no tener que preocuparme de encontrar un lugar seguro donde dormir. No sólo me sacia y me alimenta, sino que me da tranquilidad y me libera la mente para pensar en otras cosas.

En resumen, me deja tiempo para filosofar. Para ser justos, no a todos los perros les gusta filosofar. A menudo, se los ve en el parque, caminando sin tirar ni un poquito de la correa, afligidos por el peso de la historia y el destino de todos los perros, aunque, al mismo tiempo, parecen mostrarse ajenos a su propia especie.

5

L A SEÑORA THORKILDSEN HA DEJADO de conducir. No sé
por qué o por qué ha elegido precisamente este momento,
cuando por fin estábamos adaptándonos a la forma y al ritmo
de nuestra nueva vida. Tal vez recordara sus propias palabras
cuando aquella vez intentó convencer al Comandante de que
estaba demasiado viejo y decrépito para conducir. Lo recuerdo
muy bien, no tanto por lo que se dijo como por la reacción que
despertaron sus palabras en el Comandante. De hecho, no me
había molestado en escuchar la conversación hasta que sentí el
intenso olor que emanó el Comandante en cuanto la señora
Thorkildsen pronunció la palabra «conducir» una noche en la
que estaban sentados hablando, como de costumbre.

Como solía hacer cuando tenía algo importante que decir,
empezó sacando a colación una anécdota de su familia y de su

círculo. Tenía muchas para elegir. Siempre se podía recurrir a un primo que hubiera enviudado, a un sobrino con fiebre amarilla o al esposo de una prima segunda que hubiera caído muerto al volante de su tractor tras pasarse dos días seguidos retirando nieve.

La historia, que ella fingió que trataba de un viejo que se cayó por las escaleras en Sandefjord y casi no lo cuenta, sentó las bases para que la señora Thorkildsen pudiera expresar lo preocupadísima que estaba por el Comandante y su salud. Lo conocía lo suficiente como para saber que aquello no le causaría ninguna impresión, pero también sabía que esos argumentos no eran más que un estadio previo a su verdadero plan: hacerle pasar miedo cuando saliéramos en coche.

$$\bullet \ \bullet \ \bullet$$

Hasta un carlino con un olfato lamentable habría percibido la creciente intranquilidad de la señora Thorkildsen cuando se acercaba nuestra próxima cacería. En cuanto se subía al coche, se ataba bien fuerte con unas correas (mientras que yo tenía que agarrarme como buenamente podía), y su tono de voz se volvía más seco y cortante. Respiraba a un ritmo desacompasado y el corazón le latía a intervalos irregulares. Cuando nos acercábamos a un cruce, contenía la respiración hasta que lo dejábamos atrás y entonces soltaba un leve quejido, apenas audible.

Finalmente, el Comandante dejó de conducir. No lo hizo dándose por vencido y entregando sus llaves para siempre. Lo que ocurrió más bien fue que la señora Thorkildsen cada vez iba más a menudo tras el volante cuando salíamos de caza y, como solía suceder, no tardé en sentir que siempre había sido así. El hecho de que se intercambiaran el asiento cambió mucho la dinámica entre los dos. Cuando el Comandante estaba sentado al volante, era la señora Thorkildsen quien dirigía el camino y la conversación. Cuando conducía, el Comandante respondía con laconismo y la señora Thorkildsen ocupaba el espacio que se le ofrecía. Con el cambio de asiento cambiaron también los roles.

Al coche lo ha sustituido un carrito que la señora Thorkildsen ha subido del sótano. Un espantoso carrito azul que la señora Thorkildsen arrastra tras ella con una mano cuando salimos a la calle. En la otra lleva mi correa y, por desgracia, esas son las dos únicas manos que tiene. Ha encontrado una solución torpe a ese problema, que consiste en atar mi correa al carrito. No me gusta. Parece que la señora Thorkildsen sacara el carro a pasear y que el carro me estuviera sacando a mí. Un trineo al revés, con el humano al frente y el perro detrás. No debería ser así. Es una cuestión de dignidad.

• • •

El carro es justo del tamaño suficiente para la señora Thorkildsen. Ya no necesitamos ayuda de desconocidos cuando vamos a buscar agua de dragón. Después de explicarle al hombre que está detrás del mostrador qué necesita esta vez, la señora Thorkildsen llena el carro con más botellas de las que podría acarrear ella sola y nos vamos. Nos lleva un buen rato, claro, pero el tiempo no nos preocupa ni a ella ni a mí. Además, la señora Thorkildsen se ha comprado un par de zapatos mágicos. Son enormes y de color blanco. Mucho más grandes que el resto de sus zapatos, pero también mucho más ligeros. De piel de antílope. Un antílope pastaba en la sabana y podría seguir haciéndolo si una anciana norteña no se hubiera empeñado en dejar de conducir. Es una cosa increíble. Pero los zapatos son muy bonitos. Algo en lo que me gustará hincar el diente cuando llegue el momento. Paciencia.

Que nos deshiciéramos del coche ha sido una bendición para el fanático de los paseos que llevo dentro, aunque al mismo tiempo suponga un choque con una realidad plagada de nuevos retos y desafíos, algunos de los cuales no nos entusiasman demasiado a los perros medianos. Las personas que viven en las Afueras por ejemplo. Antes de que empezáramos a caminar, yo no sabía que el coto de caza se encontraba en otra ciudad. El Centro resultó estar en el corazón de la Periferia. En coche nunca había percibido los límites de la ciudad, nunca había pensado que el Centro se encontraba en otro lugar o que ese lugar estuviera muy lejos, pero caminando era como si se cruzara una línea invisible y, de repente, uno se encontrara en la Periferia.

En el Centro, la gente no vive como vivimos la señora Thorkildsen y yo, en una casa unifamiliar con una valla pintada de blanco. En el Centro no hay vallas. Las casas no están separadas, sino apiladas unas encima de otras y llegan tan alto que, si no fijo la vista en el suelo, me mareo.

Sin vallas, uno podría pensar que la Periferia es como El

Dorado para los perros, que además no tienen que cuidar de las casas, porque las casas son tan grandes que pueden cuidarse solas. Pero no se ven muchos perros, y los pocos que nos cruzamos caminan muy modositos, atados a una correa. Hay mucho espacio para corretear entre una casa y otra, pero por allí no corretea nadie. Aun así, resulta evidente que en las Afueras hay un montón de perros. La señora Thorkildsen podría olerlo si hiciera el esfuerzo de ponerse a cuatro patas y acercar la nariz a las farolas. Yo los huelo, pero no los veo. Y por eso me pregunto lo siguiente:

¿Me ven? ¿Están allí arriba, tras las cortinas de sus altísimas casas, siguiendo cada uno de mis movimientos? ¿Debería preocuparme?

La respuesta a la última pregunta es «sí». Los perros, por norma general, deberíamos estar siempre un poco preocupados. Es parte de nuestro trabajo, creo yo. Lo malo es que continuamente surgen nuevos problemas y motivos de preocupación. Por ejemplo, antes de que la señora Thorkildsen dejara de conducir, nunca me había visto expuesto a la aterradora prueba, a la solitaria humillación, que supone que te aten y te dejen solo en la calle.

Debo admitir, no sin pudor, que la primera vez que ocurrió me volví un poco loco. Loco del todo, para ser sincero. Tal vez fuera porque sucedió muy deprisa y sin previo aviso. En un abrir y cerrar de ojos pasé de estar paseando tranquilamente por la calle, disfrutando del agradable frescor otoñal, a encontrarme atado y abandonado.

—Quieto aquí, Tassen.

Fue lo único que me dijo antes de desaparecer. Un mensaje

horrible, tan confuso que tuve que recomponerme para poder entender qué estaba pasando. Tenía que quedarme allí, solo, atado en un lugar casi desconocido, sin la señora Thorkildsen, durante todo el tiempo que me pudiera imaginar. La vida se me puso patas arriba. Tal vez debería habérmelo esperado, pensé. Cuando el Comandante me fue a buscar, mi vida cambió como por arte de magia y ahora esa vida —y con ella la señora Thorkildsen— había desaparecido. Estaba en *shock*, demasiado paralizado para gemir y expresar mi miedo y mi tristeza. Nunca me había sentido tan solo o tan asustado, y eso fue antes de ser consciente de la peste que emanaba del suelo, una cacofonía de olores de perro sobre perro sobre perro con un mensaje común: «¡Solo!».

No era el único perro solo al que habían atado allí. Irónicamente, en el momento más solitario de mi vida, no estaba solo. No era más que un hocico en un rebaño enorme de perros peludos, atados y preocupadísimos y podía oír sus gemidos, quejidos y ladridos de angustia.

Entre aquel rebaño impotente, me estabilicé. Tenía las cuatro patas en tierra. El culo detrás. Eso era todo. Entonces, comprendí que la señora Thorkildsen no lo había hecho para castigarme, y eso me tranquilizó un poco, pero no estaba seguro de que fuera a volver a buscarme. La verdad es que «volver» es una palabra engañosa.

Cuando por fin regresó, me puse contentísimo, como era de esperar, más feliz de lo que recordaba haberme sentido nunca, e hice todo cuanto estaba en mi poder para que ella lo entendiera. Salté y bailé y brinqué y saludé. Puse mi mejor sonrisa mientras bailaba en un círculo tan amplio como me permitía la correa y, entonces, me levanté sobre las patas traseras y apoyé las delanteras en los muslos de la señora Thorkildsen, como alguna que otra vez me atreví a hacer con el Comandante. Pero, en lugar de decir «buen chico», como habría hecho el Comandante, la señora Thorkildsen, para mi sorpresa y decepción, me dijo «¡Quita!» y me empujó con tal brío que casi me tira al suelo de espaldas. No entendía nada. ¿Cómo lo iba a entender? Y hay un punto en el que el parecido entre los perros y las personas puede llegar a ser aterrador. Un perro confundido puede convertirse con facilidad en un perro peligroso.

El Comandante era un hombre que no permitía la confusión. Comprendía muy bien el lenguaje corporal. Se me ocurre un ejemplo de cuando me acababa de ir a vivir con ellos, cuando aún era lo que generosamente se podría considerar un cachorro. Fue la primera vez que recibimos la visita de un niño humano. Parecía que el Comandante y la señora Thorkildsen se sentían indiferentes, pero yo me puse un poco nervioso por esa extraña criatura con la que no sabía cómo relacionarme. Había algo en esa combinación de olor a excrementos y movimientos rápidos e impredecibles que me confundía, así que pensé que lo mejor sería gruñir un poco, para curarme en salud. No me refiero a un gruñido brusco ni a enseñar los dientes, sino a uno bajito, casi inaudible, un gruñido tentativo, pero, antes de que pudiera reaccionar, me encontré tirado bocarriba con el Comandante sobre mí, y se acabó el asunto. Después, me clavó los dientes en el cuello para rematarme, pero, como es evidente, sigo vivo y coleando. Y nunca he vuelto a gruñir a un niño humano desde entonces, por muy tentador y adecuado que pudiera parecerme. A eso lo llamo yo buena comunicación.

La señora Thorkildsen, por el contrario, me regañó de una manera que me resultó bochornosa. No para mí, sino para ella. Hubiera bastado con que me dijera «¡Quita!». Su tono de voz me habría dicho todo lo que tenía que saber, pero no se rindió.

La señora Thorkildsen se pasó todo el camino de vuelta a casa diciéndome que era un perro «malo», algo que me resultaba especialmente doloroso porque, como ella debería saber, no soy un perro malo en absoluto. La señora Thorkildsen y yo tenemos un problema de comunicación.

Cuando el Comandante vivía, la señora Thorkildsen iba a misa los domingos de vez en cuando. Al menos ella decía que iba a misa, pero yo nunca pude acompañarla, por lo que no puedo garantizar que fuera ahí de verdad. Tal vez fuera a otro sitio totalmente distinto. Cuando volvía a casa, no identificaba ningún olor a iglesia en su ropa, tal vez porque no tengo ni idea de cómo huele una iglesia. Mientras tanto, yo me quedaba en casa leyendo libros de guerra con el comandante Thorkildsen y, como sucedía habitualmente, las raras veces que él y yo estábamos solos en casa, el Comandante saqueaba el frigorífico con precisión y fuerza militares y siempre me caía algo. Qué tiempos aquellos.

Ahora que somos la señora Thorkildsen y yo quienes estamos solos en casa, los días ya no son tan buenos. Después de aquel grotesco episodio de griterío y riñas de vuelta a casa, me sentí profundamente dolido y decepcionado. Estaba decepcionado con la señora Thorkildsen por no desarrollar su potencial como amiga de los perros o de los humanos, pero, sobre todo, estaba decepcionado conmigo mismo porque no había conseguido transmitirle la misma paz y el mismo equilibrio que le ofrecía el Comandante, incluso cuando estaba enfermo y en cama.

• • •

La señora Thorkildsen no se comportaría así conmigo si no fuera tan terriblemente infeliz. Llevaba mucho tiempo siéndolo. Las noches, que solían ser el punto álgido del día, ahora a veces terminan en desastre. Así es como sucede: la señora Thorkildsen bebe agua de dragón hasta perder el equilibro mientras mantiene largas conversaciones telefónicas y, más tarde, se sienta en silencio a mirar por la ventana que da al oeste mientras bebe aún más. A veces, se tropieza y, otras, incluso se cae al suelo. En alguna ocasión, se queda dormida un buen rato en el suelo del baño hasta despertarse sobresaltada, cuando se dirige a la cama a cuatro patas.

Después de veladas como ésas, la señora Thorkildsen duerme mucho.

6

¿**Q** UÉ LE PASA A LA señora Thorkildsen? Si yo fuera un gato, esa pregunta me daría lo mismo. La señora Thorkildsen me llena el plato de comida, no tengo que recurrir al infame retrete para beber agua, me acaricia, me rasca, me dice cosas bonitas y me saca a pasear dos veces al día. No tengo motivos para quejarme. Ella sí que los tiene, pero, sin embargo, no se queja. Bueno, les habla por teléfono a sus primas de su soledad, de sus manos artríticas y de sus pérdidas auditivas, pero, quejarse, no se queja. En cualquier caso, no con palabras. Si se da cuenta de que está a punto de quejarse, cambia de tema para hablar de alguien que, en su opinión, está peor que ella.

Así, como diría la señora Thorkildsen, pasan los días. Pasan a un ritmo relativamente rápido fuera, pero a uno más torpe dentro de casa. Pasan al mismo ritmo que el reloj de pared de la cocina, el que tiene una manecilla que nunca se queda quieta y no para de hacer ruido, pero que puede volverse invisible e imperceptible durante mucho tiempo, hasta que de repente te sobresalta con un primer tic seguido de un tac y después otro tic y, más tarde, otro tac, hasta que te vuelves loco con tanto tic tac.

Por lo demás, la casa siempre está en silencio y no puedo hacer gran cosa al respecto, más allá de lo poco con lo que puedo contribuir. Como perro guardián, tengo que aumentar el repertorio. Vigilar más. Así que experimento ladrando en distintas situaciones.

Siempre le he ladrado al timbre, pero ahora también he decidido ladrarle al teléfono. A decir verdad, no hay mucho más a lo que pueda ladrar si no quiero convertirme en uno de esos perros escandalosos que siempre he detestado, ésos que se levantan sobre las patas traseras y se lanzan contra la ventana cada vez que algo se mueve en la calle.

La señora Thorkildsen no valora el esfuerzo. Las primeras veces que lo hice, volvió a decirme lo mal perro que era, pero no lo hacía con mucho ímpetu y, además, tenía que centrarse en atender la llamada. Cuando descolgaba el auricular, yo gruñía un poco más para indicarle a la persona que se encontraba al otro lado que la señora Thorkildsen contaba con mi protección.

La otra noche, la señora Thorkildsen se las ingenió para beber hasta perder el equilibrio antes de quedarse dormida en la butaca que está frente a la ventana. El teléfono sonó y yo me puse a ladrar con todas mis fuerzas. Ella se levantó tambaleándose y confundida. Se quedó un instante en la butaca. Le pesaban los ojos como a un cachorro recién nacido. De repente, fue consciente de la situación, dio un respingo y se dirigió al teléfono del recibidor mientras yo ladraba, ladraba y volvía a ladrar. No era un ladrido histérico, nada más lejos, sino un ladrido insistente. Una alarma. La señora Thorkildsen se tambaleó hacia el teléfono, levantó el auricular y respondió como siempre hacía: «Veintiocho, cero-seis, cero-siete», sea lo que sea eso, y, después, dijo «¿hola?», y se quedó callada mientras yo pasaba de un ladrido enérgico a uno más suave y esporádico. «¿Hola?», repitió, y yo debería haber reaccionado a la brusquedad repentina de su voz. Si la hubiera percibido, tal vez habría visto acercarse el periódico, pero, antes de que consiguiera reaccionar, la señora Thorkildsen me golpeó con la edición matutina.

Dejé de ladrar de inmediato, decepcionado por que la señora Thorkildsen, tan buena y amable, hubiera vuelto a recurrir a la violencia sin previo aviso. Me resultaba imposible olfatear los sentimientos que recorrían a la señora Thorkildsen, que normalmente eran tan sencillos de interpretar. El golpe fue demasiado fuerte para ser un juego, pero, al mismo tiempo, le faltaba ira para que resultara doloroso de verdad. Lo que hizo que la experiencia fuera tan aterradora fue la confusión. La miré. Ella me devolvió la mirada. Yo la miré con más empeño. Ladré. Ella rompió a llorar. Se sentó en el recibidor, con la espalda apoyada contra la puerta, y sollozó mientras le caían las lágrimas por las mejillas. Entonces, pude sentir el olor del miedo. No diré que me alegré de verla infeliz, pero debo reconocer que me sentí aliviado, porque sé qué hacer cuando veo a alguien llorar y sollozar.

—Ea, ea— dije mientras apoyaba el hocico en su suave cuello para asegurarle que todo saldría bien, que todo iba a salir bien.

La señora Thorkildsen me miró con los ojos rojos.

—¿De verdad lo crees, Tassen? ¿De verdad crees que todo va a salir bien?

Tardé unos segundos en comprender que estaba hablando conmigo, porque lo dijo con una voz distinta. No era la voz brusca que me decía que era un perro malo, ni la voz amable con la que me hablaba cuando hacíamos recados. Era la voz que había extrañado desde que se fue el comandante Thorkildsen, una voz que sólo se usaba en nuestra pequeña manada.

—Sí —le dije—. Creo que todo va a salir bien.

Lo dije porque creía que era cierto, pero debo reconocer que no estaba del todo seguro de lo que es «todo». Sigo sin estarlo.

7

CUANDO VOLVEMOS A CASA POR la tarde, agotados de nuestras aventuras y listos para el sofá, el Cachorro de la señora Thorkildsen, la Perra y el Cachorrillo nos están esperando. Naturalmente, hago todo cuanto puedo para que se sientan bien recibidos, faltaría más. Muevo la cola y me froto contra la alfombra, pero el Cachorro y la Perra no me hacen ni caso. El Cachorrillo no le hace ni caso a nadie. Llevan un buen rato esperando, dice el Cachorro, y la Perra añade algo más, con una sonrisa:

—¿Te habías olvidado de nosotros?

La pregunta se queda flotando en el aire durante el tiempo suficiente para que la señora Thorkildsen, que ya está sorprendida, se ponga nerviosa. Lo noto en su respiración. Se dirige a la cocina para hacer café, pero el Cachorro la detiene diciendo:

—Hoy han llamado del banco.

La señora Thorkildsen se queda quieta un instante y después sigue su camino hacia la cocina. Claro que sí. ¿Qué otra cosa podía hacer? Yo, por mi parte, no sé qué hacer conmigo mismo, si darle ánimos a la señora Thorkildsen con el hocico o tratar de relajar el ambiente tan tenso que se respira en el salón y que amenaza con contaminar el resto de la casa. Buscar la pelota, quizá. No le vendría mal un poco de movimiento.

Me basta con asomar el hocico en la cocina para asegurarme de que la señora Thorkildsen está bien o, al menos, no mal. Debería habérmelo imaginado. En la cocina, la señora Thorkildsen está mejor que en cualquier otro sitio. Allí es donde amasa y cocina y corta y fríe las penas con ingredientes sencillos para convertirlas en alegrías. Al menos eso es lo que solía hacer. Después, me voy muy contento al salón, decidido a captar la atención de la familia y a acabar con el ambiente mortecino para convertirlo bien en una fiesta o bien en un escándalo.

—¡Tienes que decírselo! —susurra la Perra cuando entro en el salón—. ¡Ahora mismo!

Y hay algo en su forma de expresarlo que me vuelve invisible.

El Cachorro le da la espalda y hace como si mirara los libros de la estantería que está junto a la chimenea. El Cachorrillo está en el sofá con una maquinita en las manos. No levantaría la vista ni aunque entrara un tigre en la sala.

—Sabemos perfectamente lo que va a decir —responde el Cachorro, algo cansado—. Que va a vivir aquí hasta el día de su muerte. Eso es lo que va a decir.

—Deberíamos haberlo hecho mientras vivía tu padre. A él sí lo habría escuchado. Ahora todo esto es un maldito mausoleo gigante. Ciento noventa y seis metros cuadrados para una señora mayor y su perro. No tiene ningún sentido. —Hace una pausa y después exclama entre dientes—: ¡Un garaje de tres puertas!

Me resisto a pensar que un garaje de tres puertas sea mucho más escandaloso que uno de una, pero la magia de los números se me escapa una vez más. La Perra vuelve a quedarse en silencio. Como el Cachorro de la señora Thorkildsen no dice nada más, añade lo siguiente:

—Tenemos que quedarnos con esta casa.

Ésas son sus últimas palabras.

No se dice nada más hasta que la señora Thorkildsen viene desde la cocina, arrastrando su precioso carrito.

«Mejor morirse que dar dos paseos a la cocina», dice la señora Thorkildsen cada vez que usa el carrito. «Ése es el lema de los buenos camareros». Ahora también lo dice. Y, cuando hace de camarera, la señora Thorkildsen se encuentra extrañamente satisfecha con la vida.

En un solo movimiento, hace sitio en la mesa del salón y saca platos, tazas, fuentes, cucharas y servilletas del carrito mágico. Pone también el azúcar y la leche, y lo que he olido desde lejos: chocolate con avellanas y galletitas. Y rollitos de canela. Me entran ganas de ladrar de alegría y he de admitir que lo habría hecho si el Cachorro no hubiera estado allí. Pero allí estamos, todos juntos, y tenemos comida. ¡Hay rollitos de canela! ¿Qué más se puede desear?

El Cachorro se sirve un rollo y, con la boca llena de comida, dice:

—Mamá, hay una cosa práctica que me gustaría comentarte.

—Adelante —responde la señora Thorkildsen. La Perra coge aire, pero, justo cuando va a tomar la palabra, la señora Thorkildsen interviene a un ritmo digno de un baterista de *jazz*—. Pero tomémonos antes el café.

Ésa es la frase defensiva de la señora Thorkildsen. No van a tomarse un café, sino *el* café. Y lo van a hacer ahora. Es la burocracia despiadada de una sola persona, que se asienta sobre una fuente de porcelana japonesa. Y entonces, cuando sirve la última taza, viene el golpe de gracia, con un gesto sutil de la cabeza en dirección al niño.

—¿Cómo está…? ¿Está mejor? ¿Todavía se… por las noches? —Silencio. La Perra mira al Cachorro. El Cachorro mira al infinito. La señora Thorkildsen le da un sorbito al café—. Bueno, está bien que tengan esos videojuegos para consolarse.

Por primera vez, todas las miradas se dirigen al Cachorrillo. Examinan en silencio al niño inmóvil de pulgares —¡pulgares!— veloces. La señora Thorkildsen es todo un enigma. Es imposible oler qué pretende antes de que abra la boca y lo diga con palabras. Habla con esa voz tranquila y controlada que me permite saber que ha pasado una o dos veces por el armario de las sábanas mientras estaba en la cocina.

—¿Se te da bien ese juego? ¿Eh? —El Cachorrillo no se da cuenta de que le están hablando. Entonces, la señora Thorkildsen se dirige a la Perra—. ¿Se pasa así todo el día? En su propio mundo. Es lo que hacen todos los niños hoy en día, ¿no? —dice con una risita—. Brindemos con un poco de coñac para celebrar la visita.

—Hemos traído el coche —replican el Cachorro y la Perra a coro.

La señora Thorkildsen no se inmuta. Va a buscar la botella y les sirve a los dos.

—Ustedes deciden quién de los dos conduce —dice con la más malvada de sus sonrisas.

La Perra se ha cansado de esperar a que el Cachorro de la señora Thorkildsen vaya a decírselo «¡Ahora mismo!», así que, cuando la señora Thorkildsen le sirve el coñac, se aclara la voz y se lo comunica ella misma.

—Siempre te hemos apoyado en tu deseo de vivir en casa todo el tiempo posible —comienza, y una peste a nerviosismo emana de ella. Titubea, en busca de la siguiente frase. El Cachorro se dispone a tomar el relevo, pero la Perra se lanza. Siento que le suben las pulsaciones a medida que habla—. El problema es que «todo el tiempo posible» —se detiene un instante para rascar estúpidamente el aire como un gato— se acerca a su fin.

—Puede que ya haya llegado a su fin hace tiempo —murmura el Cachorro, y se vuelve a hacer el silencio. Y es aún más denso que antes.

—¿Así que quieren ingresarme en un asilo? —pregunta la señora Thorkildsen tranquila y con frialdad.

—Queremos instalarte en un lugar mejor adaptado a tus necesidades —dice la Perra—. Roar pasa mucho tiempo preocupándose por ti. Yo me preocupo por ti. Entiendo que no quieras tener un teléfono móvil, a pesar de que sería muy práctico para todos. Mi padre es igual. Le hemos comprado tres móviles y no se ha acostumbrado a ninguno, pero ¿no podemos comprarte una alarma por lo menos?

—Adaptado —repite la señora Thorkildsen, mientras asiente despacio con la cabeza.

Como ya me ha sucedido muchas veces antes, me encuentro derrochando tiempo y atención en estímulos confusos, así que me obligo a buscar una especie de calma bajo la mesa del salón. Prefiero tumbarme en el suelo y, además, el Cachorro de la señora Thorkildsen se ha sentado en la vieja butaca del Comandante, sin preguntar, como si fuera la cosa más normal del mundo.

En cuanto apoyo el hocico en la alfombra, por fin siento que la buena de la señora Thorkildsen, bajo la superficie en calma, hierve de ira. Si, en vez de una persona, fuera un schnauzer miniatura, me habría retirado en ese momento, sin quitarle el ojo de encima. No se puede ver a simple vista que la señora Thorkildsen esté furiosa. Qué va, sólo está sentada en su butaca, con su copa y su sonrisa congelada, mientras se asoma al abismo de un ataque de ira asesina y ninguno de los demás seres humanos de la sala tiene ni idea del peligro en el que se encuentran. Por mi parte, estoy a punto de vomitar de emoción. ¿Qué va a hacer la señora Thorkildsen ahora? Bueno, ¿qué opciones tiene en realidad? La vieja escopeta de bombeo del Comandante, aquella que le gustaba tanto, aún está debajo de la cama de matrimonio. Está claro que, por sí sola, la señora Thorkildsen no supone ninguna amenaza para ninguno de los tres invitados, pero con una escopeta de bombeo la cosa cambia. Sin embargo, la señora Thorkildsen se queda sentada.

—Estoy aquí —dice con una tranquilidad y un aplomo pasmosos—, y aquí estaré durante el escaso tiempo que me queda. Y eso es todo. —La Perra exhala un suspiro. La señora Thorkildsen, Dios la bendiga, añade—: Además, ¿qué pasa con Tassen?

Podría haber exclamado un «¡Ja!» triunfal, pero me contengo. Fin de la discusión. Gracias y buenas noches. Pero no.

—No podemos permitir que el perro sea un factor decisivo en esto —dice el Cachorro. No doy crédito a lo que oigo. ¿Qué tipo de regla es ésa?— ¿Y quién dice que no vayamos a encontrar un sitio en el que te permitan tener un perro? No estamos hablando de una residencia de ancianos, mamá, sino de una vivienda accesible y bien equipada. Sin escaleras. Práctica y fácil de mantener. Y, a ser posible, aquí cerca.

—A ser posible —repite la Perra.

—Las escaleras no me suponen ningún problema, gracias —dice la señora Thorkildsen, palabras amables que no suenan amables en absoluto.

El Cachorro prueba con otra estrategia de ataque.

—No quisiera ponerme dramático —dice—, pero ¿qué pasaría si por algún motivo cambiara la situación? ¿Cómo harías la compra, por ejemplo?

¿La compra? Pienso.

—Pediría que me trajeran las cosas a casa. No pasa nada. Tengo teléfono. ¿Se te había olvidado?

La señora Thorkildsen se ha vuelto más asertiva.

—De acuerdo —dice la Perra—. Pero, de nuevo, ¿qué pasa con Tassen?

Estoy empezando a preguntármelo yo también. ¿Qué pasa con Tassen? No me importa ser el tema de la conversación. ¿A quién no le gusta un poco de atención? Pero esta conversación, con sus «¿qué pasa con Tassen?» y una señora Thorkildsen homicida, empieza a resultarme inquietante. Me planteo seriamente gimotear. Ningún otro sonido perruno es mejor para que los humanos bajen la guardia. Incluso la gente con sentido común no puede evitar expresar un «oooh» ante el pitbull más feo del mundo si el muy tonto sabe soltar un gemido.

Además, yo no sé morder. Tal vez sea un cobarde, pero mi límite está en los mordiscos. Como ya he dicho, haría cualquier cosa para liberar la desagradable tensión que se respiraba en el salón de la señora Thorkildsen, pero nunca recurriría a los mordiscos. Nunca. Tal vez sea un error por mi parte, eso tendrán que decirlo otros.

—¡Ahora, vamos a brindar! —dice la señora Thorkildsen, y no hay duda de lo que va a ocurrir a continuación.

Eso también forma parte de la magia de la señora Thorkildsen, su habilidad para predecir lo que está por llegar. «Ahora, Tassen se va a dar un baño», puede decir, por ejemplo. «No lo creo», puede que diga yo, pero ella siempre termina teniendo razón. A veces, da hasta un poco de miedo, pero ella no se inmuta y parece ajena a esa capacidad.

—¿Por qué brindamos? —pregunta la Perra con la copa levantada.

La señora Thorkildsen se lo piensa un instante. Mira a la Perra y después al Cachorro.

—Por quien hace posible que viva aquí, y que viva bien. Por mi apoyo en la vida. ¡Por Tassen!

Los tres me miran, pero tengo la sensación de que sólo a una de esas tres personas le gusta lo que ve.

8

EL TEMA DEL DÍA EN el programa del doctor de la tele: «El racista de mi padre tiene que aprender a aceptar a las minorías de la familia». Como de costumbre, no entiendo nada de lo que dicen, pero la señora Thorkildsen me lo resume con un sentido «¡Uf!».

—Menos mal que me voy a morir pronto —dice la señora Thorkildsen.

—¿Cómo ha ido? —le pregunto, más que nada por sacar conversación—. ¿Ha aprendido a aceptar a las minorías de la familia?

—No lo creo —me responde la señora Thorkildsen—. Creo que no es fácil que la gente aprenda tolerancia. Me temo que siempre será un racista.

—Pero ¿es para tanto? Yo soy racista y parece que a ti no te supone ningún problema.

—¡Claro que es malo! ¿Desde cuándo eres racista?

—Claro que lo soy. Ya sabes que no soporto a los pastores alemanes, por ejemplo.

—Eso lo sé perfectamente. Pero ¿quiere eso decir que crees que un pastor alemán vale menos que tú?

—Ésa no es una comparación justa. Ya sabes que el Comandante me compró a mitad de precio. En efectivo.

—Quiero decir que si crees que eres mejor perro que un pastor alemán.

—Depende de para qué se nos quiera. Me gustaría ver a un pastor alemán que nadara mejor que yo, por ejemplo. Por otro lado, si yo tuviera que morderle la pantorrilla a un delincuente, dudo que pudiera hacer gran cosa. Así que, sí, en algunos casos, algunos perros son mejores que otros. Al menos eso creo yo.

—Pero todos vienen del lobo. Son todos hermanos.

—Los lobos sirven para muchas cosas. Y, si hay algo para lo que no sirven, pueden adaptarse y aprenderlo. La flexibilidad es nuestra marca. Un lobo para cada necesidad.

—Entonces, supongo que tú eres un lobito de peluche —concluye la señora Thorkildsen.

Para ser sincero, la conversación me deprime un poco, como siempre me sucede cuando tratamos preguntas existenciales. Después, me quedo tumbado en el pasillo mordisqueando una bota de montaña, abstraído hasta que me duermo y sueño que estoy en el bosque y que no me puedo mover mientras me acechan olores terroríficos por todas partes. Cuando me despierto, me siento débil y mareado. La señora Thorkildsen, por el contrario, lleva toda la tarde de muy buen humor, como puede verse por lo despierta y ligera que se encuentra, aún después de caer la noche. Está leyendo un libro.

—¿Qué lees? —le pregunto.

—*En busca del tiempo perdido*, de Marcel Proust —responde la señora Thorkildsen—. No es la primera vez que lo leo.

—¿De qué trata?

—Buena pregunta... Supongo que, básicamente, de un hombre que de repente huele una magdalena.

—Interesante. ¿Y qué ocurre después?

—Bueno, ocurrir, lo que se dice ocurrir... El aroma le hace recordar todo lo que le ha sucedido desde que era niño y eso nos hace pensar en lo deprisa que pasa el tiempo y en cómo el tiempo cambia y no cambia a las personas.

—Qué profundo. ¿Sale algún perro en la historia?

—Me temo que no hay ninguno con un papel importante.

—¿Y conoces alguna historia en la que haya perros con papeles importantes?

—Mmm. Tengo que pensarlo. No se me ocurre ninguna ahora mismo, aparte de un libro que leíamos en el colegio: *Sólo un perro*, de Per Sivle.

—Parece triste.

—Creo recordar que sí que era bastante triste. Y también está *El sabueso de los Baskerville*, de Conan Doyle.

—¿Sí? ¿Y de qué trata ése?

—Creo que no habla mucho del perro en realidad. Pero,

aparte de esos dos libros, no se me ocurre ninguno que no sea para niños.

—¿Y has leído todos los libros que existen?

—Ni muchísimo menos.

—Así que es posible que exista una historia sobre perros que no hayas leído, ¿no?

—¡*Lassie*! —dice la señora Thorkildsen, satisfecha consigo misma.

—¿Quién es?

—Lassie es una collie que…

—Los collies son animales primitivos y agotadores. Tienen un montón de problemas genéticos.

—Pues va a ser verdad que eres un poco racista. Pero Lassie era la perra más famosa del mundo y se hicieron un montón de películas sobre ella. Yo creía que Lassie era un invento de Hollywood, pero, una vez, en un viaje por Inglaterra, el Comandante y yo pasamos por un pueblecito de Cornualles, al sur, y parece que ése era el pueblo en el que había vivido Lassie. Y te puedo asegurar que no era una collie, sino una perra mestiza.

—Mejor me lo pones…

—Cuando un torpedo hundió un barco en el canal de la Mancha durante la Primera Guerra Mundial, una guerra mundial diferente a aquella en la que luchó el Comandante, metieron los cuerpos de los marineros muertos en el sótano del pub del pueblo. El propietario del pub era el dueño de Lassie. Al parecer, Lassie se acercó a uno de los marinos muertos y se puso a lamerle la cara. Trataron de alejar a la perra, pero no quería separarse del cuerpo. Un par de horas más tarde, el hombre despertó.

—¿Y?

—No hay ningún «y». —La señora Thorkildsen hace una breve pausa—. Sólo que el marinero regresó al pub más adelante para darle las gracias a la perrita que le había salvado la vida.

—O sea, ¿que la perra se convirtió en una estrella por saber distinguir el olor de un hombre muerto del de uno vivo?

—Creo que sí. Al menos eso es lo que nos contaron. Las películas de Lassie las vi de niña. Creo recordar que solían consistir en que Lassie encontraba a niños que habían desaparecido. Pero aparte de eso...

La señora Thorkildsen se va a la cocina. Si no hubiera comido tanto, la habría acompañado, pero, en lugar de eso, me quedo tumbado oyéndola abrir la nevera, sacar la botella que había abierto antes, rellenarse la copa y volver al salón, donde me transmite breve y contundentemente el siguiente mensaje:

—¡La expedición polar de Amundsen!

Lo dice con decisión, con medio signo de exclamación, tranquila y confiada. Y después se vuelve a quedar en silencio, como si ese comentario ya lo explicara todo.

—¿Qué es la expedición polar de Amundsen? —pregunto.

—Cuando era niña, todo el mundo conocía esa historia. La historia de los noruegos que fueron los primeros en llegar al Polo Sur porque llevaron perros de tiro, delante de las narices de los ingleses, que estaban seguros de que llegarían antes que nadie, porque eran más y tenían tractores. Una historia de éxito inesperado. ¡Ja, ja!

—¿Por qué era tan importante ser el primero en jugar al polo?

—Llegar al Polo, Tassen. No jugar al polo. Roald Amundsen y sus hombres fueron con perros de tiro al Polo Sur, que es... bueno, el Polo Sur. ¿Cómo te lo explico? El Polo Sur es el punto más meridional de la Tierra. Se encuentra en un continente enorme que está completamente cubierto de hielo.

—¿Hielo? ¿Y está en el sur?

¿Se habría confundido la señora Thorkildsen?

—Cuando viajas lo suficiente hacia el sur, empieza a hacer frío de nuevo, ¿sabes? En el otro extremo del mundo, hace tanto frío como aquí.

—Gira que te girarás, siempre tendrás el culo detrás.

—Se podría decir así —me dice la señora Thorkildsen.

—¿Y qué hace?

—¿El qué? ¿El Polo Sur? No hace gran cosa. Está allí, supongo. El último lugar de la Tierra, lo llaman. En un momento dado, a la gente le parecía importante llegar hasta allí. Los primeros. Y eso es lo que consiguieron Roald Amundsen y sus perros. Pero no creo que el Polo Sur sea algo más que una mancha blanca en medio de un paisaje blanco.

—¿Qué tipo de perros?

—No sé. Perros de tiro.

Evito con paciencia decirle a la señora Thorkildsen que hasta ahí llego.

—¿Podrían ser perros de Groenlandia? —le pregunto y, de repente, siento interés por la historia de Roald Amundsen, que, en un principio, no me había parecido nada prometedora, y por sus perros, que fueron los primeros en llegar al medio de ninguna parte. Porque los perros de Groenlandia son una raza aparte.

Decir que los perros de Groenlandia son recios sería como decir que los gatos son tontos. Sería quedarse muy corto. No hay perro que esté más cerca de parecerse a un lobo de los de toda la vida en este planeta con hielo en ambos extremos, y no estoy seguro de que exista un lobo que pueda competir con un perro de Groenlandia que juegue en casa. Por un lado, esa casa puede estar en cualquier sitio, siempre que ese sitio esté cubierto de nieve y de hielo. Por otro, ese terreno está muy bien acotado. Un perro de Groenlandia deja de ser un perro de Groenlandia cuando sale de Groenlandia. Esto es algo que sabe —o debería saber— todo el mundo.

—Comían perros —dice la señora Thorkildsen.

—¿Quiénes comían perros? ¿Y por qué demonios lo hacían?

Trato de no contagiar a la señora Thorkildsen ninguna de las sensaciones que crecen en mi interior y mantengo la calma a pesar de que esas palabras, «comían perros», me recorren como una descarga eléctrica desde la cabeza hasta la punta de la cola.

—Creo recordar que lo hacían —dice la señora Thorkildsen—. Creo que sacrificaron alguno de los perros para conseguir las vitaminas que necesitaban para sobrevivir. En el Polo Sur, no hay nada de comer, sólo hielo y nieve.

—¿Cuántos?

Una de las muchas virtudes de la señora Thorkildsen es su capacidad para reconocer lo siguiente, sin avergonzarse:

—No lo sé.

Se atreve a confesarlo, porque lo siguiente que dice es:

—Pero podemos averiguarlo.

9

L A MAYORÍA DE LOS PERROS no tiene la inteligencia suficiente para sentir culpa, a diferencia de lo que la gente
quiere creer. Es mi opinión, pero no estoy solo en esto: en un
estudio científico, hicieron creer a los conejillos de indias humanos —me encanta esa frase— que el perro que habían visto
en una foto había hecho algo malo. No una masacre de ovejas,
sino algo así como volcar un cubo de la basura o hacerse caca
en el suelo del salón.

La realidad era que el perro de la foto era inocente. La foto
se había tomado en un momento cualquiera y, si el perro estaba
pensando en algo mientras miraba al fotógrafo, lo más seguro
es que no fuera qué había hecho mal en la vida. Lo más probable es que estuviera pensando si le darían pronto de comer. En

momentos como ése, la gente aun así percibe «culpa» o «vergüenza» en los ojos de los perros.

Sí, los perros se tumban muy pegados contra el suelo. ¡Que levante la pata quien no lo haya hecho alguna vez! Pero, en la mayoría de los casos, no es por motivos éticos o morales. Más bien se debe a que el perro no es tan tonto como parece. Se da cuenta de que la gente está insatisfecha e infeliz. Puedes llamarlo empatía si te consuela. Y, si Bonzo es lo suficientemente listo, puede comprender que tal vez tenga algo que ver con el cojín que asesinó concienzudamente cuando su amo no estaba en casa.

Para sentir culpa, los perros tendrían que poder distinguir adecuadamente entre el bien y el mal. Y no lo hacen, aunque puedan hacerte creer que sí. Si tienes mucha suerte y el perro es muy listo, tal vez pueda distinguir entre el comportamiento deseable y el indeseable.

De ninguna manera estoy diciendo que los perros seamos psicópatas. Somos sociópatas. Al igual que todas las amebas del planeta, hemos nacido con la ambición de levantar el trofeo de «Rey del Mundo» sobre nuestra cabeza. Nadie puede negar que la humanidad es quien se encuentra en posesión de ese trofeo ahora mismo, pero parece que se ha olvidado de que el título puede cambiar de dueño.

Por muy adorable e inofensivo que parezca ese perrito metido en un bolso, su instinto natural es convertirse en el líder de la manada. La única razón por la que no lo hace es porque no para de valorar las formas que tiene de hacerse con ese título. Y luego están quienes no pueden llevar a cabo esos cálculos, los chihuahuas y otros perros pequeños, que enseñan los dientes y gruñen furiosamente a otros perros que podrían acabar con ellos de un solo bocado.

Es una situación muy divertida, pero cambia al perrito en miniatura por un dóberman y el camino al coto de caza eterno se vuelve más corto. Y eso ocurre todo el tiempo. Hay perros que ponen a prueba los límites. Que, despacio, pero seguros, toman el control. Primero de los niños, después de la madre y, más tarde, si tienen huevos, lo intentan también con el padre. No pueden evitarlo. Un buen día, mientras la familia está reunida a la mesa, Fido piensa que ya es hora. Se sube a la mesa de un salto, baja la cabeza, mira al padre a los ojos y gruñe tanto que la madre y los hijos huyen y un soplo gélido recorre el comedor. Fido no quiere luchar, en realidad. Un relevo pacífico del poder será lo mejor para todos y, oye, ha habido buenos paseos durante estos años, ¿no? Retírate despacio y con humildad de la mesa y nadie tiene por qué salir herido.

El padre se retira. Comprende que no tiene nada que hacer. Por otra parte, tiene una escopeta.

Como dice un proverbio ruso: «*Volka nogi kormyat*», o lo que es lo mismo: «las patas alimentan al lobo».

Lo mismo les sucede a los humanos. Su capacidad de moverse en manada, paso a paso, hasta encontrarse en la otra punta del mundo, es lo que hizo posible que ese primate desnudo y no demasiado rápido no sólo consiguiera sobrevivir, sino que lograra llegar a la cima de la pirámide alimentaria. Los perros y los hombres vivían en movimiento, y juntos consiguieron llegar a lugares a los que ninguno de los dos habría podido llegar por sí solo.

No sé quién de los dos fue el primero en comprender la utilidad del otro, si serían los lobos quienes descubrieron que los hombres dejaban un rastro de comida tras de sí, o si fueron los hombres quienes comprendieron que, con un lobo cerca, no tenían que preocuparse por otros enemigos naturales.

Así, vivieron en las sombras, tanto el lobo como el hombre, respetándose mutuamente en silencio. En los mismos paisajes, de caza, sin verse más que de refilón el uno al otro. Si se encontraban en el bosque, sencillamente huían, cada uno por su lado. Tal vez deberían haber seguido haciéndolo.

Tal vez fuera un lobo solitario que un día dejó atrás a la manada; un lobo con un rango bajo que pensara que, en lugar de soportar abusos y humillaciones, podría probar suerte por su cuenta. ¡El infame Lobo Solitario! ¿O sería un cachorro humano que encontró unos cachorros de lobo y corrió a casa para rogarles que le dejaran quedárselos? *¡Porfaaa!*

Lo que sí sé es lo que no ocurrió: que una manada de lobos un día se encontrara con una manada de humanos.

¿Tal vez por eso acabáramos juntos? ¿Porque sabíamos que cada uno de nosotros, por separado, somos raros e indefensos, pero juntos nos convertimos en una turba peligrosa? Los seres humanos son hermosos, pero la humanidad es fea. ¿Es eso? Sospecho que la señora Thorkildsen lo ve así. En el tablero de corcho de la cocina, tiene un chiste que me ha leído en voz alta muchas veces: «Me encantan las personas, lo que no soporto es a la gente».

Al menos alguna vez fue un chiste. Hoy en día se ha convertido más bien en un lema vital. Y yo no soy mejor que ella en ese sentido. Desde que nos hemos hecho mayores, ambos huimos de las multitudes.

Yo.

Yo y tú.

Problemas.

10

LLAMAN A LA PUERTA. La señora Thorkildsen apoya la taza de café y mira el reloj de pared con los ojos entornados.

—¿Quién demonios será?

Yo, por mi parte, me pongo a ladrar a lo loco sin preocuparme demasiado por quién podría estar al otro lado de la puerta. La señora Thorkildsen se aprieta el cinturón de la bata y camina detrás de mí por el pasillo para abrir la puerta. Dejo de ladrar en cuanto la abre, por si hubiera un lobo allí afuera. Pero, por suerte, no lo hay. Sin embargo, lo que sí hay es un hombre gigante que brilla en la oscuridad. Una visión aterradora que, al mismo tiempo, huele genial. Me entran ganas de acercarle el hocico a la pernera del pantalón y olfatear bien hondo, pero la señora Thorkildsen me lo impide con la zapatilla.

El hombre de aroma embriagador tiene una botella verde en la mano.

—Debe dejar de tirar botellas vacías a la basura —dice—. Es la tercera vez. Si vuelve a suceder, podemos dejar de recoger la basura.

La señora Thorkildsen mira la botella, vuelve a mirar al hombre y de nuevo mira la botella.

—¿Es para mí? —Le quita la botella de las manos al hombre gigantesco, que, de repente, parece titubear—. Pero ¿es mi cumpleaños?

El desconcierto de la señora Thorkildsen resulta evidente. El del basurero también. Pero la pelota está en su tejado y tiene que pensar y hacer algo.

—Y tienen que atar bien las bolsas del perro —dice mirándome—. ¡Apestan!

Será canalla, pensé. Llama a la puerta de una anciana respetable a estas horas de la mañana para acosarla y decir mentiras. Si el Comandante estuviera vivo, este tipo acabaría en el cubo de la basura. Pero el Comandante ya no está. Sólo quedo yo. De mí depende tomar las decisiones correctas.

—Ve a buscar la escopeta —le digo a la señora Thorkildsen.

—Vuelvo enseguida —le dice la señora Thorkildsen al basurero que brilla en la oscuridad y, sin esperar respuesta y para mi regocijo, avanza decidida por el pasillo y cierra la puerta del recibidor a sus espaldas, seguramente por costumbre. Esto produce una situación incómoda. Me encuentro encerrado en una jaula estrecha con mi némesis. Los pensamientos me pasan a toda prisa por la cabeza. ¿Cuánto tiempo necesita la señora

Thorkildsen para sacar la escopeta de debajo de la cama? ¿Tiene munición? ¿Qué hay para cenar? Profiero un ladrido con muy poca energía para ganar tiempo, pero el basurero se pone de rodillas y me dice cosas bonitas.

—¡Pero qué perro más buenooo! —y, antes de que pueda responder con un ladrido, noto que la cola se me mueve a toda velocidad. Y además está ese olor. De repente, se quita los guantes y me rasca el lomo. No es la primera vez que acaricia a un perro. Está a la altura del Comandante. Me estremezco con sus caricias y me olvido de todo hasta que oigo que la puerta del recibidor se abre tras de mí.

«¡No dispares!», me dispongo a exclamar, pero la señora Thorkildsen no va armada con la escopeta, sino con una taza de café y un rollito de canela.

—¡Felicidades! —dice.

—Eh… no es mi cumpleaños —contesta el basurero que, por desgracia, deja de rascarme. La señora Thorkildsen se ríe con ganas.

—Ya lo sé, tonto. Es nuestro aniversario de boda.

Después, la señora Thorkildsen está tan satisfecha que llama a un par de primas en mitad de la mañana para contarles el conflicto, que ha terminado con el basurero retirándose lentamente con un rollito de canela en la mano, convencido de que la señora Thorkildsen ha perdido la cabeza.

—¿No te has pasado un poco? —pregunto cuando termina la ronda de llamadas—. Te he oído decir que no hay que mentir sobre una enfermedad, porque, si se hace, se puede enfermar de verdad.

—¿Mentir? ¿Quién ha dicho nada de mentir? Lo único que he hecho ha sido enfrentarlo a sus propios prejuicios. Si fuera joven y me hubiera comportado así, él habría llegado a la conclusión de que era drogadicta. Si fuera africana, habría llegado a la conclusión de que me comportaba así porque era africana. Como soy mayor, ha llegado a la conclusión de que tengo demencia. Y, ya que hablamos de demencia: que vaya pasando, que aquí la espero.

—Te recordaré estas palabras.

—Si llega el momento, tendrás que hacerlo. Te voy a contar un secreto, Tassen. Hay muchos viejos que no están tan mal como nos hacen creer.

—Claro, pero, para compensar, hay un montón de viejos que están considerablemente peor de la cabeza de lo que parece. La ropa limpia y un pelo bien peinado pueden camuflar el deterioro espiritual, pero es imposible fingir el olor de una mente despejada.

—El caso es que, si se usa bien, la edad da pie a una cantidad sorprendente de oportunidades de hacer travesuras. Nadie se espera que un anciano sea un canalla, lo que puede resultar muy útil. Mi tío Peder, por ejemplo, vivió casi hasta los cien años y, en sus años dorados, se convirtió en un gran evasor de impuestos. Un día, apareció un recaudador de impuestos en su puerta y el tío Peder lo invitó amablemente a pasar. Le pidió al hombre que se sentara mientras él preparaba el café y, entonces, el tío Peder se fue a la cama a dormir. Cuando se levantó, el recaudador de impuestos se había marchado. Repitió lo mismo una vez más con otro funcionario distinto, con idéntico resultado, y nunca volvió a tener problemas fiscales.

11

LA SEÑORA THORKILDSEN HA TENIDO un buen día y asegura que es gracias a mí. Yo, por mi parte, he tenido un día muy confuso y diría que la culpa la tiene la señora Thorkildsen. Es su palabra contra la mía, pero lo que ha ocurrido ha sido lo siguiente:

Esta mañana, que yo recuerde, todo estaba dentro de lo que, a grandes rasgos, podríamos considerar «normal». Huevos, leche, pan tostado y café. Ninguna sorpresa en las esquelas del periódico. Pensándolo bien, la señora Thorkildsen se estaba comportando de una forma algo misteriosa.

—Hoy vamos a preparar unos bocadillos —dijo—, porque va a ser un día muy largo.

—Buena idea —le respondí.

Cegado por la comida, no se me ocurrió preguntarle a la señora Thorkildsen por qué iba a ser un día muy largo. Saber que habría comida esperándome en algún momento de ese día tan largo era la respuesta a todas las preguntas que pudiera tener.

Así que, cuando la señora Thorkildsen y yo nos subimos al tren del túnel, me sentía seguro respecto a mi futuro inmediato. Para mi alivio, el tren del túnel estaba libre de niños y de perros y de pies, así que pude disfrutar del trayecto. Al menos, hasta que la señora Thorkildsen se levantó de manera inesperada y me sacó a rastras del tren, que parecía haberse parado dentro de una casa. Sólo me dio tiempo a olisquear un par de veces el conjunto de olores complejos emocionantes que me rodeaban antes de que la señora Thorkildsen, con demasiada energía, me arrastrara escaleras arriba. Entonces, salimos a la calle, que me pareció un hervidero caótico, al menos visto desde la altura de unas rodillas humanas.

La señora Thorkildsen, claramente superior a cualquier perro en una situación como esta, llena de gente, coches ruidosos, gases asfixiantes y una cacofonía de ruidos, ha abierto camino decidida entre la multitud para llegar donde quería: un lugar de la calzada como otro cualquiera. Se ha detenido ahí y hemos esperado.

No entendía por qué nos habíamos parado en un sitio en el que era tan desagradable estar de pie y he llegado incluso a preguntarme si la señora Thorkildsen sabría lo que estaba haciendo cuando, una vez más, su habilidad paranormal de predecir el futuro ha quedado demostrada. Tal vez percibiera que yo me sentía inseguro, porque, justo cuando más lo necesitaba, se ha agachado, me ha acariciado la cabeza y ha dicho:

—Ahora vamos a subir a un autobús, Tassen.

Al terminar de pronunciar esas palabras, un autobús rojo ha aparecido ante nosotros y la señora Thorkildsen ha subido con el carrito y conmigo detrás y se ha sentado al fondo de ese montón de chatarra. Ni siquiera he intentado subirme al asiento a su lado. Estaba demasiado alto y seguro que también estaba prohibido.

El autobús paró, escupió un montón de gente y siguió adelante y paró y escupió un montón de gente y siguió adelante hasta que la señora Thorkildsen y yo fuimos los únicos pasajeros a bordo. Entonces la señora Thorkildsen exclamó:

—Esta es nuestra parada.

—¿Nuestra?

—Aquí nos bajamos —contestó la señora Thorkildsen.

Bajamos del autobús. Yo y la señora Thorkildsen y el carrito nos topamos con el viento que soplaba a grandes ráfagas desde el mar, que, de cerca, daba más miedo de lo que me había imaginado. Entonces recordé algo que había dicho el Comandante en un par de ocasiones: que yo estaba diseñado para cazar patos. Puede ser, pero no con ese tiempo.

Sin embargo, el objetivo de nuestra excursión del día no era el mar cubierto de espuma blanca que teníamos delante, sino un enorme edificio que no se parecía a ningún otro. Un tejado abrupto y puntiagudo se alzaba hacia el cielo gris que se cernía sobre nosotros. El lugar me resultó perturbadoramente inquietante, aunque ahora no sé muy bien por qué. Sencillamente, me dio malas vibras.

—¿Aquí nos dejan entrar a los perros? —pregunté.

La señora Thorkildsen no me respondió. Se limitó a seguir su camino hacia la entrada con sus andares cortos y fatigosos. El carrito no dejó de chirriar hasta que llegamos a la puerta y pude ver que, en medio del cristal, había un cartel:

—No entremos aquí —dije, algo nervioso, para ser sincero.

—¿Qué tonterías dices?

Tal vez ella no hubiera visto el cartel amenazador. La señora Thorkildsen que yo conozco nunca pondría un pie en una casa con ese cartel en la puerta, pero, ya que había recorrido ese trayecto tan largo, sería una lástima que tuviera que dar media vuelta por mí. Traté de librarme de esa situación.

—Prefiero quedarme fuera a disfrutar del aire libre —mentí y añadí un chascarrillo—. Al fin y al cabo, hace un día de perros, je, je. Átame a esa verja de allí para que te espere tan tranquilamente mientras tú entras y… ahora que lo pienso, ¿a qué has venido exactamente?

La señora Thorkildsen seguía sin escucharme, mientras seguía tirando de mí con el carrito. Me moría de vergüenza sólo de pensar en entrar en un territorio en el que era evidente que no soy bien recibido y, si hubiera podido volverme invisible con la misma facilidad con la que podía estar en silencio, nadie habría visto ni un centímetro de mi cuerpo.

Nos dirigimos al mostrador donde había un hombre relativamente joven sin pelo en la cabeza que olía a limón y a cannabis y a lo mismo que mató al Comandante desde dentro. La señora Thorkildsen le dedicó su sonrisa más amable, le dio los buenos días y le pidió una entrada con descuento de la tercera edad.

—Lo siento mucho, pero, desafortunadamente, no se permite la entrada a los perros —dijo el hombre con un tono tan amistoso que el contraste con la agresividad del mensaje fue aún mayor.

—¿Has oído? —le dije a la señora Thorkildsen, sin disimular el reproche—. Encima ha dicho «desafortunadamente». Deberíamos conformarnos con eso.

—Es un perro de servicio —le dijo la señora Thorkildsen al hombre de detrás del mostrador.

—¿Un perro de servicio? —respondió él, y después se puso de pie, se inclinó hacia delante y me miró.

Quería que me tragara la tierra de la vergüenza. No sabía qué postura o respuesta se esperaba de mí. Tentativamente, moví la cola, despacio y con cuidado. Pero, en cuanto tomé cierto ritmo, me di cuenta de que, tal vez, fuera poco profesional —¿tal vez los perros de servicio no mueven la cola? ¿Al menos, no en el trabajo?—, así que me detuve enseguida, lo que me hizo sentir aún más tonto. El hombre me miró un buen rato y después desvió la mirada hacia la señora Thorkildsen.

—¿Tiene problemas de visión? —preguntó.

La señora Thorkildsen se echó a reír.

—No, qué va. No es un perro guía. No creo que Tassen fuera un buen lazarillo, la verdad. Pero es un perro de servicio. Percibe cuando me ocurre algo, así que me siento bastante insegura sin el bicho.

A pesar de que me molestara que se refiriera a mí como «el bicho», he de reconocer que me alegré bastante al oír lo que dijo tras la humillación que supone haber sido confundido con un perro lazarillo. Al mismo tiempo, me sorprendió saber que soy un perro de servicio. Me lo podría haber dicho antes.

Se hizo el silencio detrás del mostrador.

—No hay mucha gente hoy, así que… Pero tiene que ir atado.

—Muchas gracias —dijo la señora Thorkildsen—. Muy amable. Tassen tenía muchas ganas de venir.

La señora Thorkildsen le estaba mintiendo a la cara al pobre hombre. Si todo esto llega a ocurrir antes del episodio de esta mañana con el basurero, no me lo hubiera creído. Musité un gracias y me esforcé cuanto pude por moverme como un perro de servicio.

Como estaba atado al carrito de la señora Thorkildsen, no era fácil. Por suerte, aparcó el carrito a un lado del mostrador. No dándolo por hecho, sino pidiéndole con educación al hombre de detrás del mostrador si podía dejarlo allí.

—No me hago responsable —fue su respuesta.

Sigo dándole vueltas a qué querría decir con eso.

La señora Thorkildsen agarró la correa y enseguida se volvió más fácil hacerme pasar por un perro de servicio. Tiré con todas mis fuerzas y arrastré a la señora Thorkildsen con gran esfuerzo hacia el interior de ese extraño local, que todavía no había causado una impresión clara en mi olfato. Los suelos recién lavados con agresivos productos químicos no me dejan mucho margen. Podríamos estar en cualquier parte, pero estábamos en un lugar concreto.

Me había imaginado que el techo sería alto, pero, en su lugar, era rojo y se inclinaba sobre el piso. En el centro de la sala, el suelo se hundía para que el techo no lo aplastara. Un diseño extraño, sin ningún lugar cómodo en el que descansar. Seguí tirando para arrastrar a la señora Thorkildsen. Esperaba cierta resistencia, pero, antes de que me tirase de la correa, me detuve en seco. Frente a nosotros, de pie sobre sus patas traseras, a escasos metros de distancia, se erguía un oso polar. Sí, un maldito oso polar. Un oso polar gigantesco con garras y dientes y la mirada muerta.

Como es natural, me morí de miedo. El instinto me gritaba que huyera de esa grotesca casa de locos. Nunca debí haber puesto ni una pata en ese lugar, pero la señora Thorkildsen ni se inmutó. Su corazoncito latía a un ritmo regular y con la voz tan tranquila y agradable, como si estuviera en el salón de su casa con la mantita sobre los hombros y una copita en la mano, dijo:

—¡Pero bueno! ¡Qué miedo da ese oso polar! ¿Lo has visto, Tassen? Si estuviera vivo, te desayunaría.

Siguió avanzando hacia el oso polar y yo no tuve más remedio que seguirla. ¿No estaba vivo? Si no estaba vivo, ¿qué estaba? Nunca había visto un oso polar, así que no soy ningún experto, pero ése que estaba allí de pie y nos enseñaba los dientes no parecía precisamente muerto.

—¿Qué le pasa? —pregunté.

—Está disecado.

—¿Y eso qué quiere decir?

—Quiere decir que está muerto y que le han sacado todo lo que tenía dentro: el corazón, los pulmones, las tripas y los músculos, y lo han sustituido por… —La señora Thorkildsen hizo una pausa tan larga que creía que había perdido el hilo, pero no—. La verdad es que no estoy segura. ¿Serrín, tal vez? Sí, creo que usan serrín.

—¿Serrín? ¿Le sacas a un oso todo lo que es suyo y lo sustituyes por serrín? ¿Para qué?

—Sigamos.

Y seguimos, pero seguía habiendo nuevos carteles que leer u objetos que la señora Thorkildsen quería mirar. Bastante aburrido, la verdad. Caminar. Pararse delante de un nuevo cartel. Leer. Aburrirse. Caminar. Pararse. Dos perros disecados. ¡¡DOS PERROS DISECADOS!! Y no dos perros cualesquiera. Perros de Groenlandia.

—¿Pero qué demonios…? —exclamé sin poder evitarlo.

La señora Thorkildsen no dijo nada. Y suerte que no lo ha hecho, porque, en ese momento, estaba tan cegado por la ira que podría haber hecho trizas a cualquiera (no a la señora Thorkildsen, por supuesto, aunque podría haberle dado un mordisco en la pantorrilla por la excitación), sólo por pertenecer a la misma raza humana que rellena perros de serrín.

Seguramente debería haberme solidarizado con el oso polar. Es un pariente más cercano que la señora Thorkildsen, por ejemplo. Seguramente debería habérmelo tomado como algo personal y haberme plantado al verlo, pero reconozco que, hasta que no vi a los dos perros disecados, no entendí la gravedad del asunto. Ahora es como orina fresca sobre nieve recién caída.

Ahí estaban: dos perros de Groenlandia grandes como estatuas, exudando fuerza y valor. Invencibles, indomables, orgullosos, con los ojos muertos y, al parecer, rellenos de serrín. Decir que era una triste visión sería quedarse corto. Los perros estaban más que muertos. Aun así, yo no estaba convencido del todo de que no pudieran saltar en cualquier momento la cuerda que separaba la tarima del resto de la sala.

¿Cómo puede haber acabado un viejo y maltrecho perro relleno de serrín en una exposición para que lo mire la gente? ¿Qué habría hecho de malo? ¿Mordisquear una zapatilla de más? ¿Limpiarse el trasero en el sofá?

La señora Thorkildsen quería seguir adelante y subir dos tramos de escaleras que parecían peligrosamente largos. Logramos subir el primero a duras penas, pero, al llegar al segundo, los pasos de la señora Thorkildsen se fueron volviendo cada vez más lentos y los latidos de su corazoncito se aceleraron. Pero, de nuevo, los pasos lentos y fatigosos de la señora Thorkildsen la llevaron hasta la cima. Se quedó allí parada para reponerse hasta que su corazón recobró su ritmo habitual.

—Mira, Tassen —me dijo—. Ése es el Fram.

—Es un barco.

—Es un buque —dijo la señora Thorkildsen—. Un buque polar.

—¿Y qué hace un barco dentro de una casa?

La señora Thorkildsen no tenía respuesta. Me ató en corto y subimos a bordo.

12

SE PUEDE REPARAR UN BARCO de la quilla hasta la punta del mástil, guardarlo dentro de un edificio y dejar que los turistas se paseen por él durante los próximos cien años, pero es imposible librarse del olor. El buque polar Fram descansa en un enorme edificio, calentito, regordete y seco, mientras emana miedo y resentimiento.

Olí la peste en cuanto subimos por la pasarela. No me dio de golpe en el morro, pero ahí estaba. No necesito mucho. Esto me recordó que mi especie puede encontrar sin dificultad la más mínima cantidad de drogas sin importar en qué lugar del buque polar la escondas.

Polvo y suciedad y barniz, capa sobre capa de olores sutiles y aromas y perfumes y, entonces, como un clavo romo incrustado en la nariz, un olor viejo, pero perturbadoramente penetrante, de puro y simple terror. No sé qué unidad de medida usan los humanos para algo así, pero seguro que estamos hablando de un montón (como diría el Comandante) de miedo enterrado en la madera del barco. Estaba por todas partes. Y «todas partes» ocupa mucho espacio. La cubierta del buque polar es del tamaño de un parque pequeño.

—Quiero irme a casa —dije.

No estoy seguro de si la señora Thorkildsen estaba enfadada o decepcionada. Me hablaba como si hubiera dejado una caca humeante en la cubierta del buque.

—¡Qué tontería! ¡Pero si hemos venido hasta el museo del Fram por ti! Además, también le hemos mentido al joven tan amable de la recepción por ti.

«Por mí». Sabía que había gato encerrado.

—Me estoy mareando —dije—. Además, yo no he pedido que me traigas a este lugar tan horrible. Si llego a saber que veníamos, no dudes de que me habría plantado en el suelo y no me habría movido. ¿Te has parado a pensar que, tal vez, hayan puesto ese cartel en la puerta por consideración a los perros y no a los humanos?

Me cuesta mucho llamar desconsiderada a la señora Thorkildsen. Por otra parte, no encuentro una palabra mejor para la forma en que ha decidido ignorar mis objeciones. Todo ese maldito barco me ponía nervioso y me daba miedo, pero parecía que a la señora Thorkildsen le daba la vida. ¿De dónde venía esa energía tan repentina? ¿Qué pretendía hacer esa energía con un ser humano tan pequeño y decrépito?

—Piénsalo: éste es el barco que navegó desde Noruega hasta la

Antártida hace cien años con una manada de perros de Groenlandia para conquistar el Polo Sur. Sólo el viaje en trineo de ida y vuelta hasta el Polo fueron casi tres mil kilómetros.

Por algún motivo que no alcanzo a comprender, la señora Thorkildsen quería ver el interior del barco. Por mi parte, yo no. No tenía muchas herramientas a mi disposición, pero, cuando la señora Thorkildsen se abrió paso hacia el umbral más alto que había visto en mi vida, me entregué a la resistencia pasiva. Me senté, sin más. Es todo un clásico. La señora Thorkildsen no se dio cuenta de lo que ocurría hasta que intentó entrar y la correa se tensó.

—Vamos, Tassen —dijo con dulzura, pero su tono de voz cambió en cuanto vio que no respondía a su petición—. ¡Vamos, he dicho!

Casi las mismas palabras, pero tanto su ritmo cardiaco como su irritación iban en aumento.

—No puedo cruzar ese umbral tan alto.

Si la señora Thorkildsen puede fingir que está senil, yo puedo fingir que estoy débil y acobardado.

—Tonterías. Además, tengo una golosina para ti en el bolso.

La señora Thorkildsen nunca miente. Al menos no en lo que respecta a las golosinas. La revolución puede esperar.

Segundo mordisco

Si el perro está contento, todo va bien.

PROVERBIO ANTÁRTICO

13

MI CONFIANZA EN LA HUMANIDAD se ha resquebrajado un poco. Trato de decirle a la señora Thorkildsen que no debe tomárselo de manera personal, que sólo es el resultado normal de nuestras luchas comunes, pero la señora Thorkildsen siempre se toma la vida de forma personal y no va a dejar de hacerlo ahora. Tras un periodo de relativa sequía, ha vuelto a aumentar la ingesta de agua de dragón. Una expedición polar está muy bien de vez en cuando, claro, pero no estoy seguro de que el agua de dragón sea la solución para la señora Thorkildsen a largo plazo. Tampoco a corto plazo, en realidad.

—Sería mejor para ti si fueras un perro tonto que no supiera nada —masculló antes de tambalearse hacia la cama anoche.

No sé si lo dijo con maldad o con preocupación, pero me temo que, ante todo, en realidad era una forma de decir que habría sido mejor para ella que yo fuera un *Canis stupidus*. Seguro que habría sido más fácil sacudirme con un periódico si fuera tan tonto como un buey o como un ganso. Si fuera más animal.

La línea que separa a la gente de los animales es el primer esbozo de la cadena alimentaria a cuya cima han trepado los humanos. La hegemonía se basa en cazar y adiestrar a los animales. Qué bien que todas las criaturas del planeta, a excepción de ellos mismos, pertenezcan a la categoría de animales. Tengo que admitir que los humanos no se contienen a la hora de tratarse unos a otros como animales, pero eso sólo confirma mi teoría. Según los humanos, todas las especies pueden dividirse en dos categorías. En una, está una especie y, en la otra, todas las demás.

Si de verdad es cierto que los humanos comen animales a gran escala, mientras que los animales rara vez comen humanos, según nuestro amigo Darwin (que en paz descanse) sería más ventajoso ser humano que ser un animal. Entonces, ¿cómo se convierte un animal en humano? O, mejor dicho, ¿dónde está la línea que separa una cosa de la otra? ¿Qué es lo que, según los humanos, hace que un animal sea un animal?

Veamos, por ejemplo, al colega de los humanos en la exploración del espacio: el chimpancé. No hace mucho, tras pasarse años grabando a los chimpancés con fines de entretenimiento, a los humanos se les ocurrió la original idea de estudiar cómo se comportaban cuando se los dejaba a su aire y podían comportarse como quisieran, en su propio hogar. Tal vez no deberían haberlo hecho, sobre todo si querían preservar su sitio en la cima de la pirámide. El primer informe desde el reino de los chimpancés en la selva africana tiró por tierra uno de los métodos más antiguos y más utilizados para distinguir a las personas de los animares. Porque se llamaba animales a quienes no sabían usar herramientas, una línea divisoria sencilla y útil que se borró cuando los chimpancés africanos rompieron las reglas y usaron herramientas fabricadas por ellos mismos.

Tras este episodio, el lenguaje era la última frontera. Los animales no entienden el lenguaje humano y, lo que es peor, es imposible entender ni un poco de lo que dicen ellos. Ésa es la base de toda la doctrina. En otras palabras, todo se reduce a la forma de la lengua.

Es entonces cuando el chimpancé, con sus pulgares oponibles, demuestra que puede hablar con las manos. Primero, aprende a señalar, algo que no hace en la naturaleza, y, con el tiempo, aprende a comunicarse bastante bien a través de la lengua de signos. La pregunta, queridas personas, es: ¿cuántas palabras ha de aprender un chimpancé para que podamos tomárnoslo en serio? ¿Qué hará la gente cuando el chimpancé empiece a defender sus derechos tanto en Hollywood como en la selva del Congo?

«¿Pueden dejar de talar nuestros bosques?», por ejemplo. O: «Exigimos un convenio colectivo y seguridad social. Y bananas».

¿Qué haría la gente entonces? ¿Darles sus derechos, proteger el bosque y dejar de drogar a los chimpancés y de ponerles pañales poco favorecedores?

Supongamos que sí.

—¿Quiénes eran esos perros? —le pregunto por fin a la señora Thorkildsen, que parece haber decidido quedarse en casa hoy. O tal vez no lo haya decidido, sino que ha ocurrido así. A veces es difícil ver la diferencia entre una cosa y la otra.

Está sentada en el viejo sillón del Comandante con una copa enorme en las manos sin hacer nada, algo muy poco común en ella y que no suele ser buena señal. No está leyendo, ni durmiendo, ni viendo la televisión. Sólo está ahí sentada como un golden retriever.

—¿Qué perros?

—Los que estaban rellenos de serrín.

—¿Los perros de Amundsen? ¿Qué pasa con ellos?

—¿Cómo acabaron allí?

—No tengo ni idea.

—¿Hay algún libro sobre ellos?

—Mmm... Sí, supongo que alguien habrá escrito esa historia.

—¿Supones? Pensaba que lo sabías todo sobre libros.

—Sobre ésos no.

—¿Y qué libros son ésos?

—Literatura polar. No sé nada sobre eso. No estoy segura de que sea literatura de calidad. O si se pueden considerar literatura en absoluto.

—Toda literatura es buena en cuanto a que toda literatura es mejor que la ausencia de ella.

—¿Y eso quién lo dice?

—Tú. Cuando estás borracha perdida.

—¡Yo nunca estoy borracha perdida!

—¿Ah, no? ¿Y borracha a secas?

—Nunca me emborracho. ¡Menudo disparate!

—¿Bebida, entonces? ¿Alegre?

—Alegre puede ser.

—¿Y de qué trata la literatura polar, entonces?

La señora Thorkildsen apura la copa a toda velocidad.

—De Fridtjof Nansen y sus sucesores.

—Muy bien. ¿Quién es Fridtjof Nansen?

—Un científico revolucionario que les salvó la vida a millones de refugiados. Y que, además, ganó un Premio Nobel. Pero ¿por qué se lo recuerda?

—No lo recuerdo.

—¡Por una travesía! Cruzó Groenlandia y se convirtió en un héroe nacional. También intentó llegar al Polo Norte, pero no lo consiguió, aunque no por ello dejó de ser considerado un héroe. No tenía por qué conseguirlo. Los héroes polares no tienen por qué alcanzar sus objetivos. El fiasco, por no hablar de la derrota, puede ser tan atractivo como la victoria si el termómetro marca cuarenta grados bajo cero. Si te tienes que cortar un dedo del pie o dos cuando el frío arrecia, puedes usarlos como peones en el juego de la gloria y el honor. Por los siglos de los siglos. Amén. ¿Quién es el héroe polar más famoso de todos los tiempos? —prosigue la señora Thorkildsen.

—¿Me lo preguntas a mí?

—Robert F. Scott. ¿Y qué hizo?

—Eso digo yo, ¿qué hizo?

—Murió al intentar ser el primero en llegar al Polo Sur. Eso es lo que hizo. El noruego Amundsen llegó antes que él y el inglés Scott llegó más tarde y falleció en el camino de vuelta a casa con el resto de su equipo. Victoria total contra fiasco total. Pero, aun así, a quien se recuerda es a Scott. La base que está hoy en el Polo Sur lleva su nombre junto al de Amundsen.

—¡Hay que ver lo que sabes!

—Sólo lo sé porque en la tele hubo un escándalo porque la reina iba a viajar al Polo Sur. Nunca me ha entusiasmado esa mujer, pero debo decir que es bastante impresionante viajar a la Antártida con más de setenta años. Es digno de respeto.

—¿Y qué demonios va a hacer la reina en el Polo Sur?

—Es el aniversario. Se cumplen cien años desde que Roald Amundsen se convirtiera en el primero en llegar allí.

—Y sus perros.

—Y sus perros. ¿Y qué va a hacer la reina? Pues supongo que marcar nuestra soberanía allí abajo. Nuestro pequeño país posee una quinta parte de la Antártida, dicen. Es un territorio mucho más extenso que la misma Noruega. Es ridículo, en realidad. Pero en eso consistía llegar allí primero, en poder reclamar el territorio.

—¿Te refieres a mear para marcar el territorio?

—Más o menos.

—Pues, en ese caso, ¡ganó el inglés! Si él y sus perros llegaron más tarde e hicieron pis sobre las marcas que habían dejado el noruego y sus perros, el territorio es suyo.

La señora Thorkildsen se queda pensando y, entonces, me responde con un argumento triunfal:

—Scott no tenía perros.

Quisiera decir que no me extraña que muriera, entonces. Pero no lo digo. En lugar de eso, digo lo siguiente:

—Pero no sólo los hombres se vanaglorian de todo lo que han sufrido. Cuando tú hablas por teléfono, todo son penas y miserias.

La señora Thorkildsen se pone a la defensiva y me habla con un tono más brusco, aunque probablemente no se da cuenta.

—Eso es completamente distinto. ¡Yo no me vanaglorio de mi sufrimiento!

—Bueeeeeeno…—respondo, no muy convencido de si seguir por ese camino.

14

TAL VEZ LOS HUMANOS ENTIENDAN cómo se convierten en acciones las palabras mucho tiempo después de pronunciarse, mucho tiempo después de que uno pensara que se habían olvidado. De hecho, fueron mis palabras las que finalmente nos llevaron hasta la puerta de la Biblioteca y la señora Thorkildsen tuvo que recordarme lo que había dicho.

«¿Quiénes eran esos perros?», había preguntado en el pasado cercano y, aunque «no tengo ni idea» era una respuesta con la que podría haber vivido sin problemas, parece que la señora Thorkildsen había seguido dándole vueltas a la pregunta, porque pensaba que yo también seguía haciéndolo. Como dos perros persiguiendo sus respectivas colas.

Una vez más, mis altas expectativas me han traicionado. La Biblioteca no es para nada como me la había imaginado.

Basándome en la descripción que me había hecho la señora Thorkildsen de aquel templo del saber, me había figurado un edificio antiguo y monumental. En la Biblioteca, se jactaba, se encuentran las respuestas a todas las preguntas, incluidas aquellas preguntas potenciales sobre perros disecados y casas con barcos dentro. Y me había dejado llevar por eso.

En lugar de eso, resulta que la Biblioteca está en la cima de un tramo de escaleras gris y desgastado en un anodino edificio de dos plantas, muy cerca del coto de caza al que solía ir la señora Thorkildsen en el Centro. He paseado por allí incontables veces sin darme cuenta.

La siguiente sorpresa es el olor que me golpea cuando la señora Thorkildsen abre la puerta de entrada de la planta baja. Debo reconocer que no he dedicado demasiado tiempo a pensar a qué huele una biblioteca. Que yo supiera, una biblioteca era un edificio lleno de libros, así que pensaba que debería oler más o menos como nuestra casa.

En lugar de eso, un olor a risa sincera y a lágrimas amargas me sacude al abrir la puerta, y se mezcla con el olor de las plantas que se mecen al viento al otro lado del mundo, y también con sudor humano. Y, como una bruma invisible a ras de suelo, un olor viejo y rancio a agua de dragón.

—Creo que hacía diez años que no venía —dice la señora Thorkildsen—. ¡Y ahí está la Taberna!

La señora Thorkildsen ya ha subido la mitad de los escalones y se detiene. Se queda quieta observando la puerta en la cima de las escaleras que, aunque cerrada, cuenta una historia a través del intenso aroma que se filtra desde dentro.

—Solíamos ir a la Taberna a beber cerveza el día que cobrábamos el sueldo —dice la señora Thorkildsen—. Sólo iba a la Taberna esos días. No convenía pasar mucho tiempo allí. También tenían unas hamburguesas muy buenas. En general, creo que la cocina era buena de verdad. Sencilla, pero de calidad. Prefiero una sencilla hamburguesa al espectáculo de un lujoso paté.

—Yo tomaré las dos cosas, gracias —le digo.

Resulta que la puerta de los olores emocionantes no es la puerta de la Biblioteca. La Biblioteca tiene su propia puerta, más modesta, justo al lado, y, en cuando la señora Thorkildsen la abre, me llega un olor más parecido al de nuestra casa. El olor pegajoso de agua de dragón está también presente en la Biblioteca. Se mezcla con el aroma a libros polvorientos y la mezcla es una buena parodia del olor de nuestro hogar.

No es difícil sentirse en casa en la Biblioteca, aunque todavía no estoy del todo seguro de si se me permite estar allí. Por lo menos no hay ningún cartel en la puerta, como sí he visto que había en la puerta de la Taberna.

La señora Thorkildsen se queda muy quieta cuando la puerta se cierra a nuestras espaldas. La Biblioteca parece vacía, pero mi olfato me dice otra cosa. Se oyen unos pasos que provienen del fondo del local y, si no llego a tener tanto miedo de que nos echaran, hubiera avisado con un ladrido o dos. Nada de aullidos, sólo un breve «guau», apenas audible, para despertar los sentidos.

¡La Bibliotecaria! Joven, apenas una adulta, no ha tenido hijos y no bebe leche. Está ovulando. Transmite seguridad, amabilidad y facilidad de trato. Está claro que a la señora Thorkildsen le resulta toda una sorpresa y, cuando la señora Thorkildsen se sorprende, pierde un poco el sentido de la realidad. Su lenguaje verbal y corporal se vuelve brusco y entrecortado. La señora Thorkildsen se queda quieta durante un instante de más, mirando a la Bibliotecaria antes de hacerle una pregunta:

—¿Pero tú eres la Bibliotecaria?

—Sí —responde la Bibliotecaria, y sonríe lo suficiente para dejar a la vista una fila de dientes que raya lo amenazador—. ¿En qué puedo ayudarla?

Casi me hago pis del alivio.

¡Por fin!

Por fin alguien le ofrece a la señora Thorkildsen la ayuda que tanto necesita.

¿Por dónde empezamos? Hay tantas cosas para las que la señora Thorkildsen necesitaría ayuda... Necesitaría ayuda para cazar, por ejemplo. El tamaño y la calidad de las presas ha disminuido bastante con respecto al pasado, aunque puede que sea mi aversión al hornito de la estantería que hace «¡pling!» y destruye casi todo el olor de la comida. Por suerte, mi alimentación últimamente consiste en comida de perro de la de toda la vida. Y luego están las tareas domésticas: ir a buscar el agua de dragón, las llamadas de teléfono y la escritura del diario. Ahora que lo pienso, hay muchas cosas para las que podría necesitar ayuda, pero, en lugar de aprovechar la generosa oferta de la Bibliotecaria, decide hacerle una pregunta.

—¿No eres demasiado... joven para ser bibliotecaria?

—Tengo veintinueve años —responde la Bibliotecaria. Yo

me quedo igual que estaba—. Terminé la carrera en primavera. Este es mi primer trabajo.

—Yo tengo seis años —digo.

—Yo tenía cuarenta y cuatro años cuando empecé a trabajar de bibliotecaria —dice la señora Thorkildsen—. Me pasé diez años en casa con mi hijo antes de estudiar. Eran los sesenta, ¿sabes? ¿Te gusta el trabajo?

La Bibliotecaria se lo piensa un poco, cambia el peso de una pierna a la otra y se cruza de brazos.

—Es muy agradable, pero esta filial va a cerrar en noviembre y eso afecta al trabajo. Hay muchas cosas que me hubiese gustado hacer, pero que pierden todo el sentido al saber que la Biblioteca va a cerrar.

La señora Thorkildsen está muy afectada al oír esto último, se lo noto en la voz. Hasta lo huelo. Le suben las pulsaciones mientras plantea dos preguntas:

Una:
—¿Va a cerrar?
Dos:
—¿Se han vuelto locos?

La Bibliotecaria se ríe. La señora Thorkildsen tiene más preguntas.

Tres:
—¿Quién ha tomado esa decisión?

Cuatro:
—¿El municipio?

—Eso parece, sí. Van a cerrar unas cuantas bibliotecas municipales y, por desgracia, la nuestra es una de ellas.

Ochenta y ocho:
—¿Y qué va a pasar contigo entonces?

—No estoy preocupada. A los bibliotecarios recién graduados no les cuesta encontrar trabajo, incluso con un mejor sueldo que el que tengo aquí. Hay tantos puestos de trabajo en el sector privado que casi tengo para elegir, pero preferiría trabajar en el sistema de bibliotecas públicas.

La que más habla es la señora Thorkildsen. ¡Y vaya si habla! No recuerdo la última vez que oí a la señora Thorkildsen hablar con tantas ganas y energía. La Bibliotecaria la escucha, le hace preguntas en las escasas pausas que se generan y cuenta anécdotas, más breves y concisas que las de la señora Thorkildsen. La señora Thorkildsen hace preguntas indiscretas. Cuando le cae bien otro ser humano, se convierte en un caníbal mental.

—Nos gustaría informarnos un poco sobre el viaje al Polo Sur de Roald Amundsen —dice la señora Thorkildsen, por fin.

—Sobre los perros —añado.

—Sobre los perros —repite la señora Thorkildsen.

—¿El Polo Sur? —pregunta la Bibliotecaria—. Veamos.

Se pone a teclear. Debo admitir que es sencillamente increíble lo que se puede llegar a hacer con los dedos. Los de la Bibliotecaria son capaces de encontrar el libro que busca la señora Thorkildsen sin ni siquiera saber exactamente qué está buscando.

—Hay bastantes resultados sobre Roald Amundsen y el Polo Sur. Muchísimos, en realidad —dice la Bibliotecaria sin levantar la vista de la pantalla—, pero no parecen tratar específicamente sobre perros. El primer resultado es *Polo Sur*, de Roald Amundsen, que está arriba del todo. Dos volúmenes. Publicado en 1912. ¿Tal vez sea demasiado antiguo?

—No, no —dice la señora Thorkildsen—. No parece mala idea tratar directamente con el Jefe, ¿no? ¿Tú qué opinas, Tassen?

No respondo. Sé perfectamente cómo se comporta la señora Thorkildsen en sociedad. No le importa nada lo que le diga, aunque me pida consejo.

—¿Tienes carné de la Biblioteca? —pregunta la Bibliotecaria.

A la señora Thorkildsen le da un ataque. A un ojo inexperto podría parecerle que no se encuentra bien, pero lo que presenciamos no es más que su risa de Bibliotecaria, una risa casi inaudible que, en lugar de manifestarse como un sonido, se expresa con una serie de sacudidas que parecen tomar el control absoluto de su cuerpecillo. Se inclina hacia delante en la silla mientras se agita, y podría parecer que tiene dolores, pero así es como la señora Thorkildsen expresa su alegría después de un largo y fiel servicio como Bibliotecaria. Deformación profesional, se podría llamar.

—¡Ni se me había pasado por la cabeza! —exclama por fin—. No, no tengo carné, así que me lo tengo que hacer.

La Bibliotecaria también se ríe, así que todo debe de estar en orden.

Tras un interrogatorio tan lleno de números que uno pensaría que se trata de una manera de evitar que los perros se hagan un carné, terminamos nuestra tarea en la Biblioteca y llega la hora de volver a casa.

Ahora que ya sólo nos queda el regreso, pienso: «Buen chico».

Sin embargo, la señora Thorkildsen tiene otros planes. Bueno, en realidad no los tiene. Por una vez en la vida, la señora Thorkildsen actúa por impulso. Sé que se trata de un impulso porque está a punto de apoyar todo el peso del cuerpo en el primero de muchos pasitos para bajar la escalera y encaminarse a casa cuando se detiene, toma una decisión y me dice lo siguiente:

—¿Sabes? Creo que voy a pedirme una hamburguesa y una cerveza en la Taberna.

—¿Pueden entrar perros? —pregunto, aunque conozco la respuesta.

—Creo que no —me dice la señora Thorkildsen.

—Pues entonces lo dejamos —le digo—. Vamos a casa a acurrucarnos en el sofá. Seguro que el programa del doctor Fil está interesante hoy. Tal vez hoy también salga el abuelo pedófilo que te gustó tanto.

—¡No! —dice la señora Thorkildsen con una energía que me pilla desprevenido, bella y terrorífica al mismo tiempo—. Voy a tomarme una hamburguesa y una cerveza. No te va a pasar nada por esperar media hora, Tassen. Además, no era pedófilo. Su hijastra quería vengarse porque tenía una nueva novia.

No me puedo creer lo que estoy oyendo. La espero pacientemente cuando va a cazar, porque lo hace por el bien común. La lucha por la supervivencia. Es un gran sacrificio, pero es necesario para nuestra existencia. Es parte del trato. Lo que no es parte del trato es que la señora Thorkildsen me ate y me dé con la puerta en el hocico para ponerse morada de hamburguesa. Me quedo sin habla. Y solo.

15

HABÍA UNA VEZ UN VIEJO ESQUIMAL, el más viejo del grupo, que no quería vivir según las costumbres modernas. Quería vivir como había vivido siempre, como habían vivido sus padres, con perros, cazando la comida en la tundra fría y nevada. Su familia, su manada, hizo lo que pudo para convencer al viejo esquimal para que se mudara a una casa, pero no sirvió de nada, porque nadie supo explicarle por qué debería dejar de vivir como hasta entonces.

Le quitaron sus viejas herramientas y sus armas. Se llevaron los cuchillos, las sogas, el trineo y no le dejaron otra opción. Sin sus herramientas, un esquimal tampoco puede hacer gran cosa contra el frío.

El anciano accedió a regañadientes a dormir en la casa. Con una condición. Como a la mayoría de los viejos y de los perros, le parecía una abominación hacer sus necesidades dentro de casa. ¡Cagar en una casa, como un gato viejo! El viejo quería salir cada vez que tuviera que bajarse los pantalones de piel de foca. Cuando caía la noche, solía quedarse de pie en la escalera de la casa con una bebida caliente en la mano a esperar que llegara el momento y, cuando llegaba, vaciaba el resto del contenido de la taza en la nieve y salía a la oscuridad de la noche para hacer sus asuntos.

Una noche de invierno, cuando el frío era aún más cortante de lo habitual, alguien se dio cuenta de que el viejo no volvía de su aseo y salieron a buscarlo. Le siguieron la pista hasta donde había ido a aliviar el peso de sus tripas. Pero no había restos de la actividad del viejo y las huellas seguían hacia donde estaban los perros. Allí se encontraron con una visión que bastó para que los más mayores entendieran qué había ocurrido:

El viejo había esperado de pie en la escalera con su taza a que llegara el momento de adentrarse en la oscuridad. Entonces, tiró lo que quedaba de su bebida caliente y vio que hacía el frío suficiente. Las gotas calientes se congelaron antes de llegar al suelo. Esa información era todo lo que necesitaba. Fue a su sitio habitual, pero, en lugar de dejarlo caer en el suelo, cogió la masa caliente entre las manos. Como había aprendido de su abuelo, comenzó a darle forma con cuidado. Amasó y escupió hasta que la mierda empezó a tomar poco a poco la forma de un cuchillo.

Cuando el cuchillo fue lo suficientemente afilado y sólido, se dirigió hacia los perros. Eligió a dos de ellos y, sin hacer ningún ruido, le cortó la garganta al primero y bebió la sangre que brotó del corte. Descuartizó al perro y comió de su carne hasta saciarse. Con la piel y los huesos del perro, se hizo un pequeño trineo. Con las tripas, una soga y un látigo. El viejo dejó que el otro perro comiera la carne de su compañero y después lo ató al trineo, sacudió el látigo y desapareció en la noche polar.

Roald Amundsen era ese tipo de hombre. Eso dice la señora Thorkildsen. El Jefe, lo llama. Al principio, pensé que esa expresión formaba parte de su poco sofisticada ironía, pero entonces alegó que, si así era como llamaban sus hombres a Roald Amundsen, ¿por qué no iba a poder hacerlo ella?

La señora Thorkildsen me muestra una imagen de un hombre en un paisaje blanco, vestido con pieles de un animal que tardo un rato en reconocer. Es el Jefe. El Jefe lleva un par de esquís en los pies y se apoya en los bastones mientras mira majestuosamente hacia la blancura infinita.

—¿Qué demonios lleva puesto? —le pregunto a la señora Thorkildsen, que tiene la amabilidad de ponerme el libro frente al hocico.

—Un lobo —responde. Silencio.

Siento una mezcla de asco y admiración. ¿Qué tipo de hombre se viste con pieles de lobo y qué se supone que debe hacer un pobre perro si se lo cruza en su camino?

Es importante saber que la señora Thorkildsen no le tiene demasiado cariño al Jefe. Es un héroe polar y un icono nacional, claro, eso ella no lo discute. Pero, como demostró en sus estudios preliminares de lo que ha empezado a llamar «El gran viaje al medio de ninguna parte»: «¡El Jefe es un mentiroso!».

¿Y quién no? La señora Thorkildsen también recurre a las mentiras de vez en cuando, como cuando dice que sólo va a salir a dar un paseo y después se pasa siglos fuera, o cuando le hace pensar al basurero que está senil, pero sé que no tiene sentido discutir. Por algún motivo, parece que el Jefe ha ofendido personalmente a la señora Thorkildsen.

—Su pobre madre creía que estaba estudiando para ser médico y él dejó que se lo creyera, pero el tipo apenas sabía abrir un libro. La madre, además, era viuda. Amundsen tenía dieciséis años cuando Nansen regresó a casa tras cruzar el hielo de Groenlandia, y la imagen del héroe al que la multitud vitoreaba le mostró su vocación. No era ser explorador polar, como él mismo decía, sino que lo vitoreasen. Quería convertirse en una estrella. ¡Una estrella polar!

—Bueno, entonces no quería ser médico, ¿no? —replico, pero la señora Thorkildsen no reacciona.

—Por suerte, su madre murió. Y me imagino que el Jefe se avergonzaría un poco, pero le agradeció al destino que lo librara de aquel obstáculo en el camino. Como en su propia imaginación el Jefe había estudiado Medicina, no le pareció necesario llevar un médico en sus expediciones. Había conseguido convencerse a sí mismo de que era un médico lo bastante bueno.

—Bueno —digo—. La mayoría de la gente se cree que es veterinaria nata, así que, ¿por qué no?

—La expedición al Polo Sur fue una mentira de principio a fin. La gente pensaba que iba al Polo Norte.

—Bueno, igual no quería ir al Polo Norte. Yo lo entiendo.

—Pero ésa es la cuestión. Nunca había pretendido ir allí.

Todo era un engaño. El Polo Norte había sido el gran trofeo, pero, de repente, había dos hombres que aseguraban haber llegado allí primero y el asunto se convirtió en una pelea de perros. Perdón por la expresión.

—No te preocupes.

—El Jefe reunió algo de dinero, alquiló un barco, contrató personal, compró unos perros y se echó a la mar mientras le hizo creer a todo el mundo que se dirigía al norte. No había muchos otros sitios a los que podía decir que iba. El Jefe quería ir donde no hubiera llegado nadie —apunta la señora Thorkildsen—, pero no para asentarse allí. No. Si el Jefe iba a alguna parte, lo hacía para marcharse después.

»A ese tipo de lugares se los conoce como "tierra de nadie". Están por todas partes, pero el Jefe prefería una tierra de nadie que estuviera lejos, muy lejos de cualquier otro sitio; una tan fría que nadie pudiera vivir allí.

»Aún me resulta difícil de comprender, aunque lo explique el propio Amundsen, qué tiene de emocionante esforzarse tanto y poner en peligro la propia vida —dice la señora Thorkildsen—. Por otra parte, la única vida que uno pone en peligro es la suya, claro. Lo mismo sucedía con los vuelos del Comandante. Yo tenía miedo por él, pero la única vida que peligraba era la suya. Además, era un buen piloto. Se estrelló cuatro o cinco veces y salió relativamente ileso.

—¿Cómo de bueno es un piloto que se estrella cuatro o cinco veces?

La señora Thorkildsen hace como si no me hubiera oído. Le gusta hablar del Comandante.

—Sólo cuando dejó de hacerlo fui consciente de lo mucho que significaba para él. No quiero decir que se convirtiera en un hombre distinto, pero, a partir de entonces, se hizo posible imaginárselo indefenso.

La señora Thorkildsen está un poco emocionada. Y tiene sed. Se dirige a la cocina y, por un instante, considero seguirla (uno nunca sabe cuándo lo espera una golosina), pero me quedo tumbado. No quiero perder el hilo y me conozco lo suficiente para saber que hasta el más mínimo bocado de salchicha puede hacer que me olvide de todo. De hecho, sólo de pensar en ello se me hace la boca agua. Autocontrol. ¡Quieto!

De vuelta en el salón, con la copa en la mano, la señora Thorkildsen prosigue, aún de camino hacia su butaca.

—Al principio, compensó lo de volar con una moto. No era una de esas motos grandes y ruidosas, sino una bonita y amarilla del tamaño perfecto para los dos. Una Honda. La usamos mucho durante unas semanas, dimos largos paseos y fuimos hasta Enebakk a visitar amigos. Después, la dejamos en el garaje criando polvo hasta que el Comandante se la vendió al Vecino Jack. El que vive enfrente. Pero creo que lo peor para él fue deshacerse del carné de conducir.

—Lo estás pintando como un rarito controlador —intervengo—. Yo no lo recuerdo así.

—Sólo era un hombre como otro cualquiera. Igual que el Jefe, que es lo que estoy intentando decir. Y no creo que pueda usarse la palabra «rarito» para hablar del Comandante —dice la señora Thorkildsen—. Él odiaba a los raritos y le cortó el pelo de forma horrible a su propio hijo en varias ocasiones. Además, era muy caótico. Era, como la mayoría de los hombres, alguien que buscaba el control por medio de herramientas y trastos y tecnología. Y armas, por supuesto.

—Por supuesto.

—Lo de las armas me molestó desde el principio. Aparecían en las cómodas y en los armarios y me dejaban lívida del susto. Pero no había nada que hacer. Hasta que me conoció, dormía con un revólver debajo de la almohada. Él no sabía que yo lo sabía. Cuando se hizo mayor, tener armas en la casa se hizo extrañamente más cómodo. O, al menos, menos incómodo. Creo que él se habría sentido muy inseguro sin ellas y que ya tenía bastantes problemas para dormir. Pero, al final, ningún arma ni herramienta habría podido ayudarlo, y se volvió tan indefenso como me temía. No me importaba. Es más, me venía bien. Lo nuestro era un matrimonio sagrado, ordinario y destrozado, pero los últimos años había mejorado en muchos aspectos. Los últimos diez años, pasamos más tiempo juntos que en los treinta anteriores. Nadie quiere marchitarse y morir, pero sé que al Comandante también le gustaba un poco hacerse mayor. Dejar de preocuparse por sobrevivir a cualquier precio.

—¿Qué ocurre si uno de los dos se hace viejo? —pregunto, pero la señora Thorkildsen está absorta en sus pensamientos. Un rato más tarde, cuando ya he dejado de esperar que diga algo más, llega la respuesta.

—¡Menuda mierda es hacerse viejo!

16

PROBABLEMENTE YO NO HABRÍA SOBREVIVIDO al viaje a la Antártida. Eso opina la señora Thorkildsen. Lo más seguro es que hubiera estirado la pata antes de subir a bordo del Fram. Si, contra todo pronóstico, hubiera sobrevivido a los cinco meses de viaje en barco, me habría enfrentado a una muerte segura durante la marcha de tres meses hasta y desde el Polo Sur. Y, aunque hubiera sobrevivido a esa parte, nada me aseguraba que no fuera a morir más tarde. ¿Aún quería saber más?

—Quiero que me hables de los perros —digo.

—La impaciencia es mala consejera. La historia de los perros forma parte de una historia mayor. Una historia dentro de una historia, por así decirlo. Hay cosas que tienes que saber.

—¿Sobre qué?

—Sobre el hielo, por ejemplo.

—¿Qué es el hielo, sino agua congelada?

—La Antártida se compone principalmente de agua. Tanta agua —dice la señora Thorkildsen—, que la mayor parte del agua dulce del planeta se encuentra allí. Casi el noventa por ciento.

—¿Eso es mucho? —le pregunto.

—Es mucho —confirma la señora Thorkildsen.

—¿Respecto a qué? —pregunto, sintiéndome inteligente.

—Respecto a casi todo, diría yo —responde la señora Thorkildsen, y ya no me siento tan inteligente.

La señora Thorkildsen se queda pensando. Cuando termina de pensar, se levanta y se va a la cocina. La sigo, uno nunca sabe cuándo lo espera una golosina, pero sólo ha ido a servirse un vaso de agua. Dos vasos de agua. Tres vasos de agua. Cuatro vasos de agua, y otro más, y otro, y otro, y otro, y otro, y otro más todavía.

Acto seguido, la señora Thorkildsen va al lavadero y saca su estupendo carrito para el té, el que sólo usa cuando tiene visita. Con cuidado, coloca en el carrito los vasos de agua y lo empuja despacio, muy despacio, hasta el salón, por una vez sin el grito de guerra de los camareros de «todo en un solo viaje».

No me molesta, todo lo contrario: me parece una solución razonable para evitarse un montón de viajes arriesgados a la cocina cuando el agua de dragón le haga perder el equilibrio. Pero, entonces, me quedo de piedra. En lugar de poner los vasos en la mesa, como la experiencia me dice que debería hacer, la señora Thorkildsen aparca el carrito delante de la chimenea, donde empieza a descargar los vasos. Uno detrás de otro, los pone con esmero en el suelo.

Así coloca los vasos la señora Thorkildsen:

$$\circ\ \circ\ \circ\ \circ\ \circ\ \circ\ \circ\ \circ\ \circ\quad\circ$$

Como un espíritu sobre las aguas, la señora Thorkildsen mueve su mano artrítica sobre los vasos con grandes movimientos circulares mientras me revela misterios matemáticos a los que dudo que muchos perros hayan sido expuestos.

—Todos estos vasos —dice mientras mueve las manos—, son el cien por cien. El cien por cien es todo. ¿Entiendes?

—El cien por cien es todo —repito, como si fuera el miembro de una secta al que le han lavado el cerebro. Eso es todo lo que ella necesita para continuar.

—Esto —dice la señora Thorkildsen señalando el vaso que está separado del resto— es el agua dulce del planeta que no se encuentra en el Polo Sur… mientras que esto —y señala el resto de los vasos—, es el agua dulce que se encuentra en la Antártida. Noventa por ciento. Nueve de diez.

—¿Eso es el noventa por ciento?

—Eso es el noventa por ciento.

—¿Y ese vaso?

—El diez por ciento —responde la señora Thorkildsen—. De toda el agua, ¿entiendes?

—Creo que sí —le digo, aunque no entiendo nada.

¡Ojalá lo entendiera!

Para tener una vida en la que no pasa nada, diría que la señora Thorkildsen está bastante ajetreada últimamente. Es cierto que no pasa mucha gente por aquí desde que murió el Comandante, pero, para compensar, parece que cada uno de ellos, a excepción del cachorro del Cachorro, propicia un cambio en nuestra vida. Y, como sucede con la mayoría de los cambios, éstos suelen tener pros y contras. Muchos pros y contras. Puede que haya cambios que sólo sean a mejor y cambios que sólo sean a peor, pero, en caso de que existan, yo no los he visto.

En el caso de la señora Thorkildsen, puede ser difícil ver la diferencia entre «a mejor» y «a peor». Ambas cosas ocurren en silencio y en el mismo contexto. Un buen día es un día en que no llueve y, en un mal día, se queda en la cama. Yo no tengo quejas al respecto. Hasta en los días de lluvia mi bol está lleno de comida y la señora Thorkildsen abre la puerta para que pueda dar una vuelta a mi aire por el jardín. Y me parece bien, aunque no me gusta mojarme. No así.

Aunque la deja atontada, el agua de dragón es lo que más a menudo consigue que la señora Thorkildsen salga de casa. Cuando las reservas de agua de dragón se acercan a su fin es cuando la señora Thorkildsen se prepara para la expedición. Y, cuando vamos a la Cueva del Dragón, no es imposible que pasemos por la Biblioteca. Una cosa lleva a la otra. La única pregunta es: ¿qué llegó antes, la borrachera o la literatura?

Cada vez que la Bibliotecaria menciona que la Biblioteca va a cerrar el año que viene, la señora Thorkildsen se pone triste. Es como si en su cabeza hubiera un cajón en el que guarda y olvida los pensamientos que no le gusta tener presentes. Allí está el pensamiento de llamar al banco, el de que la Biblioteca cierra y muchos otros pensamientos que tiene para sí.

Y, entonces, nos vamos a casa con un libro nuevo en el carrito de la compra. Bueno, en realidad, la señora Thorkildsen pasa antes por la Taberna para comerse una hamburguesa y beber cerveza. Esas visitas a la Taberna son una experiencia un poco ambigua para mí.

Por lo menos, ya no estoy atado en la calle, completamente expuesto, así que ya no tengo miedo de que me asalten niños tocones o chuchos ladradores. Eso no significa que pueda bajar la guardia. Nunca sabes quién puede salir por la puerta de la Taberna o de qué humor puede estar.

Ponen un bol de agua para mí en un rincón, pero nunca soy capaz de relajarme frente a la puerta de la Taberna. Tampoco soy el primer pobre perro al que dejan en este limbo. A través de las sustancias químicas que extienden por el suelo de piedra, puedo reconocer el olor de perros solitarios.

En ocasiones, es un alivio que haya otros perros allí; otras veces, no. Como con tantas otras cosas en la vida, depende del perro. Hay algo en esa situación que despierta lo peor de nosotros. Después de los olisqueos de rigor, cada perro se queda a su aire en un silencio incómodo y haciendo un esfuerzo infinito para evitar mirarse. En una manada como esa, en la que cualquiera podría marcharse en cualquier momento, mirarse sólo es buscarse problemas, pero ya te puedes imaginar lo inútil que resulta evitar mirar a alguien cuando ya lo has mirado. Vergonzoso y aburrido. Excepto en una ocasión que, para compensar, hizo que todas las otras veces hubieran merecido la pena. Ésta llegó en forma de una galga mestiza de pelo blanco y negro. Se llamaba Janis. Nunca la olvidaré.

Janis no era feliz. No era culpa suya, claro. La felicidad de Janis, como la de la mayoría de los perros, estaba en manos de la criatura que se encontrara al otro lado de la correa. En el otro extremo de la correa de Janis, había un trol.

La primera vez que vi a Janis no le presté demasiada atención, la verdad. En quien me fijé fue en la Trol, con su pelo fluorescente y sus pasos firmes. Y, después, me fijé en que la Trol no ató a su perra antes de entrar en la Taberna. Sólo la dejó fuera con unas palabras de advertencia tranquilizadoras antes de desaparecer.

—Muy bien. Buena chica, Janis. Janis, Janis, Janis. Espérame aquí, Janis, que mamá vuelve enseguida.

—Eso dicen todos —intervine cuando la Trol entró en la Taberna, pero Janis no tenía ningún interés en mantener una conversación. Al menos, no en ese momento. Se tumbó en el suelo con el hocico apoyado en la pata delantera y no despegó la mirada de la puerta. Se levantaba cada vez que salía alguien. También cuando apareció la señora Thorkildsen, feliz y satisfecha.

Tras ese día, no pensé más en Janis de lo que pienso en otros perros que se cruzan en mi camino. Pero eso cambió cuando volvimos a la Biblioteca, cuando la señora Thorkildsen quiso hablar de comida y pedir un libro antes de entrar en la Taberna para pedirse su hamburguesa y su cerveza.

—No hace falta que me ates —dije cuando la señora Thorkildsen se disponía a anudar la correa a la barandilla frente a la escalera—. No me voy a escapar, si eso es lo que te da miedo.

—Creía que preferías estar atado —respondió la señora Thorkildsen.

—Depende de la situación —le dije—. Algunas veces está bien que te aten y otras no.

—Como quieras —me respondió la señora Thorkildsen.

Así que, ahí estaba yo, suelto, pero atado con cadenas invisibles, pensando en el lobo Fenris. Pensé en el lobo Fenris hasta que se abrió la puerta y tuve otra cosa en que pensar. Porque, desde la calle, desde más allá del paisaje sonoro de los coches y de los niños que gritan, entró el olor más increíble que uno pueda imaginar. Era como si la vida entrara por la puerta y me dijera: «¡Despierta! ¡Es hora de vivir!».

Enseguida reconocí las pisadas de la Trol. Sonaba como si una avalancha estuviera subiendo por las escaleras. Por un segundo, creí que era ella quien olía tan bien. Pero, claro, se trataba de Janis, que subía despacio y con elegancia y se tumbó tranquila cuando la Trol desapareció hacia el interior de la Taberna. Estábamos solos los dos con su aroma caótico y envolvente.

No me preguntes cómo ocurrió, pero ocurrió, ¡vaya si ocurrió! El olor de Janis tomó el control de mi sistema nervioso y me convertí en un perro viejo y en un cachorro al mismo tiempo. No era capaz de pensar en nada mientras el olor me ordenaba violentamente que me colocara detrás de Janis, que, por su parte, no hacía ningún esfuerzo por ocultar el origen del olor. Todo lo contrario. No tuve más remedio que probarlo, y el sabor que se extendió por mi lengua despejó cualquier duda sobre lo que tenía que hacer. Así que lo hice. Y, después, lo hice otra vez. No hicimos daño a nadie y me pareció trascendental. Aunque no sé muy bien para qué sirve aquello. Sobre todo, fue tremendamente placentero. Le estaba empezando a pillar el truco cuando la señora Thorkildsen, por una maldita vez, salió de la Taberna temprano y, antes de que pudiera reaccionar, ya iba por la calle atado al carrito de la compra y aquel milagro místico ya era cosa del pasado.

Una vez más, habíamos recibido visita mientras estábamos en el Centro. Cuando cruzamos la verja, dos mujeres, una adulta y la otra joven, se nos acercaron por el camino de entrada a casa. En cuanto las vi, hice mi trabajo: di un par de ladridos amenazadores para detenerlas en seco. Antes de que pudiera consultarle a la señora Thorkildsen si debería hacerlas pedazos, la mujer adulta la saludó y, sin darle tiempo a la señora Thorkildsen de devolverle el saludo, le preguntó:

—¿Conoces a nuestro Señor Jesucristo?

A priori, no conozco a nadie con ese nombre, pero parece que a la señora Thorkildsen sí le sonaba.

—Lo conozco —respondió. Vi que la mayor de las dos mujeres se alegraba y estaba a punto de decir algo, pero la señora Thorkildsen la interrumpió—. Y no lo soporto.

Menuda casualidad. Dos completas desconocidas le preguntan a otra perfecta desconocida algo y tardan un segundo en caer en la cuenta de que tienen un conocido común. Éste es el tipo de cosas que nos recuerdan a los perros que, a pesar de todo, los seres humanos tienen unas cualidades asombrosas.

Como es natural, sentí mucha curiosidad por lo que habría hecho ese tal Jesucristo para que mujeres de todas las edades fueran puerta a puerta buscándolo. Pero que a la señora Thorkildsen no le cayera bien aquel hombre había empañado la alegría de esas dos mujeres que, tras ofrecerle algo de lectura en vano, y mira que a ella le encanta leer, salieron por la verja alicaídas y cruzaron la calle en dirección a la casa del vecino.

17

EL ATAQUE DE LA AYUDA DOMÉSTICA. Está lloviendo esta noche y la señora Thorkildsen no se encuentra bien. Nada bien. Otra vez está tumbada en el suelo del baño y no puedo comunicarme con ella. De vez en cuando, habla conmigo, pero no me mira. Lo único que oigo, la única palabra que entiendo de cuantas intenta pronunciar, es mi nombre.

—Tazzen —dice la señora Thorkildsen—. Chavanaguhrrr shatzz bozz Tazzen —se queda pensativa y añade—: ¡Huaaa!

Mueve los brazos y las piernas, pero su cuerpo, tan frágil y tan pesado, se queda prácticamente donde está.

La culpa del desastre la tiene la Ayuda Doméstica, aunque, si me soy sincero, debería saber que también es culpa mía. Debería haber insistido desde hace tiempo en que la señora Thorkildsen también me sacara a pasear cuando llueve, como hacía antes de que muriera el Comandante. Pero hace bastante tiempo que ha dejado de hacerlo. Si llueve, lo que naturalmente ocurre de vez en cuando, se limita a abrir la puerta para que yo pueda salir al jardín y hacer mis necesidades. Sin embargo, si la hubiera obligado a ponerse el abrigo, los zapatos, la bufanda y el gorro y a ejercer su obligación como dueña de un perro, quizá las cosas habrían sido distintas esta noche. Sí, si la hubiera sacado a tomar el aire, nada de esto habría pasado. Pero, como digo, mantengo que casi toda la culpa la tiene la persona que responde al engañoso título de Ayuda Doméstica.

Lo de la Ayuda Doméstica fue idea del Cachorro. Estaba tan orgulloso como un perro de caza con plumas en el hocico cuando vino a anunciar que, gracias a sus esfuerzos con las autoridades del municipio (yo tampoco lo entiendo), le habían concedido una Ayuda Doméstica a la señora Thorkildsen. Como es natural, al principio fingió no querer saber nada de ninguna Ayuda Doméstica, como tampoco quiso saber nada en su día del técnico de la antena, pero, tal vez fuera por la experiencia positiva con este último, al final dejó de lado su indignación y cabezonería y decidió darle la bienvenida a nuestras vidas a la Ayuda Doméstica. A mí me pareció una idea excelente. Pensándolo bien, a mí mismo me vendría bien algo de ayuda doméstica. Ya va siendo hora de que alguien me cepille. Y no recuerdo cuándo fue la última vez que alguien me cortó las uñas. Prometo no volver a morder a nadie.

Esta mañana nos despertó el poco habitual sonido del despertador.

—Hoy viene la Ayuda Doméstica —fue lo primero que me dijo la señora Thorkildsen.

Había dejado preparada la ropa que iba a ponerse hoy, pero no se cambió hasta haber completado su riguroso ritual matutino con su periódico, café y una tostada. Sacó una bolsa de rollitos de canela del armario en el que es invierno por dentro y la puso a descongelar. Yo me ofrecí a comprobar si se había descongelado del todo.

—No hace falta, Tassen. Los comeremos cuando llegue la Ayuda Doméstica.

—¿Y no es mejor que lo compruebe, para asegurarnos?

La señora Thorkildsen se rio, y esa risa fue decisiva. Me dio mi rollito de canela y me miró con una sonrisa pícara mientras yo disfrutaba de mi capricho.

—¿Y bien? ¿Se podía comer?

—Es difícil saberlo con uno solo.

—Bueno, creo que tendremos que arriesgarnos —dijo la señora Thorkildsen.

A medida que se iba acercando la hora mágica a la que vendría la Ayuda Doméstica, la señora Thorkildsen se fue poniendo cada vez más nerviosa. Era contagioso. No tenía la calma suficiente para ver al doctor de la tele. No aguantó más que los cinco primeros minutos de «Mi mujer afirma que yo acosaba a nuestra hija, que se fugó con su novio» antes de volver a ponerse en pie y comprobar que todo estaba en orden. Todo estaba en su sitio y aún quedaba un buen rato para que llegara la Ayuda Doméstica.

Es raro, cuánto más esperas algo, más te imaginas cómo será y más te sorprendes cuando finalmente sucede. Cuando, por fin, sonó el timbre, dimos un brinco los dos, pero sólo yo ladré. A la señora Thorkildsen no le gustó nada. Lo peor fue que a la Ayuda Doméstica tampoco, por decirlo de manera sutil.

¿Cómo es posible conseguir un trabajo que requiere de tanta responsabilidad cuando se tienen tantos prejuicios contra los perros? Solo alcancé a ver a la Ayuda Doméstica de refilón, entre las piernas de la señora Thorkildsen. Era una señora pequeñita de piel y cabello oscuros, y con un miedo instintivo en la mirada. Antes de que la señora Thorkildsen alcanzara a abrir la puerta, la Ayuda Doméstica había echado a correr escalera abajo, hasta el camino de entrada, donde, sin ningún tipo de vergüenza, se puso a gritar ante todo el vecindario.

—¡Miedo de perros! ¡Miedo de perros!

—Ay, lo siento —dijo la señora Thorkildsen como si fuera ella quien tuviera que disculparse—. Un segundo.

La señora Thorkildsen volvió a cerrar la puerta y me pidió que me sentara. Sin problemas. Me he pegado al suelo.

—Creo que tendrás que ir al dormitorio. A la Ayuda Doméstica le dan miedo los perros.

—¡Es una trampa! —dije—. Sólo quiere que me quite del medio para robarte con tranquilidad. He oído hablar de esto.

—Creo que tendremos que arriesgarnos. Además, así descansas, que no te vendrá mal.

—Bueno. Pero luego no te quejes si te maltrata.

Y la maltrató. Cuando, una eternidad más tarde, la señora

Thorkildsen volvió y me dejó salir del dormitorio, se había convertido en una señora Thorkildsen distinta de la que me había encerrado allí. Sencillamente, parecía completamente desanimada. Ya no estaba nerviosa y despierta, sino lenta y letárgica en sus movimientos. No dijo nada.

—¿Cómo fue? —le pregunté, aunque podía ver que no había ido bien.

La señora Thorkildsen no respondió. Se fue a la cocina arrastrando los pies y yo la seguí. Allí estaba el carrito, justo como lo había dejado antes de que llegara la Ayuda Doméstica. La señora Thorkildsen sacó una taza y se sirvió café de la cafetera.

—¿Te puedes creer que no quería rollitos de canela? —dijo la señora Thorkildsen.

¿No quería rollitos de canela? ¿Hay personas que no quieren los rollitos de canela de la señora Thorkildsen?

—No tenía tiempo —añadió la señora Thorkildsen—. Y, además, era casi imposible entender lo que decía. Pero ha lavado muy bien la ropa, eso lo tengo que reconocer.

A la señora Thorkildsen le habían prometido ayuda y pensó que le iban a dar el tipo de ayuda que necesitaba, pero no. Le podía ofrecer ayuda para lavar la ropa, a pesar de que eso podía hacerlo ella misma. Y, si no hubiera aspirado la casa antes de que viniera, también podría ayudarla con eso. Pero, para convertirse en la mejor versión de sí misma, que es lo que de verdad necesita, no iba a recibir ninguna ayuda.

La señora Thorkildsen estaba desanimada. La conozco tan bien que no hacía falta que me lo dijera. Y, si al desánimo se le suman la televisión y el agua de dragón y se le resta el paseo nocturno, el resultado es que la señora Thorkildsen acaba hecha un ovillo en el suelo del baño. Hasta ahí llegan mis matemáticas.

Apesta. La señora Thorkildsen apesta y el pasillo también. Lo último es técnicamente culpa mía. Mía y de una fuente de rollitos de canela. ¿Qué se suponía que debía hacer? La señora Thorkildsen estaba en el salón emborrachándose para olvidar recuerdos incómodos y una Ayuda Doméstica estresante y el carrito estaba ahí enfrente, con sus rollitos de canela. «No tiene ningún sentido», pensé.

La señora Thorkildsen no se dio cuenta de que estaba dando buena cuenta de ellos y, cuando los rollitos de canela empezaron a hacerse notar en mi estómago, ya era demasiado tarde: ella ya estaba en posición horizontal en el baño. Traté de decírselo, la empujé con insistencia con el hocico y ladré un poco, pero nada de eso me acercó a la puerta. Al final, no pude hacer nada por evitarlo. Lo que pasó, pasó.

La casa huele a mierda de perro y a borrachera solitaria. Ahora es cuando sería útil la Ayuda Doméstica.

Me gustaría poder aclarar algo sobre el olor y el sentido del olfato. Decir algo que pudiera desvelar una pizca del misterio, como hizo la señora Thorkildsen con los vasos de agua, pero no sé por dónde empezar. Podría empezar por los ojos, que están más o menos igual de poco desarrollados en los humanos y en los perros. ¿Cómo le explicarías a una persona invidente no sólo lo que ves, sino el hecho de que ves? Lo más probable es que la respuesta sea que eres una persona lo suficientemente educada para no hacerlo. No puedo imaginarme cómo sería el mundo sin la información que me proporciona el olfato. ¿Cómo puede saberse cualquier cosa sin él?

«El olor era indescriptible», se oye decir a menudo, y rara vez se pronuncian palabras tan ciertas. Pero déjame intentarlo de todos modos. Es un tremendo desafío intentar explicarle cualquier cosa a alguien que no tiene sentido del olfato, pero que cree tenerlo.

Cuando no se tiene sentido del olfato, hay que saber tres cosas sobre los olores:

Uno: Los olores son tridimensionales.

Dos: Los olores no desaparecen, sólo adoptan nuevas formas.

Tres: Los olores nunca duermen.

18

GROENLANDIA ES EL TEMA DEL día para la señora Thorkildsen. La segunda masa de hielo más grande del planeta, a sólo una parada de autobús del Polo Norte. La isla más grande del mundo y un lugar muy duro para vivir. Las personas que se establecieron allí tal vez sean las más recias del planeta, pero no podrían haberlo hecho sin sus perros. Ni los perros sin ellos, en realidad. El Jefe encargó no menos de cien perros de la costa oeste de Groenlandia para que se los llevaran a una pequeña isla del sur de Noruega. Eso me cuenta la señora Thorkildsen. Y no puedo evitar preguntarle lo siguiente:

—¿Cien?

—Sí, cien.

—¿Eso es mucho?

—Pensaba que ese tipo de cosas te daban igual.

—Sí, pero bueno, tal vez no.

La señora Thorkildsen no me responde, pero lo hace de tal manera que no me queda duda de que les está dando vueltas a mis palabras, que mis pensamientos hacen que los suyos se muevan, se dividan y formen nuevas constelaciones que, más tarde, se convertirán en palabras y acciones. La acción al final del hilo de pensamiento de la señora Thorkildsen es levantarse de su cómodo sillón e ir a la habitación que está detrás del baño, aquella que ya no usamos nunca. Allí, rebusca en los cajones y regresa al salón con pasos rápidos, casi ansiosos, para instalarse en la mesa del comedor. No huelo comida, pero uno nunca sabe cuándo lo espera una golosina, así que me acerco y me coloco bajo la mesa.

La señora Thorkildsen está sentada a la mesa del comedor y escribe. Al menos eso creo. En lugar del ruido entrecortado de sus palabras cuando las graba en las hojas de su diario, el ruido del bolígrafo trata de completar un arco continuo y controlado en una hoja. Y otra. El mismo arco una y otra vez. Me resulta casi relajante. Adopto una postura relativamente horizontal a los pies de la señora Thorkildsen. Mi descanso se interrumpe de golpe cuando oigo uno de los ruidos más terroríficos del universo:

Las tijeras.

«Ras-ga, ras-ga, ras», dicen las tijeras y el papel a coro. «Corta, cor-ta-rás».

La señora Thorkildsen corta y, cuanto más corta, más delicado se vuelve el sonido de las tijeras contra el papel. Corta cada vez más despacio hasta que, al fin, ya no corta más. Se hace el silencio. La señora Thorkildsen exhala un sonido breve y sin palabras que me transmite que está satisfecha. Se levanta de la mesa. Yo me levanto de mi sitio a sus pies.

—¿Lo ves? —me pregunta la señora Thorkildsen, y me tiende una mano arrugada que sujeta un trozo de papel que sólo huele a papel—. ¿Ves lo que es?

Por mucho que me esfuerce, soy incapaz de entender lo que es, pero a la señora Thorkildsen no parece preocuparle. Se acerca a la mesa baja frente al sofá, aquella que, por algún extraño motivo, dice que le da un poco de miedo y que por eso cubre con un mantel rojo que llega hasta el suelo. Pone el trocito de papel en el mantel rojo de manera que se queda de pie y vuelve a preguntarme:

—Y ahora, ¿ves qué es?

Visto de frente, el trocito de papel parece tener la forma puntiaguda de la casa donde estaba el Fram, pero, cuando rodeo la mesa para mirarlo desde otro ángulo, tiene más o menos este aspecto:

Me quedo mirando la figurita de papel de la mesa y sigo sin estar seguro de qué se supone que representa, pero, sin pensarlo, me oigo a mí mismo decir:

—Es un lobo. Un lobo de papel.

—En realidad, representa a un perro de Groenlandia —dice la señora Thorkildsen.

—Eso es lo que he dicho.

19

HOY, EL CACHORRO HA VENIDO a casa por sorpresa. Con la Perra. Lo presentaron como una visita casual porque andaban por el vecindario, pero a mí todo el asunto me parecía más bien una emboscada. No tengo ni idea de qué hora era, la mañana es la mañana, y la señora Thorkildsen seguía durmiendo su muy necesario sueño reparador. Yo estaba en el pasillo, dormitando entre los zapatos del Comandante, cabeceando y soñando y meditando con el mantra «desayuno». Mi vejiga estaba tranquila y seguía entusiasmado con la idea de echarme una siesta cuando el timbre sonó con un ruido tan atronador y rompí a ladrar enérgicamente por instinto y me he puesto confuso en pie incluso antes de despertarme del todo. Es cierto que siempre ladro con entusiasmo cuando llaman a la puerta, pero esto fue distinto. Era un código rojo y la capitana seguía inconsciente en cubierta tras luchar contra un mar embravecido la noche anterior.

El ruido de la llave en la cerradura me hizo dejar de ladrar. Antes de darle tiempo a abrirse, entré a toda prisa en el dormitorio de la señora Thorkildsen y volví a ladrar, aunque ya estaba claramente despierta. Al menos estaba fuera de la cama, pero eso no son siempre buenas noticias.

La señora Thorkildsen se me quedó mirando con los ojos desorbitados y la boca abierta. Sus pálidas y delgadas piernas asomaban por debajo del camisón, tenía el cabello alborotado y todo lo que había entre ambos puntos era un caos. Era como un caballo viejo y esquelético de camino a la fábrica de pegamento.

Se oyó un «hola» desde el recibidor.

—Son el Cachorro y la Perra —susurré y el susurro pretendía ser tranquilizador, pero sólo agravó la situación. Ya se me había pegado el pánico de la señora Thorkildsen. En ese momento, recordé algo que el Comandante solía decir:

«El pánico y la parálisis son dos caras de la misma moneda. Es mejor tomar una decisión equivocada que no tomar ninguna».

Y, tal como el Comandante prometía, el pánico desapareció en el momento en que tomé una decisión. Del miedo a la acción en un abrir y cerrar de ojos.

—Vuelve a la cama —le dije—. Yo me encargo.

Decidí ir a la ofensiva, aprovechar el factor sorpresa, la mejor baza de cualquier batalla.

Los cerdos del pasillo se esperaban a un Tassen dulce que movía la cola, siempre feliz por ver a gente conocida, pero eso es sólo porque así es como me conocen. Eso me hace pensar en lo que transmite un nombre. Los nombres pueden ocultar un montón de cosas, digan lo que digan.

En realidad, no me llamo Tassen. Tassen es mi nombre de esclavo, el que me dio el amo que me compró. En realidad, cuando llegué a casa por primera vez, cubierto en mi propio vómito, el Comandante me dijo que mi nombre era Hjalmar. Pero la señora Thorkildsen me llamó Tassen desde el segundo día y, desde entonces, nadie me ha llamado otra cosa. Tassen Thorkildsen. En realidad, da lo mismo, porque mi verdadero nombre es Rugido Satánico de los Perros del Infierno.

Fue Rugido Satánico quien erizó el lomo y enseñó los dientes esta mañana. Quien gruñó suavemente y mostró las encías con las patas bien plantadas en la alfombra. No tengo ni idea de dónde salió ese ruido, pero hasta yo mismo me asusté un poco.

Un segundo más tarde, el Cachorro no daba crédito a lo que veían sus ojos. Olía su ansiedad. Y era real. No era un «¡Ay, qué fiero eres, Tassen!» con su voz ridícula. Se quedó en silencio y se le disparó el ritmo cardiaco. Se acercó las manos al cuerpo, el muy cobarde. Parecía que el Cachorro también tenía «miedo de perros». En lugar de seguir entrando en casa, dio un paso atrás. Buen chico. Llévate a la Perra, sal tranquilo y en silencio y nadie tiene por qué salir herido. Tranquilo y en silencio, he dicho.

La Perra lo entendió a la primera y salió hasta la verja sin mediar palabra. El Cachorro se quedó allí solo de pie, muy asustado; tanto que llamó a su madre.

—¡Mamááá! —exclamó.

La señora Thorkildsen no respondió.

—¡Ma-má! —gritó de nuevo.

Volví la cara hacia el dormitorio y en ese mismo momento el Cachorro me sacudió con el periódico enrollado recién sacado del buzón. Sacudir a un perro con un periódico parece algo inocente, pero es más que suficiente para hacerme ver las estrellas y la luna y los planetas si la combinación de puntería y fuerza es la correcta. El Cachorro domina esa combinación, como ya sabía desde hace tiempo, así que me deja atontado. Se acabaron los gruñidos. Para compensar, siento vergüenza, por absurdo que parezca.

Me fui corriendo a la habitación de la señora Thorkildsen, gimiendo y con el rabo entre las piernas, y el Cachorro me siguió. La señora Thorkildsen se puso con esfuerzo la bata azul y parecía aún más confundida que antes al ver al Cachorro.

—¿Qué demonios está pasando? —me preguntó.

—Tassen nos ha atacado —respondió el Cachorro.

—¡Menuda tontería! —dijo la señora Thorkildsen con desdén mientras se ataba el cinturón de la bata—. Tassen no ataca a nadie.

—¿Ah, no? Nos ha enseñado los dientes cuando hemos entrado.

—¿Ves? —dije yo—. Eso no es un ataque, es una advertencia.

—Eso no es un ataque, es una advertencia —dijo la señora Thorkildsen—. Tassen me cuida. Si llegan a decirnos que tenían pensado venir, no habría reaccionado así. ¡Pero qué esperan cuando entran dando golpes como si fueran la Gestapo?

A la señora Thorkildsen la habían sacado de la cama, literalmente, pero conocía el arte de la guerra. Ahora era el Cachorro quien estaba a la defensiva.

—Haz un café y déjame que me vista —dijo con firmeza.

El Cachorro salió del dormitorio antes de que la señora Thorkildsen pronunciara la palabra «café». Yo lo seguí para asegurarme de que acataba las órdenes.

Mientras la señora Thorkildsen se tomaba su tiempo para vestirse, el Cachorro y la Perra revolvieron todos los cajones y los armarios que pudieron mientras intercambiaban frases cortas entre dientes.

—Tienen que estar en alguna parte —dijo el Cachorro—, pero no sé dónde. Solía esconderlas en el armario de las sábanas, pero no tengo ni idea. ¿Has mirado en el lavadero?

—No hay ni una botella vacía.

—Dios sabe cómo se deshace de ellas.

Dios lo sabe. La señora Thorkildsen lo sabe. Yo lo sé. El hombre bienoliente del traje fluorescente lo sabe. No entiendo por qué el Cachorro y la Perra tienen que saberlo, sobre todo porque han vuelto a venir para hablar de casas.

· · ·

—Los entiendo perfectamente —dice la señora Thorkildsen, por fin sentada en la penumbra en su butaca, con una copa en la mano tras un día muy largo—. A ella, quiero decir. Porque no creo que para Junior sea tan importante vivir aquí. ¿Por qué si no iba a pasar la mayor parte de su vida adulta en el extranjero? Pero está claro que ella está convencida de que quiere vivir aquí y, como digo la entiendo perfectamente, porque éste sigue siendo un buen sitio para vivir. Un lugar fantástico en el que crecer, pero ¿no pueden esperar el escaso tiempo que me queda de vida? Me pienso quedar aquí hasta que me saquen con los pies por delante y nunca les he dado motivos para pensar lo contrario. Pero ¿qué pasa cuando me esfuerzo en acelerar mi deterioro? Que, de repente, es un problema que no me cuide.

Las últimas palabras las pronuncia con un tono de voz con el que creo que pretende imitar a la Perra. Pronuncia las palabras con una mueca en los labios. Se queda callada el tiempo suficiente para que me crea que hemos dejado el tema. Pero, entonces, prosigue:

—¡Cuidarme! Eso es lo que hago. Ocuparme de mi vida. Vivir como quiero vivir. No soy una niña que no entienda las consecuencias de lo que hace. Las entiendo perfectamente. Son ellos los que no entienden que no tengo por qué querer vivir durante el mayor tiempo posible. ¿Para qué? ¿Por qué debería vivir una vida aburrida y gris a cambio de una vida aún más gris y más aburrida en una residencia de ancianos? ¿Por qué demonios debería cuidarme?

—Bueno, para empezar, eres responsable de un perro —le digo—. Y ésa es una gran responsabilidad.

La señora Thorkildsen sonríe.

—Eres mi consuelo en la vida, Tassen, ¿Lo sabes? Y espero que sepas que siempre voy a cuidar de ti.

—¿Siempre?

—¡Siempre!

—¿Con rollitos de canela?

—Con rollitos de canela.

20

LA SEÑORA THORKILDSEN VUELVE A RECORTAR. Me alegra ver que está levantada y activa, pero, a decir verdad, parece algo débil. Debería comer más y quizá beber menos agua de dragón. Y lo sabe. Hasta se lo he oído decir. Pero no tiene apetito y casi no tiene comida. Deberíamos haber ido de caza hoy a pesar de que no nos falte agua de dragón, pero ya está oscureciendo y la señora Thorkildsen nunca sale a cazar de noche.

Recorta en silencio y en la casa no se oye un ruido, sólo el sonido del papel al doblarlo y de las tijeras que lo recortan. Entonces, suena el teléfono y la señora Thorkildsen se sobresalta, se pone en pie y se tambalea hacia el pasillo para atender la llamada.

—¿Veintiochoceroseiscerosiete? —dice. Estoy convencido de que quien llama es una de sus amigas, tal vez una prima. Lo sé por la forma en que le habla la señora Thorkildsen. No del todo relajada, pero sí todo lo relajada que puede estar cuando habla por teléfono—. No, estoy aquí sentada —dice la señora Thorkildsen y, después, ofrece otra versión resumida de su vida desde que se fue su marido. Describe una vida con muchas horas vacías y falta de apetito y precios terribles y porquería en la tele que, de todas formas, nunca ve. En general, la imagen que evoca es bastante trágica, pero esta vez añade algo al final—. No sé cómo me las arreglaría sin Tassen.

Y yo pienso que tampoco lo sé. Como tampoco sé qué haría yo sin ella. Nos necesitamos el uno al otro. Sin la señora Thorkildsen, me moriría de hambre y, sin mí, ella bebería hasta morirse.

No dice ni una palabra del Cachorro ni de la Perra. Tampoco menciona que hoy hemos ido a la Biblioteca y a la Taberna (también estaba Janis, pero esta vez me parecía poco interesante y poco interesada. Además, estaba embarazada). Tampoco cuenta que está sentada a la mesa del comedor, recortando papeles. En lugar de eso, repite:

—Nunca pasa nada.

Es curioso que diga eso. Aquí estamos, en mitad de un gélido drama sobre la vida y la muerte, el honor y la humillación, los perros y los humanos, ¿y dice que no pasa nada? El Cachorro y la Perra entran con las manos llenas de papeles que hacen que la señora Thorkildsen se ponga nerviosa y se asuste, ¿y no pasa nada? ¿Y qué hay de la Ayuda Doméstica? ¿De las hamburguesas de la Taberna?

Sé lo que está haciendo. La señora Thorkildsen nunca se

queja. Y así es cómo se queja la señora Thorkildsen. Para la señora Thorkildsen, quejarse no es sólo una habilidad, sino todo un arte.

«El mejor sitio para esconder un árbol es el bosque», me dijo el Comandante una vez y, dado que todo lo que me decía eran cosas que ya le había dicho a la señora Thorkildsen, creo que ella también lo habrá escuchado. En cualquier caso, está aplicando ese consejo. Camufla su falta de quejas con más quejas. Al teléfono no se queja de lo que extraña a otras personas y los viejos tiempos. En lugar de eso, habla de un dolor en el pie del que nunca había oído nada. Y después siempre viene lo de hablar de los que están peor que ella. Y de la Ayuda Doméstica. Y lo de la porquería en la tele.

Cuando termina, se dirige a la mesa del comedor, pero ya no recorta más. Se queda quieta en la silla mirando al vacío y no me responde cuando le hablo. Incluso su olor se diluye. Entonces, la señora Thorkildsen se va a la cama sin darme siquiera las buenas noches.

21

E LLEVA TRES NOCHES. A la tercera, la señora Thorkildsen se levanta de la mesa del comedor, recoge los trozos de papel, vuelve a guardar las tijeras en el cajón de la cocina, sale al pasillo y me llama. Como siempre tengo ganas de dar un paseo, ya estoy en la puerta antes de que la señora Thorkildsen consiga encontrar el abrigo, pero la vieja me ha engañado. Oigo cómo se cierra tras de mí la puerta del salón, con la señora Thorkildsen al otro lado. Me pilla tan por sorpresa que no reacciono de ninguna manera. Decido pensar que se trata de un accidente y que enseguida se solucionará.

Espero un montón de tiempo. Tengo en cuenta el carácter distraído de la señora Thorkildsen y su complexión frágil, pero todo tiene un límite. Ladro. No ocurre nada. Vuelvo a ladrar. Y ladro otra vez. La señora Thorkildsen no responde. Ladrar porque sí no está en mi naturaleza. Ladro porque los humanos me han programado para que les avise de los peligros que amenazan a los míos. Además, me preocupa lo que pueda hacer la señora Thorkildsen sin vigilancia. Las personas mayores, como señaló la Perra, tienen tendencia a quemar las casas en las que viven. O a romperse la cadera. ¿Y si la señora Thorkildsen tiene un ataque de demencia tras esa puerta cerrada y se le olvida que estoy en el pasillo? Solo. Me voy a morir de hambre. O, lo que es más probable, de sed. Hay zapatos suficientes para mantenerme con vida un tiempo, pero no hay agua potable. Está toda en el Polo Sur.

Entonces, interrumpiendo mi hilo de pensamiento, se abre la puerta del salón. He alcanzado tan buen ritmo con los ladridos que ya casi surgen como algo autónomo, como los de los chihuahuas, y se me escapa alguno más cuando la señora Thorkildsen ya ha abierto la puerta. Hay una breve e incómoda pausa. Me temo lo peor. Pero la señora Thorkildsen no está enfadada por mis ladridos.

—Vamos, Tassen —dice—. No ha sido para tanto.

Estoy a punto de responder que sí que lo había sido, pero la señora Thorkildsen ya ha pasado al «Ven, pasa», así que entro. Uno nunca sabe cuándo lo espera una golosina.

En el suelo, frente a la chimenea, está el resultado de tres noches de trabajo con las tijeras y el papel. El lobo solitario se ha convertido en una manada gigante.

—Esto son cien perros —dice la señora Thorkildsen.

Cien perros son muchos más de los que podría haber imaginado. Más perros de los que he visto nunca al mismo tiempo, en toda mi vida. No sabía que hubiera tantos perros en el mundo. Es una visión que abre las fronteras de mi sencillo cerebro canino. El suelo está lleno de lobos de papel puestos en fila, todos distintos y parecidos, pero, sobre todo, son muchos.

—Todos estos perros compró el Jefe en Groenlandia —dice la señora Thorkildsen, observando su creación—. Y todos estos —dice, y quita un lobo de papel del suelo— murieron en el viaje de Groenlandia a Noruega. Uno solo.

Se queda de pie con el lobo de papel en la mano, más pensativa que confusa. Ya he aprendido a oler la diferencia. La señora Thorkildsen, que normalmente es una maestra en predecir lo que va a ocurrir, va entrando y saliendo de distintos espacios de tiempo en los que no comprende lo que ha ocurrido ni lo que va a suceder. A veces, no tiene ni idea de lo que ha hecho ella misma. O de lo que está a punto de hacer.

Una decisión está tomando forma en su cabeza. Se dirige a la chimenea y pone el lobo de papel sobre la repisa de la chimenea. Papel blanco sobre escayola blanca. La sombra es lo único que indica que está allí. Un lobo muerto en una repisa. El ejército de perros se extiende desde la chimenea hasta la mesa baja del salón. La manada ocupa todo el espacio entre la cesta de la leña y el sillón del Comandante, que ahora es mío. Al final, terminamos los dos con la mirada fija en ese lobo solitario de la repisa de la chimenea.

—¿Dónde está?

La señora Thorkildsen se lo piensa antes de responder.

—Bueno, ¿quién sabe? En cualquier caso, no en el Polo Sur. Pero, si era un perro bueno, y tengo muchos motivos para pensar que lo era, estará en un lugar mejor.

—¿Los perros buenos no llegan al Polo Sur?

—No suelen.

Por supuesto, me muero por que la señora Thorkildsen me diga que soy un buen chico, pero esas cosas no se piden. Sería como pedir respeto. En cuanto pides respeto, lo pierdes. Si, por nuestra convivencia diaria, la señora Thorkildsen llega a la conclusión de que soy un buen chico, depende de ella decírmelo por iniciativa propia. Así que pregunto:

—¿De qué murió?

—Pues no estoy segura —dice la señora Thorkildsen—. De hecho, es raro que no murieran más perros en aquel trayecto. El Jefe había contratado a dos esquimales para que cuidaran de los perros, pero dejar Groenlandia era más fácil para un perro que para un nativo. Los perros fueron abandonados a su suerte, apelotonados en una oscura bodega sin supervisión.

—¿Toda esta manada iba en la bodega de un barco?

No tengo palabras.

—Ningún miembro de la tripulación sabía gran cosa sobre perros. Normalmente, los marineros no necesitan esa clase de conocimiento. Se mantenían alejados de la bodega. Tiraban comida por la escotilla y dependía de los perros repartirla.

—Oh-oh —digo.

La ley del más fuerte ya es lo suficientemente cruel al aire libre, pero, si uno es rápido, puede escapar. Esconderse. Me cuesta imaginar en qué consistía la ley del más fuerte para aquellos perros de Groenlandia cagados de miedo en la estrecha bodega de un viejo buque que cruzaba el Atlántico Norte. Decir que es un milagro que sólo muriera uno de ellos es un eufemismo. Por otra parte, puede que fuera el perro más afortunado de toda esta triste historia.

22

SU ENFERMEDAD TIENE UN NOMBRE. La señora Thorkildsen padece de soledad. Es una enfermedad crónica que soporta en silencio y con valentía, pero que, en ocasiones, muy de vez en cuando, normalmente cuando el día ha sido demasiado largo, me confía.

—Estoy muy sola, Tassen —me dice.

Me hace sentir fatal, porque yo no me siento solo. Yo tengo a la señora Thorkildsen y eso me basta y me sobra. La señora Thorkildsen, sin embargo, sólo me tiene a mí y al parecer eso no es suficiente para ella.

Estoy convencido de que la señora Thorkildsen hubiera sido más feliz si fuera un perro. (De hecho, creo que esto puede aplicarse a la mayoría de los humanos). Si fuera un perro, podría saludar a todas las personas que se cruzaran en su camino, aunque no las conociera. Cada encuentro casual por la calle olería a información jugosa y a historias sabrosas. Por no hablar de que es mucho más emocionante olisquearse mutuamente la entrepierna que asentir con la cabeza cuando uno se cruza con alguien, como suelen hacer los humanos, si es que se molestan en saludar.

Ayer, el programa del doctor de la tele se titulaba «Mi suegra sabotea nuestro matrimonio con acusaciones falsas». Por primera vez, la señora Thorkildsen no fue capaz de terminar de ver el programa. En mitad de una frase, en mitad de un grito, agarró la varita mágica y, con su poderoso pulgar, acabó con la suegra y con el doctor. Levanté la cabeza del suelo cuando el silencio atronador que siguió al cacareo humano me hizo salir del letargo de mi dosis diaria del doctor de la tele. La señora Thorkildsen se quedó sentada observando el televisor apagado. Miró a la oscuridad y se quedó escuchando el silencio durante mucho tiempo. Demasiado, me pareció, así que le hice una pregunta.

—¿Te apetece hablar de ello?

—No —dijo la señora Thorkildsen—. No hay nada de qué hablar.

—Uno se siente mejor si habla de lo que le preocupa. Siempre lo dices.

—¿Y quién dice que quiera sentirme mejor?

La señora Thorkildsen extrae nutrientes de las letras de los libros, como hacen mis intestinos con la grasa de cerdo, pero la lectura también acarrea problemas. Lo que entra —ya sea en el cerebro o en el intestino— también tiene que salir. A la señora

Thorkildsen se le estriñe el cerebro si no saca aquello que los libros le meten en la cabeza. Las palabras de los libros fluyen a través de la señora Thorkildsen como un río que vuelve fértil y fructífera la tierra por la que discurre, pero ¿qué pasa si el río no encuentra su cauce?

Inundaciones. Cosechas perdidas. Desierto. A veces temo que la señora Thorkildsen se convierta en un desierto.

La señora Thorkildsen se ha contagiado de la locura del Jefe. Cree que va a llegar al Polo Sur. Paso a paso, palabra a palabra. Con un solo perro tirando del trineo.

El Jefe es un mentiroso. Ésa era y es la premisa y la conclusión del relato de la señora Thorkildsen sobre «La odisea antártica» y ahora, feliz por la desgracia ajena y tras dar un buen sorbo de agua de dragón, ha llegado al momento en que él revela su naturaleza mentirosa al mundo. Ésta es la prueba B del caso de la señora Thorkildsen contra el Jefe. La prueba A —que está comprobado que le mintió a su madre— siempre será el argumento principal de la señora Thorkildsen.

• • •

El Jefe posa frente al mástil del Fram con las manos a la espalda. Es temprano en el puerto de una pequeña isla del Atlántico. El Fram está más lejos del Polo Norte de lo que nunca ha estado. Del mástil, cuelga un mapa cuadrado muy distinto de todos los demás mapas. Muestra una isla. La costa está delineada con precisión. Dentro de la isla, alguna que otra cordillera, pero, hacia el centro del mapa, no hay ni un solo perfil topográfico. La mayor parte del mapa es una mancha blanca en que las líneas se dirigen a un mismo punto, como en una diana. Otra forma de leer el mapa, que seguramente sea cómo lo hace el Jefe, es ver una luz brillante que emana del centro.

El Jefe habla sobre el Polo Sur. El punto al que se dirigen las líneas o del que surgen. Una estrella brillante o un agujero negro. Todo o nada. El Jefe no tiene ni que decirlo: los primeros o los últimos. No hay lugar para medias tintas. Tampoco hace falta que diga qué les espera a quienes no lleguen los primeros. Alguien ya iba de camino a ser el primero. Llegar antes que el primero, ése era el objetivo del Jefe. ¿Alguna pregunta?

Ninguna.

—Mintió a todo el mundo a quien había pedido dinero; mintió al hombre que le había prestado el barco; mintió a su rey y mintió a su primer oficial. Les dijo que iba a ir al Polo Norte. Puede que incluso les explicara por qué. Que se lo explicara con tal claridad y fuerza que los hombres estuvieran dispuestos a soportar la pérdida de siete veranos con sus posteriores otoños para surcar el hielo del océano polar.

—¿Son siete veranos mucho tiempo?

—La mitad de la vida de un perro.

—Así que, si dejaras atrás a un perro joven en la flor de la vida, seguramente hubiera muerto de viejo cuando regresaras a casa, ¿no?

—Así es —dice la señora Thorkildsen—. Mi padre salía al mar y allí se quedaba durante tres años. La primera vez que lo vi, yo tenía tres años, la siguiente seis y, más tarde, lo tuve en casa un año entero cuando cumplí los nueve. Después, se marchó de nuevo. Se fue a China, pero desapareció por el camino. Nadie ha sabido nunca qué ocurrió. Mi madre creía que la tripulación había acabado con él. «Era demasiado duro», me dijo.

Me gustaría saber a qué se refería la señora Thorkildsen con «duro». El Jefe, por ejemplo, debía de haber sido un hombre duro, pero, al mismo tiempo, no demasiado. Lo suficiente para poner el globo terráqueo patas arriba, romper sus promesas y navegar con un buque con el que, mediante engaños, consiguió entrar en los libros de Historia. Lo suficientemente duro para guiar a una manada de perros esquimales hacia la nada más absoluta, pero no lo bastante para que su propia tripulación lo apaleara y lo tirara por la borda. Un equilibrio adecuado.

Los esquimales le enseñaron al Jefe a guiar trineos tirados por perros. Aprendió a castigar a los perros que no se sometieran a él y también aprendió lo rápido que se puede conseguir que un perro agotado y hambriento vuelva a sacudir la cola y a querer tirar del trineo con todas sus fuerzas. Aprendió lo que ocurre cuando fuerzas demasiado a los perros y, después de disparar y matar a un perro que no quería tirar del trineo, aprendió que los perros de Groenlandia son caníbales, saben bien y protegen de las enfermedades. Un perro de Groenlandia muerto, pensó el Jefe, puede ser perfectamente un buen perro de Groenlandia.

23

NORMALMENTE, NO HABRÍA PODIDO RECITAR ninguno de los poemas que la señora Thorkildsen me lee en voz alta de vez en cuando con la mejor de las intenciones. Esto se debe a varios factores. El primero es que tiende a recitar poesía por la noche, después de consumir cantidades considerables de agua de dragón. En otras palabras, su dicción no siempre es la ideal.

El segundo motivo es que los poemas que lee suelen ser del todo incomprensibles. No digo que sean malos, sólo que a mí no me llegan. Y creo que, en lo que a poesía se refiere, hay que fiarse del instinto. También puede ser que los perros no entendamos de poesía, pero yo sacudo la cola con entusiasmo cuando me emociona un poema. Por ejemplo, este:

Rosa es una rosa es una rosa es una rosa.

A eso lo llamo yo poesía. Las cartas sobre la mesa, nada de tonterías, algo que te cale hasta los huesos. (Llevo mucho tiempo sin comerme un buen hueso, por cierto).

La señora Thorkildsen ha tenido la amabilidad suficiente de explicarme cómo se escribe poesía, sin que yo se lo haya pedido. El secreto de la poesía, me explica la señora Thorkildsen, consiste sencillamente en retorcer un poco las palabras. Utiliza una metáfora hecha a medida para despertar mi interés. Consiste, dice, en no tomar el camino más rápido, sino el más emocionante del parque.

Por ejemplo, así:

Gira
que te girarás,
siempre tendrás
el culo detrás.

Según la señora Thorkildsen, eso es todo. ¡Mucha suerte!

A veces, tengo que recordarme que la señora Thorkildsen no es un perro, sino un ser humano con todas las carencias y debilidades propias de su especie. Muchas veces me he visto en la necesidad de recordarle que ésta es, ante todo, una historia sobre perros, pero, por fin, parece que lo ha entendido. ¿Y por qué? Bueno, pues porque la señora Thorkildsen ha descubierto, para su propia sorpresa, que los perros del Polo Sur tenían nombre.

¡Menudo descubrimiento! Seguramente ya tuvieran nombres mucho antes de que los metieran en la bodega en Groenlandia, pero esos nombres se quedaron allí cuando el barco se alejó del puerto en la clara noche de verano.

Es la tripulación quien bautiza a «sus» perros. A la señora Thorkildsen le interesan muchísimo esos nombres. Cuando descubre uno nuevo, se pone muy contenta y se emociona una barbaridad. Entonces, se levanta y se dirige hacia la manada de lobos de papel que está frente a la chimenea, elige a uno de ellos y se lo lleva a la mesa. Y, ya que está de pie, hace una visita a la heladera.

Con las gafas en la punta de la nariz y un bolígrafo en la mano, a medida que los va descubriendo, escribe el nombre de cada uno de los perros en las siluetas de papel.

Este es Siggen, ese Cadáver, aquel Máximo Gorki —lo que hace reír a la señora Thorkildsen— y también están Frithjof, Peluche y Coronel. Comandante nos hace reír a ambos.

Bella, Bolla, Lasse, Esquimal, Balder, Fix, Lussi, Ángel de la Muerte, Gris, Brum, Lucy, Jacob, Jóker de Tréboles, Tigre, Rata, Travieso, Emil, Calvito, Hellik, Adán, Granuja, Bofetada, Lúgubre, Suggen y La Señora Snapsen.

Pequeño, Kaisa, Joven Kaisa, Urano, Neptuno, Esther, Sarah, Eva, Olava, Relojero, Lola, Else, Siv, Maren, Cocinero, Hueso, Presumido, Helga y Per. Madeiro. Thor.

Ésos son los nombres que recuerdo. Seguramente no sean ni la mitad. No tengo memoria de elefante. Nunca he dicho que la tuviera. Para compensar, mis excrementos son pequeños y presentables, de manera que una jubilada con una forma física aceptable puede recogerlos en una bolsa de plástico sin problemas. Una cosa por la otra.

—¿Te imaginas —pregunta la señora Thorkildsen— el lío que tuvo que haber sido estar en el Fram con todos esos perros en mitad del océano Atlántico?

Sí, me lo imagino. Me imagino mejor que ella, creo, que una cubierta de barco mojada que se desliza sobre una ciénaga azul pueda ser un infierno para un perro de Groenlandia. De hecho, para cualquier perro. Porque yo he visitado esa cubierta. Y sé cómo huele.

Los hombres que no estaban acostumbrados a los perros de Groenlandia, es decir, la mayoría de cuantos iban a bordo, les temían y los veían como seres primitivos. Sencillamente repulsivos con los bigotes sucios y hambre en la mirada. Si los perros estaban enfadados, mordían. Si tenían hambre, mordían. Si tenían miedo, mordían. Y era imposible enseñarles nada a bordo del barco. El Fram era un zoo flotante con animales más o menos salvajes. Y, como los animales de un zoo, ninguno debería estar allí.

—Eso es maltrato animal —señalo—. Atar a perros polares a la cubierta y cruzar los trópicos es excesivo.

—Espera —dice la señora Thorkildsen con picardía—, que lo peor viene ahora.

—Supongo que cayeron como moscas.

—El Jefe contaba con que la mitad de los perros moriría durante la travesía entre Groenlandia y la Antártida.

—Maldito sádico.

—Puedes llamarlo así, sí. Pero ¿adivinas cuántos perros sobrevivieron tras cinco meses en el mar?

—¿Mil cuatrocientos y mil diez? ¿Qué esperas que diga? Pero digamos que el Jefe había calculado bien. Tengo la sensación de que era el tipo de hombre que solía tener razón. Digamos que la mitad.

—¿El cincuenta por ciento?

—Los porcentajes están bien. Nos gustan los porcentajes. Digámoslo así.

—¡Pues espera! —dice la señora Thorkildsen con un secretismo y un ánimo que me resultan sospechosos y me hacen pensar que tiene preparada una sorpresa—. ¡Sentado —dice. Me siento. El más fácil de los trucos. Me siento rápido como una bala—. ¡Quieto! —añade.

Me quedo quieto, claro, pero empiezo a sospechar un poco. ¿Es posible que me dé una golosina? No me vendría nada mal, la verdad. Tengo el estómago un poco vacío y estoy inquieto. La señora Thorkildsen se va a la cocina y noto que se me empieza a mover la cola por sí sola. Es muy poco práctico mover la cola estando sentado.

Ya ha vuelto, pero, por desgracia, no trae ninguna golosina, a menos que la lleve muy bien envuelta.

—Ahora verás —dice la señora Thorkildsen y, por supuesto, vuelve a tener razón.

Se dirige a la manada de lobos que está frente a la chimenea y ahora veo lo que lleva en la mano. ¡Más lobos de papel!

La señora Thorkildsen los pone junto al resto de la manada

de uno en uno. A los bebés los trae la cigüeña; a los lobos de papel, la señora Thorkildsen. Hay muchos. Cuando creo que ha colocado el último, viene otro más. Y otro. Después de cuatro, pierdo la cuenta. Cuando termina, la señora Thorkildsen se lleva las manos a las caderas, la postura preferida de los humanos cuando sienten que han conseguido algo. Y yo diría que eso es lo que ha hecho la señora Thorkildsen. Se merece llevarse las manos a las caderas.

—Ciento dieciséis perros —dice la señora Thorkildsen—. Diecinueve más de los que había cuando salieron de Noruega.

No puedo hacer más que confiar en que lo que me dice es cierto.

—Resulta que no paraban de nacer cachorritos en el barco. Todos los machos que llegaron al mundo mientras estaban en el mar, llegaron a la Antártida. Pero ¿adivinas qué les ocurrió a las hembras?

Siento que se me revuelve el estómago antes de que termine siquiera de pronunciar la pregunta. Casi puedo oler a las perras guisadas con romero, salsa de carne, verduras y patatas hervidas.

—Se las comieron… —me aventuro a decir. Y no siento rabia, sino una sensación de vacío. La señora Thorkildsen, sin embargo, se echa a reír—. ¿Qué tiene de divertido que se comieran a las perritas? —le pregunto, y espero que quede claro que estoy molesto.

—Perdóname, Tassen —dice la señora Thorkildsen y, en mitad de todo ese horror, me alivia oír lo que la risa hace con su voz—. No, no se comieron a las hembras. Pero no debería reírme, porque lo que hicieron no fue mucho mejor. Cuando nacía una hembra, enseguida tomaban medidas. La tiraban por la borda antes de que llegara a abrir los ojos.

—¿Se ahogaron?

—Supongo que sí.

—¿Se deshicieron de ellas así sin más, plop, plop?

—La tripulación gritaba: «¡Comida para los peces!» cada vez que tiraban a una perra recién nacida por la borda.

—¡Canallas!

—No necesariamente. Ten en cuenta, Tassen, que estos hombres no odiaban a los perros. Podrías pensar que un hombre capaz de agarrar del pescuezo a una perrita de Groenlandia recién nacida y tirarla por la borda ante la atenta mirada de su madre debe tener el corazón de piedra o algo peor. Pero no tiene por qué ser así. Basta con que tenga un objetivo. Y, si el objetivo requiere sacrificar a las hembras, se las sacrifica. Según el Jefe, que lo había aprendido de los esquimales, demasiadas hembras en la manada sólo traerían problemas. En general, la expedición polar noruega no era un buen sitio para las mujeres.

La señora Thorkildsen puede decir lo que quiera, pero, en mi opinión, ahogar a unas perritas recién nacidas no es mucho mejor que comérselas.

—Escucha lo que decía el Jefe sobre la gente que llamaba a todo esto maltrato animal —insiste la señora Thorkildsen con las gafas en la punta de la nariz. Lee con voz grave, lo máximo que su registro le permite, pero, aun así, no me parece que suene como un aguerrido héroe polar. Sigue sonando como una aguerrida bibliotecaria—. «Ojalá esa gente hubiese estado a mi cargo. ¡Hipócritas todos ellos! ¡Carajo! Puedo decir con seguridad que los animales nos adoraban». ¿Has oído eso, Tassen? El Jefe cree que eres un hipócrita. ¿Qué tienes que decir a eso? «Los animales nos adoraban». Claro que sí, pero no porque fueras bueno y amable, capitán Amundsen. Te adoraban porque eso es lo que hacemos los perros. Es nuestro trabajo. Adoramos a los humanos incluso cuando no nos dan ningún motivo para hacerlo. Los adoramos con todas las preocupaciones y el tormento que eso nos supone. Y, cuando pensamos que estamos hartos, volvemos a por más. Tienes que maltratar mucho y muy temprano en la vida a un pobre perro para destrozar ese instinto. Los perros no pasan de ser amistosos a hostiles, sino de amistosos a temerosos, y es muy difícil sacarlos de ese estado tras haberlos relegado a él. ¿Qué se cree que hubiesen hecho los perros si no fueran felices, aparte de morir?

24

EL MALDITO PASADO VUELVE A morderme la cola. Lo hace porque no comprendo el maldito futuro.

Un día, hace mucho, mucho tiempo, la señora Thorkildsen, sin previo aviso, mientras lavaba su plato, sus cubiertos y su taza del desayuno, me dijo lo siguiente:

—Tendrás que arreglártelas sin mí unos días la semana que viene.

—Sabes que no soporto que te vayas —le respondí—. ¿Y por qué demonios tengo que quedarme solo?

—Me voy a ir de viaje —me respondió la señora Thorkildsen—. Con algunos amigos de la Asociación de Bibliotecarios. Nos vamos a Dinamarca en barco.

—¿En barco? ¿Por el mar?

—Sí, claro. Vamos a Copenhague.

—¿Y qué demonios van a hacer allí?

—Hacer, lo que se dice hacer… —respondió la señora Thorkildsen. Se rio de esa forma que no soporto—. Es más bien un
viaje de placer. No estaremos más que unas horas en Copenhague antes de subir al barco que nos traerá de vuelta a Noruega.

—¿Y eso qué gracia tiene?

—Pues mucha —dijo la señora Thorkildsen—. Voy a relajarme con buena comida y bebida y la compañía de unos viejos
amigos.

—¡Ésas son las cosas que me gustan a mí!

—Por desgracia, no dejan entrar a perros en Copenhague
—dijo la señora Thorkildsen como si le diera pena.

—¿Y no pueden hacerlo aquí? —insistí—. Hace mucho que
no organizas una fiesta. Tienes mucha comida en el frigorífico
y mucha agua de dragón en el armario de las sábanas.

Casi exclamo un «¡ja!», pero me contuve. La señora Thorkildsen no me contestó. Claro que no. Se había acabado la
discusión y yo había ganado. Creí que se había zanjado el
asunto, hasta que ayer se puso a revolver en los cajones y los
armarios. Le pregunté qué pasaba, pero la señora Thorkildsen
estaba demasiado concentrada en sus cosas para responder.
Estaba nerviosa y animada al mismo tiempo, y eso no era
nada propio de ella. Al menos no cuando está sola en casa.

Hoy, por fin declaró que piensa cruzar el mar para irse a
Copenhague, para después volver a casa. Pero, mi sabia y razonable señora Thorkildsen, ¿qué idea desquiciada es ésta? Por

primera vez, comprendí la preocupación que sentían el Cachorro y la Perra por su salud mental. Aparte de esto, no había visto ningún otro signo de deterioro cognitivo, pero ahora me queda claro que algo va mal y que es grave. Uno no abandona a su perro de esa forma, sobre todo si ese uno es la señora Thorkildsen. Por supuesto, esto no lo digo pensando en mí mismo en absoluto. No soy ese tipo de perro. Lo único que me preocupa es la seguridad de la señora Thorkildsen.

—Llévame contigo —le dije—. Puedo quedarme en el barco mientras paseas por la ciudad. No pasa nada. No te preocupes por mí. Piensa en ti.

No es que tuviera ganas de irme de casa. Sólo de pensar en el barco en alta mar me dan mareos, y no soy capaz de imaginarme cómo sobreviviría a las largas horas en soledad mientras los bibliotecarios pasean por Copenhague, pero estaba dispuesto a pasar por eso por la señora Thorkildsen. Sin embargo, ella no me prestaba ninguna atención. Seguía haciendo la maleta, cada vez más emocionada.

—Estarás bien —dijo la señora Thorkildsen—. Va a venir una persona a sacarte a pasear dos veces al día y a ocuparse de que tengas comida y agua.

—¿Quién? —pregunté con una sospecha creciente.

—El Vecino Jack.

—¡El Vecino Jack! —repetí o, más bien, exclamé—. ¿Y qué sabe ese bruto de cuidar a un perro? ¿Te has vuelto loca, mujer?

Si conocieras al Vecino Jack, entenderías mi preocupación. El hombre pasa la mayor parte del año con un traje que afirma que está hecho de un tejido impermeable, «como el pelo de un castor», pero yo lo he olido y aquello no tiene un solo hilo de castor. El Vecino Jack huele a aceite, a gasolina, a diésel y a alcohol; a todo tipo de líquidos para hacer que las cosas se muevan. Siempre está en movimiento, así que puedes sacar tus propias conclusiones.

Cuando el Comandante aún trabajaba, el Vecino Jack lo ayudaba con las cosas que tienen que moverse, en especial con la maquinaria. Quitaba la nieve de la entrada (con un tractor, naturalmente), quitaba las ruedas del coche y las volvía a poner en otoño y en primavera y ayudaba a traer y a consumir el agua de dragón. Además, siempre, estuviera donde estuviera e hiciera lo que hiciera, fumaba el mismo eterno cigarrillo. El Vecino Jack es el único hombre al que he oído gritar al Comandante. Si el Comandante no lo hizo pedazos es porque el Vecino Jack sabe arreglar cosas. El Vecino Jack es lo mejor que puede ofrecer la humanidad, en cualquier caso, según la vara de medir del Comandante, porque sirve para todo. Martillea y taladra y construye. Sabe hacer cosas. Según la señora Thorkildsen, también sabe cuidar a su anciana madre que vive en el piso de debajo de su casa, pero ¿acaso eso debe tranquilizarme? Cuidar a una madre es una cosa, pero un perro requiere otro nivel de responsabilidad.

—¿Ha cuidado de un perro alguna vez en su vida?

—No tengo ni idea —dijo la señora Thorkildsen—, pero me imagino que sí.

—¿Te lo imaginas? —dije, pero eso fue lo último que la señora Thorkildsen tenía que decir del tema.

Así que, aquí estoy, solo y abandonado en una cama de

botas y zapatos de un hombre muerto. Por supuesto que siento lástima por mí mismo, faltaría más. ¿Quién si no iba a sentir lástima por mí si estoy solo? Extraño a la señora Thorkildsen y me pregunto si regresará algún día, pero no echo de menos sus preocupaciones. Por suerte, se las ha llevado consigo en el barco.

25

DETESTO DECIRLO, PERO EL VECINO Jack resultó ser un paseador de perros perfectamente capaz. Más aún. Diría que tiene el potencial —todavía sin desarrollar— de convertirse en un paseador de perros de primera. No se ajustó del todo al régimen establecido por la señora Thorkildsen de darme de comer y pasearme con cierta regularidad, pero no me quejo.

Tras una larga mañana en que la tensión entre nosotros podía cortarse con un cuchillo, la señora Thorkildsen se fue con destino a Copenhague en un taxi con todas sus cosas, envalentonada por tres copitas de agua de dragón. Intentó hasta el último momento que aceptara la injusticia que me disponía a vivir, me acarició y me llenó el bol de comida hasta que desbordó. Tuve que hacer uso de todo mi autocontrol para no lanzarme de cabeza sobre la comida hasta que hubo salido por la puerta arrastrando la maleta.

—Volveré antes de que te des cuenta de que me he marchado —fue lo último que dijo antes de irse. Menuda frase más boba. Además, resultó ser mentira. Le tomé la palabra y olisqueé la casa con optimismo en cuanto se fue, pero no estaba allí. O bien su afirmación era incierta o bien le había pasado algo por el camino. Ambas alternativas eran terribles. Como siempre, la idea de que la señora Thorkildsen me mintiera era la peor.

En resumen, cuando me tumbé en el montón de zapatos de la entrada estaba de un humor horrible. Me da vergüenza reconocerlo, e intenté contenerme con todas mis fuerzas, pero no tardé en rendirme y encontrar un mocasín para consolarme. Esto no era una venganza contra la señora Thorkildsen. Si quisiera venganza, habría hecho trizas una de sus zapatillas preferidas. Sé que está muy mal morder un zapato, ya casi lo sé por instinto tras un par de nefastos episodios en mis inicios que no merece la pena recordar ahora.

Con cierto pudor, debo reconocer que roer un zapato me proporciona una paz especial. Me produce más o menos el mismo efecto que el agua de dragón a la señora Thorkildsen, pienso, pero no me hace arrastrar las palabras ni entorpece mi dicción. Si el Vecino Jack hubiera seguido el plan establecido, me habría dado tiempo a roer un par completo mientras la señora Thorkildsen estaba en el barco, pero, en lugar de venir a rellenarme el bol de comida mientras yo hacía mis asuntos en el jardín, me dio una sorpresa.

El sonido de llave en la puerta me alertó de que quien estaba afuera no era la señora Thorkildsen. Ella siempre trastea con las llaves antes de meter la correcta en la cerradura y girarla despacio, pero quien estaba en la entrada atacó la cerradura con fuerza, decisión y rapidez. En ese momento, se me olvidaron todas las instrucciones sobre los paseos y la comida. ¡Entré en pánico!

Aun así, no ladré ni una vez. Las reglas del trabajo son claras: cuando un intruso entra en casa, hay que ladrar a todo volumen. Sin embargo, cuando esa situación terrorífica sucedió de verdad, me quedé paralizado por el miedo. ¿Qué sentido tiene? Ladrar para asustar a un intruso y al mismo tiempo alertar a quienes están en la casa tiene lógica, pero ladrar para alertar a una casa vacía es absurdo. Soy el mejor amigo del hombre, no de la casa.

La puerta se abrió y, a pesar de que no fuera disfrazado de falso castor, el olor del Vecino Jack me alcanzó antes de que abriera la boca.

—Ven conmigo, chico. Nos vamos de fiesta —me dijo.

Fiesta. Resulta que nunca había estado en una fiesta. Así es como funciona: se reúne a cuatro hombres adultos y a otro tipo más alrededor de una mesa en una casa en la que solía vivir un gato. Es imposible librarse de esa peste. De la peste a gato, claro. Se sirve agua de dragón, frutos secos y patatas fritas de bolsa (¡deliciosas!) en la mesa. La mesa del salón. Y, sentados a esa misma mesa, se come comida caliente. ¡Si lo supiera la señora Thorkildsen!

Hay voces y risas y humo y música en el aire y yo me siento tan pesado y tan ligero al mismo tiempo que no sé si me voy a hundir en la tierra o a volar hacia el cielo. También tengo más hambre que un perro hambriento, por muchos trocitos de salchicha que me tiren los señores. No sé por qué, pero la palabra «grasa» da vueltas a mi cerebro como un mantra y yo soy un lobo, el último de un largo linaje que puede seguirse hasta llegar al primero de todos. Estoy despierto, pero sueño el sueño de la vida. Ojalá hubiera estado allí la señora Thorkildsen. Lo digo por ella. Así, ella también podría haber comido y fumado y reído y gritado. Podría haber cantado los estribillos de las canciones. Una guitarra, y otra más, y, de repente, todo el grupo está cantando con voz ronca mientras beben más agua de dragón y fuman más especias y entienden mal las cosas y se quieren los unos a los otros a un ritmo frenético.

En retrospectiva, he olvidado gran parte de la noche, pero recuerdo que, en un momento dado, uno de los hombres pensó que yo había perdido la vista.

—Tassen está cieguísimo —dijo el calvo y, como si eso no fuera lo bastante absurdo, añadió—: ¡Ciego como un mono!

Los humanos hablan mucho de animales. «Margaritas a los cerdos». «Pobre como una rata». «Borracho como un piojo». «Libre como un pájaro». «Feliz como una perdiz». «Un tiburón para los negocios». «Escurridizo como una anguila». Su lengua es un maldito zoo. (¿Y cuál es el uso más tonto de un animal en una metáfora? Para sorpresa de nadie, tiene que ver con los gatos: «Siete vidas tiene un gato». Menuda patraña).

Tumbado en una bruma en el suelo, acurrucado sobre una chaqueta de cuero que alguien había tenido la amabilidad de dejar tirada justo ahí, pensé, uno por uno, en todos los animales del mundo. En la ballena azul en el océano y en la pulga que vive en mi pelo y en todas las criaturas que se encuentran entre una y otra. En cómo todos estamos conectados entre nosotros y con todas las criaturas que han existido. La ballena es la pulga y la pulga es la ballena, y yo soy la señora Thorkildsen. La señora Thorkildsen no se habría sentido sola aquí. Puede que tampoco se sienta sola allá donde esté. En este preciso momento, es posible que no exista la soledad en ninguna parte.

Ojalá.

Cuando me desperté, al principio no sabía dónde estaba. Sin embargo, lo más importante es despertarse, por muy raro que uno se sienta. De hecho, especialmente si uno se siente raro. Piénsalo.

El calvo dormía en el sofá y oí ronquidos que provenían de una habitación al fondo de la casa. De los altavoces, salía un zumbido tranquilizador, un lejano eco eléctrico del sistema de ventilación que había tenido la casa. Tal vez debería haberme preocupado, pero sólo tenía sed. Mucha sed. Creí recordar que había un bol de agua en la cocina y me levanté. Estiré las patas, la espalda, la cola y la lengua, caminé despacio hacia la cocina y, ¿a quién me encontré allí? Al mismísimo Vecino Jack. Tenía un nuevo peinado. Parecía un schnauzer mojado en busca de un nuevo hogar.

—Bueno, parece que el señorito se ha levantado a estirar las piernas.

—Podría decir lo mismo de ti —respondo y me acerco a beber agua.

Tras encenderse el cigarrillo que había dejado en el cenicero rebosante, el Vecino Jack me dijo:

—¿Vamos a dar un paseo, Tassen?

Pensaba que no me lo iba a pedir nunca.

Dimos un paseo, uno bien largo. Más largo que ninguno de los que haya dado con la señora Thorkildsen o incluso con el Comandante. Cruzamos caminos vacíos, parcelas de césped congelado y el bosque como perro y amo. Bendita sea la señora Thorkildsen, pero ella no consigue cansarme en los paseos. Ahora lo veo. Necesito moverme más y ella necesita ir a más fiestas. Dos conclusiones que meditar. Esta breve separación, a la que tanto me opuse, puede habernos venido bien a ambos. Hemos tenido nuevas experiencias, un soplo de aire fresco en una vida compartida que, seamos sinceros, puede ser bastante repetitiva. «Aquí estamos», como dice la señora Thorkildsen. Tenemos que recurrir a las historias de otras personas para tener algo que decir. Y a ver, ¿qué demonios se nos ha perdido a mí y a la señora Thorkildsen en la Antártida? Sólo espero que su expedición haya sido tan fructífera como la mía. Y pronto lo sabré, ahora que ya ha llegado su barco desde Dinamarca y el Vecino Jack ha ido a ayudar a la señora Thorkildsen con su equipaje mientras yo protejo el coche de la gente. Este infierno nunca se acaba.

Ahí viene el Vecino Jack. Y la señora Thorkildsen. No viene caminando, sino sentada en una silla con ruedas que el Vecino Jack empuja con una mano mientras arrastra la maleta a cuadros de la señora Thorkildsen con la otra. La pobre está completamente agotada, y más tumbada que sentada en la silla. Debe de haber sido un viaje muy duro. Un huracán, pienso. Como poco.

—Tu madre está borrachísima —dice el vecino Jack al abrir la puerta.

Lo dice entre molesto y resignado y, tal vez, sea esa falta de implicación lo que me provoca.

—Claro que no. Se ha mareado en el barco —digo yo.

El Vecino Jack no responde. Con una sacudida, levanta a la señora Thorkildsen de la silla y la deja caer en el asiento del copiloto. No parece que pese mucho. Yo gimo y lloro y trato de acercarme para lamerle la mejilla, pero la señora Thorkildsen no responde. El Vecino Jack se sienta al volante y le pone el cinturón a la señora Thorkildsen, que, por fin, dice algo:

—¡Buaaargh! —y vomita sobre su bonito abrigo verde.

Está claro que se ha mareado.

26

LOS PINGÜINOS NO SON LOS encantadores animales que el mundo cree. Si viven en un sitio en el que no vive nadie más, es por algo. Viven allí porque ningún otro continente los quiere. Resulta que los pingüinos son criaturas turbias que gozan de una reputación inmerecida entre los humanos. Estos creen que los pingüinos son una de las criaturas más adorables del reino animal, unos peluches vestidos de frac que literalmente no son ni carne ni pescado.

El pingüino ha logrado la proeza de convertirse en uno de los animales más conocidos y venerados a pesar de que su verdadera naturaleza asquearía a la mayoría de la gente decente con pingüinos de cerámica en el alféizar de la ventana. Si tienes uno de esos pingüinos, tal vez lo mejor sea que lo tires a la basura antes de que prosigamos. O, si el estúpido pingüino es tan importante para ti, puedes saltarte la próxima página. Pero, en ese caso, estás viviendo una mentira y deberías saberlo.

Es la señora Thorkildsen quien rompe el hielo, y lo hace con ayuda de una de sus herramientas preferidas: un libro. Los libros han vuelto y, con ellos, la señora Thorkildsen. No sabría decir quién de los dos volvió primero.

Me habla de George Murray Levick, un pobre hombre a quien el capitán Scott obligó a pasar una temporada de cría con los pingüinos en mitad del invierno antártico. La estancia en sí misma fue un infierno inhumano de escarcha y mal tiempo, con grasa como único combustible y alimento. Negro de hollín, con los ojos llorosos y los pulmones chamuscados tras inhalar grasa quemada durante meses, Levick anotó sus observaciones sobre *la vie pingouin*.

Homosexualidad. Pedofilia. Necrofilia. Violaciones. Asesinatos y violencia. Levick estaba muy afectado por lo que él mismo llamaba comportamientos «depravados» en la colonia de pingüinos. Pingüinos jóvenes y excitados mantenían relaciones con quien fuera (¡y con lo que fuera!). Cuando no encontraban una hembra a quien violar, o el cadáver de la última víctima de violación en grupo estaba tan congelado que era imposible abusar de él, se sodomizaban unos a otros. Sodomizaban a las crías. Lo hacían todo con una bestialidad que conseguiría que los generales más sanguinarios de Gengis Kan girasen la cara avergonzados.

Las escalofriantes condiciones de la colonia eran tales que, más tarde, para evitar que los resultados se filtraran, el material se tradujo al griego y se destruyó la versión inglesa. Así, el pingüino ha podido campar a sus anchas por el mundo. Es uno de los mayores engaños de la historia mundial y, como la mayoría de los fraudes que se llevan a cabo con éxito, la clave fue guardar silencio. Los apuntes de Levick se encontraron cien años más tarde y se tradujeron de vuelta al inglés. La verdad siempre acaba saliendo a la luz.

Lo que quiero decir es que no ha cambiado nada. Los pingüinos siguen siendo las mismas criaturas perversas, propensas a toda la maldad que he enumerado previamente, ¡pero no han sufrido ninguna consecuencia! Cuando por fin publicaron el informe de Levick, podría haberse esperado un cambio de paradigma en la relación de los humanos con ese ave-pez/pez-ave, que la gente retirara discretamente los pingüinos de cerámica del alféizar de la ventana como una esvástica de la solapa de un abrigo el día anterior al final de la guerra, pero nada de eso ocurrió. El pingüino es tan adorable y encantador a ojos de los humanos que justifican de mil maneras la horrorcracia de los pingüinos. Para la señora Thorkildsen, esa fue la gota que colmó el vaso. Ahora odia a los pingüinos en la medida en que es capaz de odiar algo. Para compensar, ha encontrado un nuevo héroe, un enérgico hombrecillo de pelo oscuro y bigote raro. Adolf, se llama.

La señora Thorkildsen ha tenido muchos héroes a lo largo de su vida, muchos de ellos peculiares. Tal vez tenga algo que ver con su padre ausente, pero la verdad es que no soy ningún experto. Tengo la sensación de que la mayoría de los héroes de la señora Thorkildsen son hombrecillos tristes cuyo hábitat natural es un cuarto pequeño y triste con las persianas bajadas donde escriben tristes y gruesos libros. En ese sentido, el Comandante se encontraba en el extremo opuesto de la escala. No le faltaba sangre en las venas, a pesar de tener algún que otro balazo en el cuerpo y, aunque le gustaba leer, le gustaba todavía más no escribir libros.

Para la señora Thorkildsen, el Comandante era, ante todo, un maestro del arte de la supervivencia. Las balas y los accidentes aéreos justificaban esa creencia. Y, además, el Comandante sabía lo que era el hambre. Eso era lo más importante. El Comandante había vivido como un perro: en una jaula, a merced de los desconocidos y sin posibilidades de procurarse su propio alimento. Y eso le dejó huella.

—Me conquistó cuando fui a su casa por primera vez y vi que tenía una pata curada de cordero en la despensa de su apartamento —me cuenta la señora Thorkildsen para que comprenda mejor su fascinación por su nuevo ídolo.

El nombre completo de este nuevo ídolo es Adolf Henrik Lindstrøm, pero ella lo llama cariñosamente Lindstrøm, a secas. Según la señora Thorkildsen, Lindstrøm es el mayor héroe de esta historia. Tal vez el único. Eso es lo que pasa con los héroes de la señora Thorkildsen. Son los más grandes y no tienen igual. Lo mismo ocurre con sus villanos.

Como es natural, me picó la curiosidad cuando supe que el puesto de Lindstrøm en la expedición al Polo Sur era el de tipo para todo. Pero sospecho que la emoción que la señora Thorkildsen siente por Lindstrøm está ligada indisolublemente al hecho de que también era el cocinero.

Lindstrøm era el tipo de hombre que disfrutaba al ver disfrutar a los demás, especialmente cuando las posibilidades de disfrute eran tan escasas. Con escasos medios y mucha energía, Lindstrøm conseguía crear espacios de gozo allá donde fuera. Cuanto peor, mejor. Como la señora Thorkildsen en sus mejores momentos.

No tengo claro que Lindstrøm se entendiera con otras personas —que levante la mano quien se entienda con otras personas—, pero tenía la poco frecuente capacidad de llevarse bien con todo el mundo. Porque sabía lo que todo el mundo necesitaba.

Con su cuerpo robusto y redondo, era el único miembro de la tripulación que fue a la Antártida sin ambiciones de poner un pie en el Polo Sur. Estaba al margen de la jerarquía y la observada con seriedad y una pícara sonrisa. En las mejores circunstancias, este tipo de persona se convierte en un punto de encuentro. En circunstancias extremas, por ejemplo, una cabaña nevada un poco más al norte del Polo Sur, se convierten en la clave para sobrevivir con dignidad.

Una vez, vino un chico joven que olía a tabaco, esperma y tocino a hacerle un montón de preguntas sobre la guerra al Comandante; el tipo de preguntas que nunca le planteaba la señora Thorkildsen.

—¿Cuál dirías que fue la razón por la que sobreviviste? —preguntó.

El Comandante le contestó tan deprisa que uno pensaría que llevaba esperando esa pregunta desde que llegó la paz.

—Me aseguré de tener siempre muy limpio el culo.

El Hombre del Tocino se rio, pero dejó de hacerlo cuando se dio cuenta de que era el único que lo hacía.

—Si tenía agua, lo primero que hacía era limpiarme allí abajo —prosiguió el Comandante—. Si me sobraba algo, bebía. Muchos de los que cayeron, cayeron en su propia mierda. Si empiezas a descuidar la higiene, se va todo al carajo. Enfermas y te vuelves aún más apático. En eso consiste la cautividad, en convertirte en un animal. Los guardas distribuían imágenes pornográficas entre los prisioneros para torturarnos psicológicamente. En esa situación, pensar en sexo sólo puede traer melancolía. Los muchachos que se masturbaban después de ver las fotos perdían la fuerza de voluntad y la resistencia. Y el respeto por sí mismos. Además, uno no puede permitirse perder proteínas.

· · ·

Como dice la sabiduría popular, las penas nunca vienen solas. Lo mismo pasa con los libros. Un libro lleva a otro y el anterior, al siguiente. Al parecer, no existe ningún libro que cuente las cosas como son de una vez por todas, punto final y se acabó. Hay libros sobre todo y sobre todo el mundo. También sobre Lindstrøm. Me deja atónito ver la impresión que éste ha causado en la señora Thorkildsen a través de ese libro. Pero, como digo, se trata de un libro sobre un cocinero, probablemente el único libro sobre un cocinero del norte de Noruega que haya leído la señora Thorkildsen, así que seré algo más permisivo.

—Las recetas de Lindstrøm eran refinadas y estaban muy bien pensadas —me dice la señora Thorkildsen—, pero su receta para mantener la calma era tan sencilla como mantenerse siempre alerta, ser servicial, paciente, divertido. Es posible que fuera un poco... simple.

—¿Simple? —pregunto—. ¿De verdad existen los hombres «simples»?

—La mayoría de los hombres son simples —responde la señora Thorkildsen—, pero muchos de ellos se hacen los complicados. Lindstrøm, por el contrario, volvía sencillas las cosas complejas. ¿Y sabes por qué lo hacía, Tassen?

No, no tengo ni idea.

—A ver si soy capaz de explicártelo. Cuando los hombres trabajan juntos, en manada, tienen que establecer unos rangos para que todo funcione correctamente. Ese rango no hay por qué establecerlo con palabras, pero tiene que existir y es necesario respetarlo para que la manada funcione. Como sucede con una manada de perros.

—Cuando los campesinos, como parte de su estrategia empresarial, empezaron a demonizar a los lobos para justificar su masacre, se volvió necesario representar a toda la manada de lobos como una única jerarquía de poder, dispuesta a morder a quien se le pusiera por delante. Una sociedad, ni más ni menos. La ley del más fuerte integrada en el sistema, con el macho alfa como líder soberano debido a su fiereza. Pero las cosas no son así. Si te encontraras con una manada de lobos —¿qué probabilidad hay de que eso ocurra, señora Thorkildsen?—, en la práctica lo que te encontrarías sería a una familia de paseo. Valores familiares. De eso se trata el asunto.

—Seguro que lo sabes mejor que yo.

—¿Verdad? Una manada de lobos rara vez se compone de

más de una docena de individuos unidos por lazos familiares. Y sabes muy bien que, en esas circunstancias, quien manda no es el padre, sino la madre. No es la más grande, ni la más fuerte, pero, en una manada de lobos bien organizada, es la madre quien lidera. Y ha obtenido el puesto sin tener que rajarle la garganta a ningún otro contendiente.

—Hmmm —musita la señora Thorkildsen.

—Ahí te dejo algo en lo que pensar.

—Y que lo digas —afirma la señora Thorkildsen— y creo que lo que me dices tal vez sea el motivo del éxito del Jefe. Y de la derrota de los ingleses.

—Me he perdido.

—Ya lo veo, Tassen. El asunto es que, en esa manada que viajaba hacia el sur, de alguna manera Lindstrøm representaba a la madre. Incluso para el propio Jefe. Lindstrøm se ocupaba de que todo estuviera limpio y ordenado, que todo el mundo estuviera animado. Tenía una paciencia infinita, cuidaba a los enfermos y, no menos importante, preparaba una comida deliciosa.

—¡Eso es lo más importante!

Noto que toda esta conversación sobre la comida está empezando a afectarme.

—Lindstrøm decoraba el árbol de Navidad mejor que cualquier madre. Cada año, construía un árbol con sus propias manos, dado que allí no había árboles. En Nochebuena, se sentaban en la tundra alrededor de una mesa que estaba mejor surtida que la que tendrían en casa. Y, como una madre, Lindstrøm era el primero en levantarse por las oscuras mañanas del

Polo Sur en aquella cabaña cubierta de nieve de la que sólo asomaba la chimenea. Lindstrøm encendía la estufa con un buen chorro de gasolina, hacía el café y, entonces, ya podía despertarse el Jefe para bebérselo con él.

»Lindstrøm era el único que casi conocía al Jefe, el único al que el Jefe se atrevía a confiar sus dudas y su miedo tomando un café en la cocina. Lindstrøm escuchaba, se limitaba a decir las palabras de aliento necesarias y, si había que enfadarse con el Jefe, era el único que se atrevía a hacerlo. O, en cualquier caso, el único a quien el Jefe se lo permitía. Y, además, debes saber que Lindstrøm era el favorito de los perros.

—No me extraña. Olía a comida. Sólo con eso ya tienes mucho ganado para hacerte amigo de casi cualquier perro.

—Sí, pero creo que había algo más. Había aprendido de los esquimales cómo manejar a los perros. Lindstrøm y el Jefe vivieron con ellos en la naturaleza durante dos años. Ambos aprendieron a adiestrar a los perros de Groenlandia, pero Lindstrøm se entendía con los perros de otra manera. Se le daba bien manejar el trineo, mejor que al Jefe.

—Me sorprende que el Jefe lo dejara manejarlo.

—Si uno quiere llegar a ser tan famoso como el Jefe, me temo que hay que dedicar mucho tiempo a pensar en uno mismo. Es decir, no puedes dedicar mucho tiempo a pensar en los demás y en lo que quieren. Por lo tanto, ese tipo de personas es muy dependiente de los demás. El Jefe dependía de personas que se ocuparan de las finanzas y la correspondencia y de otras tareas necesarias para vivir civilizadamente. Al Jefe no le gustaba demasiado la civilización, pero ¿dónde si no iba a escuchar las ovaciones?

El Jefe había visto con sus propios ojos cómo unos tipos robustos elegidos entre los mejores de los mejores podían degenerar en despojos sucios y débiles que se deslizan pasivos hacia la miseria que ellos mismos habían creado. Hombres que dejan de lavarse el culo. No le daba miedo. No podía imaginarse a sí mismo en esa situación, pero había aprendido a mantenerse alerta para percibir las señales de peligro que podían darse en el frío. La más clara de ellas era la higiene. Un hombre que no se cuida no puede cuidar de los demás.

—¡Lindstrøm era un artista! —La señora Thorkildsen lo dice con firmeza, y no solo porque haya bebido agua de dragón, aunque lo reconozco en el eco de sus palabras—. La supervivencia —dice, y hace una pausa dramática—. La supervivencia requiere que las personas hagan uso de sus cualidades más civilizadas y, al mismo tiempo, sean capaces de librarse de parte de su comportamiento civilizado. Tienes que vivir como el animal que eres cuando sea necesario. Soportar tu propio olor. Tu hedor.

«¿Qué sabrás tú del hedor?», me siento tentado de preguntarle, pero no es momento de hacer comentarios sarcásticos. La señora Thorkildsen está emocionada y le sienta bien.

—Por otra parte, no puedes dejar de lado la decencia y la cultura —prosigue—. Si estás ahí, es porque eres humano y humano tienes que ser. Si no, no tendría sentido. Necesitas algo que te recuerde que no eres un animal. Un milhojas, por ejemplo. O un filete de foca perfectamente cocinado. ¿Profiteroles?

Pan recién hecho y bollos. Tortitas. Café. Peras en almíbar con nata montada. ¿Un poco de licor para terminar, quizás? Ostras y vino de Oporto. No hace falta gran cosa, y Lindstrøm tenía de todo.

Tomo nota de uno de los dichos de Lindstrøm, ya que también era uno de los de la señora Thorkildsen. Reza así: «Ten siempre al menos una botella de más a buen recaudo».

Ahora ya he esperado lo suficiente. He escuchado con paciencia la oda falta de espíritu crítico de la señora Thorkildsen hacia Lindstrøm. Está claro que le tiene aprecio y que seguramente poseía un montón de cualidades estupendas, pero, aun así, hay que juzgarlo por sus actos.

—¿Y cómo pudo un hombre así incluir perros en el menú? —pregunto, tal vez con cierto desdén.

La señora Thorkildsen se ríe con su risa de bibliotecaria, a pesar de que estamos solos y no hay nadie a quien podamos molestar.

—Pobre Tassen. ¿Creías que cenaban perro todas las noches? ¿Bistec de perro à la Lindstrøm? En absoluto. Lindstrøm no sirvió ni se comió a un solo perro. Eso lo hicieron quienes fueron al Polo Sur. Lindstrøm se quedó solo en la cabaña durante los meses que duró la expedición, junto con los perros que no fueron al Polo Sur. Aunque no era del todo inocente. ¿Recuerdas los perros disecados del Museo del Fram?

—Ojalá pudiera olvidarlos —digo, y me doy cuenta de que todavía me incomoda este tema.

—Fue Lindstrøm quien los sacrificó y los preparó mientras el resto de la tripulación estaba en el Polo Sur. También era experto en eso. En las colecciones de la universidad hay muchos animales disecados por Lindstrøm.

—Pero ¿estamos seguros de que no comía perros?

—Totalmente. Lindstrøm es inocente.

—Encontremos a los culpables, entonces.

—Sólo una cosa más sobre Lindstrøm.

—Venga, que tenemos que llegar al Polo Sur.

—Creo que te gustará. Escucha: Lindstrøm es el miembro de la tripulación que más cerca estuvo de morir en el Polo Sur. Y yo diría que se lo buscó él mismo. Porque ¿qué hizo Lindstrøm cuando el Jefe y los hombres que eligió se habían marchado y él se había quedado solo? ¿Qué hace un buen noruego cuando brilla el sol en una planicie nevada? Eso es, se pone unos esquís y sale a dar una vuelta. Eso es lo que hizo Lindstrøm, con tanto entusiasmo que le entró ceguera de la nieve estando muy lejos de la cabaña.

—¿Ceguera de la nieve?

—Si se camina al sol por la nieve durante muchas horas sin protegerse los ojos, se pierde la vista. Es temporal, pero muy doloroso. Como tener papel de lija bajo los párpados, según he leído.

—¿Tal vez sea una señal de que ellos, a diferencia de los perros de Groenlandia, estaban en el lugar equivocado?

—Tal vez. Ciego, Lindstrøm, que, como te podrás imaginar, estaba aterrorizado, caminó sin rumbo por el desierto de hielo. Aguzó el oído para intentar captar los ladridos de los perros en Framheim, pero estaban lejos y el sonido no viaja bien por la nieve. Debía encontrar el camino de vuelta sin nada que lo guiara. Todos los caminos, salvo el que llevaba hasta la cabaña, lo conducirían a una muerte segura. A efectos prácticos, Lindstrøm ya era historia. Era cuestión de tiempo. Pero, entonces, oyó ladrar a un perro.

—¡Ja!

—Y no era cualquier perro. Lindstrøm conocía a todos los perros por sus ladridos. Era una de sus favoritos, a la que le encantaba salir a correr durante el día, siempre con una corte de seguidores.

—¡Menuda perra!

—Cálmate, Tassen. El asunto es que Lindstrøm llamó a la perra, que lo condujo de vuelta al campamento. Así que logró sobrevivir y, en lugar de aquel día, murió de viejo en Oslo muchos años más tarde. ¿A que es bonito?

—Sí, muy bonito. Hasta que regresaran a la cabaña y Lindstrøm estrangulara al pobre bicho para disecarlo.

27

EL REGRESO DE LA AYUDA DOMÉSTICA. Puede que haya infravalorado a la Ayuda Doméstica. En muchos sentidos. Al parecer, la Ayuda Doméstica tiene el poder de cambiar su apariencia por completo. Hoy, la Ayuda Doméstica no es una mujer histérica que odia a los perros, sino un hombre bastante agradable sin rastro de «miedo de perros» y que, por si eso fuera poco, sabe rascar.

La señora Thorkildsen tampoco entiende gran cosa de lo que dice hoy la Ayuda Doméstica, pero ve que disfruta inmensamente de los rollitos de canela y tiene tiempo para escuchar y, como digo, sabe rascar. Con eso tiene mucho ganado. Casi todo, en realidad. Pasamos una mañana estupenda los tres y entonces llega el Cachorro. El Cachorro tampoco dice que no a un rollito de canela. Aquello empezaba a parecer una fiesta.

Sólo falta que la señora Thorkildsen saque el agua de dragón y el tabaco de especias.

—Había pensado en llevarte en coche a la tienda —dice el Cachorro y, por una vez, me da la impresión de que a la señora Thorkildsen le parece buena idea. Al menos no discute con él. La señora Thorkildsen va a prepararse y el Cachorro se acerca a la Ayuda Doméstica.

—¿Cómo la ves? —pregunta en voz baja.

La Ayuda Doméstica se sorprende un poco y, a juzgar por su olor, se siente algo incómodo.

—Yo diría que bien —responde.

Con eso debería haberse terminado el asunto, pero el Cachorro no está satisfecho.

—Me preocupa que no pueda manejarse por sí misma. Es una casa grande. Y queda lejos de la tienda.

—Parece que se maneja bien —dice la Ayuda Doméstica—. Lo tiene todo limpio y ordenado y hay comida en la nevera. El perro tiene buen aspecto. Al menos no está demasiado flaco. Ya sabes lo que dicen, si el perro está contento, todo va bien —se ríe la Ayuda Doméstica.

No me he molestado en especular sobre lo que pretendía decir la Ayuda Doméstica con «no demasiado flaco». Él es un hombre bastante robusto, así que tal vez fuera un cumplido.

—Buen chico —dice como si me hubiera leído el pensamiento.

¿Cómo no voy a querer a un humano con un instinto tan refinado?

—¿Y qué pasa con sus figuritas de papel? —pregunta el Cachorro—. ¿Es sano eso?

—Tiene que haberle llevado su tiempo.

—Sí, claro, pero ¿por qué lo ha hecho?

—No… —dice la Ayuda Doméstica.

—¡Por el perro! —lo interrumpe el Cachorro, y espera una reacción que no llega nunca.

—Ah, ¿sí? ¿Y eso? —pregunta la Ayuda Doméstica.

—Tassen es lo mejor que tiene en la vida, pero a veces me da la impresión de que lo lleva demasiado lejos, de que lo trata casi como a una persona. Le lee en voz alta, por ejemplo. Le habla y él responde. Dice que Tassen opina esto o que Tassen dice lo otro. Por eso ha recortado todos esos perros de papel, para enseñarle a Tassen cuántos perros se llevó Roald Amundsen al Polo Sur. ¿Entiendes? Dice que, como los perros no saben contar, tuvo que explicárselo así.

—Son perros de Groenlandia —dice la Ayuda Doméstica.

—¿Disculpa? —dice el Cachorro confundido.

—Trabajé en la costa oeste de Groenlandia con los inuits. Como seguramente puedes deducir por mi acento, soy medio danés, así que aproveché para ganar algo de dinero mientras estudiaba. Desde entonces, paso la mitad de cada año ahí. Allí aún hablan de los perros de Roald Amundsen.

—Ya veo. ¿Pero te parece normal que recorte figuritas de papel y que hable con el perro?

—No conozco lo suficiente a tu madre para valorarlo. Tampoco es mi trabajo. Por lo que he visto, es una mujer con la cabeza en su lugar que, quizá, come demasiado poco. No es la única que habla con su perro. Creo que muchas mujeres mayores lo hacen —entonces, la Ayuda Doméstica hizo algo que cambió el olor y el ritmo cardiaco del Cachorro. Le apoyó la mano en el hombro sin decir nada. Se quedó así un buen rato, con la pata extendida, como si le estuviera pidiendo que lo rascara o que le diera de comer. Después, prosiguió.

»Sé que no es fácil. Tu madre no va a mejorar. No existe ninguna dieta milagrosa ni cura maravillosa que pueda llevarla de vuelta a donde estaba ayer o el día de antes. No puedes hacer nada, no podemos hacer nada, más allá de intentar que el viaje sea lo más cómodo posible. Veo que la casa está llena de libros, así que supongo que conocerás a Hamsun —el Cachorro asiente con la cabeza y su olor me resulta difícil de interpretar—. Knut Hamsun —prosigue la Ayuda Doméstica— describe la vida con la imagen de un hombre sentado al fondo de un vagón, de camino a la horca, a su propia ejecución. El vagón es muy sencillo y hay un clavo que le molesta en una nalga. El hombre cambia de postura y ya no se le clava más.

El Cachorro se queda callado. La Ayuda Doméstica sigue rascándome el cuello con movimientos suaves y regulares. Después de un rato, el Cachorro interviene.

—Mi abuela me contó una vez que se había acostado con Hamsun.

—¿Qué? —exclama la Ayuda Doméstica—. ¡Es increíble!

La Ayuda Doméstica lo mira entusiasmado y está claro que

quiere saber más, pero el Cachorro se lleva el dedo índice a los labios cuando la señora Thorkildsen regresa del baño con su perfume y su cara de calle. Parecía estar de un humor excelente.

—Bueno, señores —dice la señora Thorkildsen—. ¿Nos vamos?

28

CÓMO PEGAR A UN PERRO de Groenlandia, una breve introducción por el capitán Roald Amundsen:

Una confirmación a menudo se lleva a cabo cuando un pecador ha decidido ser difícil y desobedecer. Consiste en aprovechar el primer momento en que se detenga el trineo para meterse entre los perros, sacar al rebelde y sacudirlo con el mango del látigo. Las confirmaciones, si son frecuentes, pueden requerir el uso de varios mangos.

Se me hace raro oír esas palabras de la boca de la señora Thorkildsen. La imagen de la señora Thorkildsen pegando a los perros de Groenlandia hasta que se le rompe el látigo no me cabe en la cabeza. Pero esas palabras no son suyas, sino del Jefe. Y hay más:

> Hace tiempo que el sonido del látigo ha dejado de asustarlos. Cuando traté de golpearlos, se agachaban y se protegían la cabeza lo mejor que podían. No les preocupaba tanto su cuerpo. Efectivamente, muchas veces resultaba imposible que echaran a andar, así que tenía que buscar ayuda. Dos empujaban el trineo y un tercero seguía sacudiendo el látigo.

La señora Thorkildsen se queda en silencio. Es un truco. Me he dado cuenta de que, a medida que aumentan las atrocidades en la historia del gran viaje al medio de ninguna parte, prefiere dejar que el libro hable por sí solo.

En las palabras desapasionadas del Jefe, enseguida encuentro la historia de un perro y después otro, perdidos incluso antes del inicio del viaje desde el campamento de invierno hasta el Polo Sur. No tiene mayores consecuencias, ya que, si algo sobraba en aquella expedición, eran los perros de tiro. Mataban a los perros por cualquier motivo imaginable: porque estaban demasiado gordos o tenían demasiados impulsos sexuales o eran demasiado testarudos, pero, sobre todo, porque eran demasiados.

En el día de noviembre en que el Jefe y los cuatro hombres de su elección restallaron el látigo y pusieron rumbo al Polo Sur en línea recta, la señora Thorkildsen y yo ya habíamos perdido hacía tiempo la cuenta de cuántos perros estaban vivos y cuántos habían caído antes de la gran marcha. Empieza a haber una gran manada en la repisa de la chimenea, pero la manada del suelo es más grande que nunca. La señora Thorkildsen ha decidido dividir los grupos. En realidad, la idea fue del Jefe.

Levanta cerca de la mitad de los lobos de papel del suelo y los sube a la repisa de la chimenea con movimientos lentos y sistemáticos. Se queda de pie con un puñado de perros en la mano.

—No te sé decir exactamente cuándo murieron estos ni de qué, pero ninguno de ellos sobrevivió a largo plazo. Imagino que algunos murieron por causas naturales.

Me dispongo a preguntar qué son «causas naturales» para un perro de Groenlandia en la Antártida, pero, entonces, la señora Thorkildsen dice lo siguiente:

—Algunos escaparon.

Se escaparon. Son las palabras más felices que he escuchado en esta historia hasta la fecha. Quiero saber más sobre los perros que escaparon, pero la señora Thorkildsen no se entretiene en este asunto.

—Ahora todo se centra en estos perros —dice y señala la manada sobre la alfombra—. Cincuenta y dos perros, Tassen. Dos más de los que el Jefe pensaba que iban a tener cuando llegaran a la Antártida. Y los cincuenta y dos los dividió en cuatro grupos. Así.

La señora Thorkildsen nunca deja de sorprenderme. Tras separar a los lobos en cuatro grandes grupos, en filas de a dos, saca los trineos. También son de papel y están construidos siguiendo el mismo principio que los lobos. Parecen barquitos. Y supongo que, en el fondo, lo son. Barcos para cruzar el océano helado.

—Están listos para avanzar —dice la señora Thorkildsen—.

Es verano, pero aun así hace más frío que aquí en pleno invierno. Veinticinco grados bajo cero. Las condiciones perfectas para los perros. Y los perros están felices. Al menos eso dice el Jefe.

—Y, por desgracia, probablemente esté en lo cierto.

—¿A los perros les gusta tirar del trineo?

—¿Que si les gusta? Los perros de Groenlandia viven por ello. Es lo único que de verdad saben hacer en el mundo. Se mueren de ganas de tirar del trineo hasta que les sangre el hocico, y luego más. Por eso los perros somos tan prácticos. Si tienes un plan y la paciencia de llevarlo a cabo a lo largo de varias generaciones, puedes crear una raza especialmente diseñada para los más estúpidos o malignos objetivos. No tienes más que pensar en todas las variantes increíbles que los alemanes han creado a lo largo de la historia. Hay que estar muy mal de la cabeza y ser bastante malvado para inventarse a un dóberman pinscher, o a un pitbull, ¿no te parece?

Estoy diciendo la verdad. A los perros de tiro les gusta tirar, siempre que se les permita tirar a su ritmo. Si vas demasiado deprisa, se agotan y se sientan donde estén. Si no tienes suerte, nunca lograrás que esa manada vuelva a tirar de un trineo en la vida. Si vas demasiado despacio, sólo obtendrás ladridos y confusión. Pero, cuando los perros trotan a buen ritmo, un hombre ha de ser un buen esquiador para seguirles el paso.

—¿Así que no te molesta que los perros tiren del trineo?

—Bueno —digo y me lo pienso un poco—. Los perros de Groenlandia son almas simples y, si se divierten tirando de un trineo, no pasa nada por aprovecharlo, ¿no?

Pero, si lo disfrutaran, ¿por qué haría falta que el Jefe los golpeara?

La señora Thorkildsen, por si todavía no fuera evidente, es una mujer relativamente cuidadosa. Tal vez también haya quedado claro que es una mujer con cierto sentido del dramatismo. Estas dos cualidades, para bien o para mal, convergen cuando me cuenta la historia de los perros del Jefe. Me cuenta mucho más de lo que necesito o quiero saber. La señora Thorkildsen sabe, por ejemplo, la cantidad exacta de galletas que llevaban en los trineos y que guardaban en los depósitos que habían instalado más al sur antes de la llegada del invierno.

—¿Depósitos? —me veo obligado a preguntar.

—Sí, ¿cómo te lo explico? —dice la señora Thorkildsen—. Es, más o menos, como cuando un perro entierra un hueso para comérselo más tarde. ¿Recuerdas lo triste que te pusiste cuando te dimos ese hueso enorme de cordero? Te pusiste a dar vueltas como loco por toda la casa durante días, gimiendo con el enorme hueso en el hocico, buscando un lugar donde esconderlo. No sé cuántas veces lo encontramos detrás de los cojines del sofá. ¿Recuerdas qué hiciste con él al final?

—Lo enterré, pero no recuerdo dónde.

—Pues eso mismo hacían en el Polo Sur. El verano antes del viaje en trineo, dejaron depósitos de comida y combustible en el camino, para que estuvieran a mano cuando pasaran por allí. Es increíble que lograran volver a encontrarlos. Eran pirámides blancas en un paisaje completamente blanco. No había relieves que incluir en un mapa. Todo era blanco y llano, y eso es todo lo que había. Para encontrar los depósitos, pusieron banderas negras.

—Tampoco diría que fuera un milagro que encontraran sus cosas. Si los perros habían seguido esa misma ruta el año anterior, sólo tenían que seguir el olor.

—¿Con ese frío? ¿Después del invierno? No lo creo, Tassen —me dice la señora Thorkildsen con condescendencia.

—¿Y tú qué sabes, vieja estúpida?

—Perro asqueroso.

Después de un rato, intuyo que, para la señora Thorkildsen, el factor nutricional es lo más fascinante de todo el proyecto del Polo Sur del Jefe. Tal vez no sea tan raro. Es lo que tiene haber sido cocinero antes que fraile.

—Es aritmética pura, ¿entiendes? —me explica la señora Thorkildsen.

—No, en absoluto —le digo con sinceridad.

—Los perros tienen que comer —dice mirando los cuatro grupos de perros del suelo—. Y tienen que hacerlo cada día. Cuanto más larga sea la expedición, más comida hay que tener a mano. Y, como no hay comida por el camino, tienen que llevar provisiones. Si llevan demasiadas, el trineo pesará más y los perros tendrán que comer más. Si llevan pocas, alguien morirá de hambre.

Sospecho quién sería el último en morir de hambre, pero me lo guardo.

—Por eso contaron las galletas, decenas de miles, varias veces. Pesaron las raciones exactas para ellos mismos y para los perros y, con lo que llevaban en el trineo y lo que había en los depósitos, podían saber para cuántos días tenían comida. Y también había otro factor... —se hace el silencio hasta que, por fin, lo dice—. Y ese factor eran los perros.

—¿La carne de perro formaba parte de la «aritmética»?

—Sí.

—Hijos de...

—Si no lo era desde el principio, lo acabó siendo. Pero, antes de contarte lo que sucedió, tengo que recordarte un par de cosas.

—¿Es necesario? —objeto—. Las cosas que tienes que recordarme siempre son aburridísimas. ¿No podemos pasar directamente al momento en el que comen perros?

—Debes tener en mente que no sólo los humanos comían perros, Tassen.

Muy bien, pero aquí algo no encaja. ¿No dijo la señora Thorkildsen que no había otras criaturas en el territorio antártico?

—¿Los ingleses? —sugiero a falta de algo mejor—. ¿Tal vez sus ponis comían perros? Nunca me he fiado del todo de los ponis. Creo que es probable que tengan los mismos problemas derivados de la cría selectiva que los perros pequeños.

La señora Thorkildsen niega sutilmente con su cabeza cana.

—Los perros que no se comieron, comían perros.

—¿Esto es lo que «tenías» que recordarme? ¿Que la ley de la naturaleza es «come o te comerán»? Pues claro que los perros se comían unos a otros. Los perros, como los humanos, comen lo que sea si están lo bastante hambrientos. Y los perros casi siempre lo están.

—La forma de saber que los perros empezaban a estar hambrientos de verdad fue ver que comenzaban a comerse la mierda de otros perros. Los excrementos humanos estaban en el menú desde que el Fram llegó a mar abierto. Los retretes en la base de invierno eran un hoyo enorme en la nieve que los perros peleaban por el privilegio de mantener como los chorros del oro. Pero, como digo, cuando los perros empiezan a comerse sus propios excrementos, se encienden todas las alarmas.

Tal vez, como me ocurre a mí, te resulte llamativo que la señora Thorkildsen no comente cómo se organizaban los grupos de perros. Es decir, los perros de Groenlandia se desplazan en abanico en su lugar de origen. Esa formación resulta perfecta para una isla como Groenlandia, donde la vegetación no crece por encima de la altura de la rodilla. En terrenos boscosos, es preferible recurrir a lo que se conoce como estilo Nome, con los perros divididos por parejas en una larga fila. En la Antártida no hay bosque, pero, aun así, el Jefe se decantó por el estilo Nome. Dado que no solía dejar nada al azar, me inclino a pensar que tenía sus motivos para descartar la formación en abanico que había aprendido de los esquimales. Con los perros colocados al estilo Nome, con los perros guía al frente, el Jefe instituyó una jerarquía humana artificial en el paisaje abierto y helado. Yo veo una técnica de dominación clara, pero la señora Thorkildsen no ve nada.

Lo que me cuenta la señora Thorkildsen lo saca de los libros. Y los libros los saca con las manos. Tiene las manos azules y blancas y arrugadas y torcidas y doloridas. Han pasado momentos peores y volverán a pasarlos, dice la señora Thorkildsen, que sufría de unos dolores tan fuertes en las manos antes de dejar de trabajar como bibliotecaria que, a veces, tenía que irse al baño a llorar. Mencionar este asunto es suficiente para llevarla al borde del llanto. Pero sus deditos aún tienen la fuerza suficiente para navegar por las páginas de los libros y encontrar las piezas del puzle, que marca con banderas amarillas.

«¡Mira lo que he encontrado!», dicen las banderas.

Así es como proceden los humanos. Ponen banderas en los depósitos de conocimiento y en los relatos, que los esperan cuando llega el momento justo y los necesitan. Sinceramente no sé qué harían sin esas banderas, por mucho que tengan pulgares oponibles.

Por lo que he visto, todos los libros del mundo huelen distinto. Tal vez no sea ninguna sorpresa que un ejemplar viejo y encuadernado en piel huela distinto a una edición de bolsillo barata, pero hay más. Los libros toman el olor de quienes los leen, claro, y de cómo lo hacen. Y también adquieren el olor del tiempo que pasa. Ése es el olor que reconocí la primera vez que fuimos a la Biblioteca.

Lo que llama la atención es que un libro bueno no huele distinto a un libro malo. Lo mismo ocurre con el contenido. La guerra y el amor de juventud, la filosofía y las historias inverosímiles, huelen prácticamente igual. Los libros de cocina —y, por supuesto, hablo de libros de cocina usados— son una excepción, evidentemente. Un buen libro de cocina huele a comida. Pero, escojas el libro que escojas, la página catorce huele igual que la mil tres.

Si, por el contrario, fuera posible oler el contenido de un libro, creo que la hegemonía de los humanos en el oficio de la biblioteconomía pasaría a la historia. En el mejor de los casos, los Bibliotecarios se verían sustituidos por perros. Entra una lectora y no tiene ni idea de qué libro está buscando, pero Fido no tiene más que olisquearle los bajos del abrigo para saber si necesita consuelo, emoción, fantasía o cómo se prepara el lucio europeo. Fido arrastra a su cuidador hacia la estantería correcta y señala un libro. La lectora se lleva el libro perfecto. El perro recibe un premio. El perro es feliz. Todos felices.

29

—¡**M**IERDA! —EXCLAMA LA SEÑORA THORKILDSEN. Tanto el contenido como la expresión me alertan de que es grave y me pongo en pie antes de alcanzar a pensar en los peligros que pueden acechar en la cocina, de donde proviene el grito. Cuando llego, no encuentro más que a la señora Thorkildsen con un libro en una mano y un vaso alto lleno de agua de dragón de color rojo en la otra. Lo de siempre, me atrevería a decir. No veo ni huelo ni al hombre del saco ni al de la basura.

Me veo obligado a preguntar qué ocurre, pero la señora Thorkildsen no tiene tiempo de responderme, porque ahora está absorta por el libro que le ha hecho exclamar «mierda».

—¿Qué libro es?

—*Una vida en el hielo*. El del chef Lindstrøm.

No podía ser otro.

—Nunca te había visto leer un libro que te haga hablar mal.

—¡Mira! —dice la señora Thorkildsen, mostrándome una página específica del libro. De nuevo, temo que la señora Thorkildsen, tarde o temprano, vaya a perder el sentido de la realidad.

—No sé leer —me veo obligado a recordarle.

Aunque nadie sepa mejor que la señora Thorkildsen que no sé leer, me da un poco de vergüenza reconocerlo. Eso me hace pensar en que, por muy contenta que esté la señora Thorkildsen conmigo, lo estaría aún más si yo supiera leer. Nos sentaríamos cada uno en una butaca, cada uno con su libro, en silencio. Un silencio que sólo romperíamos para comentar una idea interesante o servirnos algo de beber. Un aperitivo de vez en cuando. Por otra parte, seguramente se cansaría de tener que pasarme las páginas. Así que una cosa compensa la otra.

—¡Es vino tinto! —dice la señora Thorkildsen, y entonces entiendo a qué se refiere.

En mitad de la hoja hay un círculo de un color que es una mezcla de los colores de la bandera de Noruega. Rojo y azul con un poquito de blanco. No sé cómo se llama ese color. Púrpura de agua de dragón, tal vez.

—Bueno, has manchado un libro de vino tinto. No es el fin del mundo, señora Thorkildsen —le digo con toda la alegría que permite la situación.

—¡Es un libro de la Biblioteca! —dice la señora Thorkildsen. Eso es un código rojo.

Los libros de la Biblioteca ni se destrozan, ni se estropean. Yo ya me lo había aprendido. Con tus propios libros puedes limpiarte el culo, si quieres, pero los libros que se toman prestados de la Biblioteca son otra historia. No pueden tener ni una mancha ni un doblez en el transcurso de su estancia en tu casa. Tienen que devolverse sanos y salvos a la Biblioteca sin más desgaste que el que ocasiona la vista sobre el texto impreso. ¡Y le ha ocurrido ni más ni menos que a la señora Thorkildsen! Es ella quien me ha transmitido ese respeto y reverencia por los libros de la Biblioteca. Vaya, vaya, esto demuestra que le podría pasar a cualquiera. La pregunta es: ¿Qué hacemos ahora? Y eso mismo le pregunto a la señora Thorkildsen.

—¿Y qué hacemos ahora?

—Eso, ¿qué hacemos? —pregunta ella.

—¿Comprar un libro nuevo? —sugiero. Pensamiento constructivo.

—En los viejos tiempos, podría haberlo hecho. Todavía tengo algún sobrecito en un cajón. Entonces, podría haberlo pegado en el interior de la contracubierta. Forrar la cubierta es muy sencillo para una Bibliotecaria. Creo que también tengo un sello por ahí, así que no nos habría costado nada hacer pasar un libro comprado por uno de la Biblioteca, pero ahora...

—La señora Thorkildsen se queda mirando el libro por todos lados—. Pero ahora tienen estas barritas. Mira.

Quiere que observe el libro.

—¿Qué es eso?

—Estas rayas le dicen al ordenador todo lo que tiene que saber sobre el libro. Sólo tienes que apuntar a las barritas con una especie de pistola eléctrica y... ¡ping! Pero no tengo ni idea de cómo funciona.

—Por el olor —digo—. Tiene toda la pinta de ser el olor.

—¿El olor? —pregunta la señora Thorkildsen—. No creo. De ser así, se podría oler —la señora Thorkildsen olisqueó el libro— ... y esto no huele a nada. Sólo a libro.

—No creo que puedas usar tu sentido del olfato como prueba de nada —le indico—. Si ni siquiera te das cuenta cuando pisas una caca de vaca.

Si la señora Thorkildsen fuera más abierta de mente, podría haberle enseñado un par de cosas sobre cómo funciona el olfato. No es tan distinto a las barras del libro que ha mancillado con agua de dragón. Un breve «¡ping!» a lo sumo podrá darte los datos básicos del libro, pero, si lo inspiras profundamente, podrías percibir la tercera dimensión del olor: el tiempo.

Pasado. Presente. Futuro. No necesariamente en ese orden. Por eso puede llevar un rato entender del todo un olor. No siempre basta con un olfateo rápido. A veces, hay que oler con intensidad y durante un buen rato para obtener la imagen completa. Intenta tenerlo en mente la próxima vez que tires con impaciencia de una correa.

30

LA RESPUESTA A LA PREGUNTA «¿Qué hacemos con el libro de la Biblioteca?» resultó ser «Nada de nada». Ahí está, encima de la cómoda, igual que ayer, y no me sorprendería si siguiera allí mañana. Por mi parte, no vuelvo a mencionar el libro. La última vez que lo hice, la señora Thorkildsen se puso seria y sombría y «se olvidó» de darme de comer antes de irse a la cama. El libro de Adolf Henrik Lindstrøm se ha convertido en un «no libro» en mi vida, pero nada de eso borra la pregunta de la señora Thorkildsen: ¿qué hacemos ahora? Y mil preguntas más. ¿Qué tipo de represalias podemos esperar por parte de la Biblioteca si no cumplimos con nuestro deber de devolver el libro estropeado? ¿Qué tipo de poder tienen sobre nosotros? ¿Cómo lo aprovecharán el Cachorro y la Perra? ¿Puede ayudarnos la Ayuda Doméstica?

Me tranquiliza pensar que aún tenemos un rifle en casa, pero estoy seguro de que, si la señora Thorkildsen tuviera que abrir fuego contra otra Bibliotecaria, lo haría con todo el dolor de su corazón, así que espero que encontremos una solución pacífica. Preferiría morder a alguien que de verdad se lo merezca.

—En Groenlandia tiran de los trineos en abanico —dice la señora Thorkildsen—. Te voy a mostrar cómo es.

—Sé cómo es la formación en abanico —digo, y percibo que mi tono denota que estoy molesto—. ¿Por quién me tomas? ¿Por un spaniel tibetano? No hace falta que me lo muestres. Tampoco hace falta que me enseñes el estilo Nome. Ni el nórdico. Me los sé todos.

—¡Dios mío! —dice la señora Thorkildsen—. ¿Y cómo sabes todo eso?

—No lo sé.

—Pero si acabas de decir que te sabes todos los estilos de tiro.

—Quiero decir que no sé cómo lo sé.

—Vaya, Tassen. Te iba a contar que el Jefe no usó la formación en abanico en el Polo Sur.

—Lo sé.

—¿Y sabes por qué?

Ahí está otra vez esa pregunta.

«Porque el Jefe era un cerdo controlador que obligaba a los perros a doblegarse a un sistema jerárquico artificial para dominarlos», me dispongo a responder agresivamente, pero la señora Thorkildsen, que va por su primera copa de agua de dragón, se me adelanta:

—El hielo por el que avanzaban podía parecer tan liso como una pista de baile, pero el terreno del camino hacia el Polo Sur es traicionero; hay grietas en la nieve que podrían tragarse a una manada de perros entera. Por eso, para reducir las posibilidades de pisar hielo agrietado, el Jefe decidió que era mejor ir en fila, a pesar de que no hubiera vegetación. Y esa decisión los salvó más de una vez.

Que le aproveche.

La llamaron «La pista de baile del diablo». Las grietas en el hielo son el único guiño al *pathos* en el relato del Jefe hasta el momento. También a la poesía.

«Las grietas impresionan cuando uno se asoma al borde y mira hacia el abismo —escribe el Jefe—. Un abismo sin fondo que va del azul más claro a la más profunda oscuridad».

El Jefe también lleva un poeta dentro:

> *Un*
> *abismo*
> *sin fondo*
> *que va*
> *del azul más claro*
> *a la más profunda*
> *oscuridad.*

—El Jefe escribe mucho sobre estas grietas —apunta la señora Thorkildsen. Va tras la pista de algo. Está alerta—. Lo interpreto como una expresión de su propia situación como líder de un proyecto que es a todo o nada. El miedo a caer, ni más ni menos. Un miedo típico de los hombres. A cada paso que da, el Jefe piensa en lo que le espera si no llega él primero al Polo Sur y si no es el primero también en regresar. Preferiría morir en una grieta del hielo.

—Tal vez fuera sólo para disimular que el viaje al Polo Sur en realidad fue bastante aburrido —digo.

La señora Thorkildsen no me contradice.

—Imagínate pasar día sí y día también tras una manada de perros que corre por el hielo. Todo es igual de blanco y llano en todas direcciones y nunca se pone el sol. El tiempo puede ser mejor o peor, pero el frío es constante. Las mismas rutinas cada día. Desmontar la tienda de campaña. La misma distancia que el día anterior. Montar la tienda. Comer. Dormir. Seguir el plan. Los perros avanzan los kilómetros que se espera de ellos cada día, las raciones de comida son suficientes y los depósitos están donde deben estar. Si no llega a ser porque vivía en una pesadilla en la que el capitán Scott ya había llegado al Polo Sur con sus trineos motorizados, el Jefe podría haber disfrutado de la expedición, como si se tratara de una excursión durante las vacaciones de Pascua.

—Sí, porque eso era lo que era, ¿no? Una excursión, quiero decir. Quizá muy importante, pero lo único que estaban haciendo era sacar a los perros a dar una vuelta.

—Hasta que se toparon con la pared.

—¿Y esa parte cuándo llega?

—Ahora. La pared mide diez mil pies de altura. Es alta —dice la señora Thorkildsen.

Tan alta como los aviones en el cielo, los que nunca alcanzo a ver bien. La pared está hecha de hielo de miles de años de antigüedad, capa sobre capa de nieve pulida por los vientos más fríos que soplan en la Tierra, y está repleta de grietas mortales. Allí, a los pies de la pared, se encuentra el último depósito. Allí termina el mapa. El resto del camino hacia el Polo Sur era todo lo que quedaba de «lo desconocido» en el mundo.

Era un juego de azar. Podían contar cada galleta cuatro veces para asegurarse de que tenían un margen, pero el siguiente paso podía conducirlos hacia la muerte de todos modos.

Además de agotados, los perros quedaron aterrorizados cuando un trineo, y después otro, casi desaparecen entre las grietas de camino a la cima del glaciar. Cuando se deshacen de los perros inquietos, enfermos o excitados en el océano de hielo, la manada de la repisa de la chimenea se convierte en la más grande de todas.

31

LA MALDICIÓN DE LA AYUDA DOMÉSTICA. Me empieza a caer muy bien la Ayuda Doméstica. Al principio me frustraban las constantes transformaciones, pero eso fue antes de que comprendiera que esa mutabilidad es precisamente el verdadero ser de la Ayuda Doméstica. ¿Y por qué iba a estar un alma tan noble como la de la Ayuda Doméstica atada a una sola persona?

Hoy, la Ayuda Doméstica es un hombre relativamente joven para su profesión. Tiene una hija pequeña, una novia que no termina de decidir qué quiere de él y la ambición de ser conductor de ambulancia. Todo esto lo huelo. ¡Es broma! Se lo ha contado todo a la señora Thorkildsen, que lo escucha fascinada y va a buscar más rollitos de canela. La casa está como siempre cuando recibimos la visita de la Ayuda Doméstica: impecable.

Hay tiempo de sobra para la única tarea con la que la señora Thorkildsen necesita ayuda: guardar los muebles del jardín.

La Ayuda Doméstica sale a buscar los muebles del jardín y yo voy detrás. Qué bien que pasen cosas. Lo que sea.

Tres sillas y una mesita. No es mucho trabajo, pero la Ayuda Doméstica se toma un descanso en el cobertizo. Saca un cigarro y lo enciende.

—No se lo digas a nadie, ¿eh, Tassen? —dice con una sonrisa.

No respondo. Mejor eso que admitir que no tengo ni idea de qué me habla. Muevo la cola de la forma más relajada posible, pero nunca es suficiente. Mi objetivo es alcanzar la elegancia del contoneo de una gran ave de presa, pero el resultado es más bien un limpiaparabrisas a toda velocidad.

Entonces, la Ayuda Doméstica exhala por la nariz y todo encaja. ¡Está sentado en la silla de plástico fumando especias!

—Pues claro que no diré nada —le aseguro.

La Ayuda Doméstica tose. Dejo que termine de toser. Por algún motivo, se le acelera muchísimo el pulso y me mira con los ojos como platos, como si yo fuera el primer perro de la Tierra.

—Esto quedará entre nosotros —prosigo, mientras él no me quita ojo de encima—. Te iba a preguntar si tenías un poco más... de eso que tienes. Creo que le sentaría bien a la señora Thorkildsen. Como te habrás dado cuenta, bebe demasiada agua de dragón para ese cuerpecito que tiene.

—Sabes hablar... —dice la Ayuda Doméstica mientras se levanta de la silla.

—Te lo pago —le digo—. Sé en qué libros esconde la señora

Thorkildsen el dinero: *El futuro en América*, de H. G. Wells y *Las obras completas de Robert Burns*. Ambos están a la derecha de la repisa de la chimenea. Nunca se dará cuenta. De hecho, creo que se le ha olvidado que tiene dinero guardado allí.

—¡Sabes hablar! —repite la Ayuda Doméstica.

—Te lo daría yo mismo, pero, como ves, no tengo pulgares, y sacar un libro de la estantería es una batalla perdida.

—¡Sabes hablar! —exclama de nuevo la Ayuda Doméstica. Y, entonces, se va. A una velocidad pasmosa.

Cuando la Ayuda Doméstica se marcha, la señora Thorkildsen vuelve a convertirse en el ángel de la muerte. Tranquila, pero decidida, levanta los lobos de papel del suelo. Uno. Dos. Tres. Cuatro. Otro más. Y otro. Y otro más todavía. Y otro. Y otro. Y otro. Y otro. Y otro. Y otro. Y otro. Y otro. Y otro. Y otro. Y otro. Y otro. Y otro. Y otro. Y otro. Hasta que casi no quedan más y, por fin, el último. Toda la manada está en el puño huesudo de la señora Thorkildsen.

—Veinticuatro —dice la señora Thorkildsen—. Todos estos fueron sacrificados al concluir la escalada por los mismos hombres que tenían que cuidar de ellos.

—Un baño de sangre de los de toda la vida —digo, y me doy cuenta de que es un cliché. Pero ¿qué otra cosa voy a decir? ¿Que estoy en *shock*? Podría decirlo, pero la verdad es que no lo estoy.

La señora Thorkildsen me cuenta la historia de la gran masacre que tuvo lugar cuando los hombres y sus perros, tras días de esfuerzo, por fin llegaron a la meseta, y yo no estoy para nada sorprendido. Si tuviera la facilidad de la señora Thorkildsen para los números, habría contado las galletas y las raciones y me habría dado cuenta de que los números no encajaban y que la estrategia del Jefe, una vez más, se basaba en tener más perros de los que necesitaba.

Ya habrá tiempo para que pueda expresar mis sentimientos, pero será más adelante. Ahora, lo que importa son los hechos. Y yo nunca dejo que los sentimientos me hagan perder los papeles, a no ser que tenga muchísima hambre. Y, ahora mismo, no la tengo. Al contrario. Estoy satisfecho. Y calentito. Las probabilidades de que la señora Thorkildsen me vuele la tapa de los sesos de un disparo son mínimas. Estoy a salvo y eso es todo lo que espera un perro de la vida.

—Si no se dieron cuenta enseguida, los perros tuvieron que entender lo que ocurría cuando les sirvieron a sus amigos muertos para cenar —dice la señora Thorkildsen pasando unas cuantas páginas, hasta que llega a una de las banderas amarillas de uno de los libros.

Qué experiencia más extraña debe de ser para un libro de la Biblioteca que la señora Thorkildsen se lo lleve a casa, pienso.

32

OY, EN EL PROGRAMA DEL doctor de la tele:

«Van a cerrar la Biblioteca municipal, pero al menos moriré pronto».

El programa del doctor sobre la señora Thorkildsen sería algo así. En cualquier caso, si lo decidiera ella. Si, por el contrario, lo decidiera el Cachorro, me temo que el programa de la señora Thorkildsen se llamaría algo así como:

«Mi madre viuda bebe tanto que se va a acabar muriendo y no sé muy bien cómo sentirme al respecto».

La Perra:

«Mi suegra es una vieja bruja testaruda que no quiere que tengamos un techo bajo el que vivir y que además nunca me mira a los ojos».

El Cachorrillo:

«Bip, bip, ¡biiip! ¡Patapúm!».

¿Y cuál sería mi programa del doctor? ¿Qué emocionante título le pondríamos para obtener la atención de las masas? Debo decir que la respuesta a esa pregunta dependerá mucho de qué día me preguntes. Aquí tengo algunas buenas propuestas:

«Creo que he cogido y me gustaría asegurarme, ¡pero la perra no quiere saber nada de mí!».

«Mi dueña a veces se olvida de darme de comer, ¡y encima se queja cuando me tiro pedos!».

«Estoy demasiado gordo porque me gusta demasiado la gente».

«El rottweiler de la esquina me pone de los nervios y le deseo la muerte».

«Me da miedo morirme de hambre. Ahora mismo».

«La Bibliotecaria está enamorada de mí y temo que la señora Thorkildsen se muera si se entera».

El último punto lo he añadido a la lista hoy mismo. Volveré a él enseguida, pero antes debo señalar cómo deja al descubierto mi problema esta lista de sugerencias:

Me faltan enemigos definidos en la vida. Antagonistas, como los llama la gente que no se pelea. Es evidente que estoy en el mismo bando que la señora Thorkildsen, pero eso no me da pistas sobre aquello a lo que tendría que oponerme, más allá de su nuera y de nuestro Señor y Salvador Jesucristo, el único hijo de Dios. Y, a decir verdad, Jesucristo no nos ha molestado ni a la señora Thorkildsen ni a mí últimamente, así que sólo nos queda la

Perra, que es problema de la señora Thorkildsen y de nadie más. Yo no quiero meterme en esos asuntos. De acuerdo, odio al rottweiler ese de la esquina, pero sólo mientras escucho sus ladridos cuando pasamos por delante de su casa. El resto del tiempo no lo odio, a menos que me ponga a pensar en el maldito pasado o en el maldito futuro. De todas formas, no es más que un perro estúpido. El mundo está lleno de perros estúpidos.

¿Tal vez el Cachorro sea mi enemigo? ¿Mi antagonista?

De veras espero que no. No puedo decir nada malo de él, aparte de que pone nerviosa a su madre con todos esos papeles y esas conversaciones sobre el futuro. De verdad, espero que no se tome ese pequeño incidente con Rugido Satánico como algo personal.

A la Perra no le caigo demasiado bien, pero yo no me lo tomo como algo personal. Si hubiera tenido la oportunidad de olerla como es debido, de oler lo que se esconde bajo ese perfume antiséptico de camuflaje, estoy seguro de que nos habríamos hecho buenos amigos.

Como he dicho: «La Bibliotecaria está enamorada de mí y temo que la señora Thorkildsen se muera si se entera».

Ésa es la conclusión natural después de las experiencias del día. Hemos vuelto a casa, lo que quiere decir que hemos salido. Nuestro único objetivo del día había sido ir a la Biblioteca/Taberna. El Cachorro y la señora Thorkildsen volvieron a dejarme solo durante una eternidad para salir a cazar por la mañana y volvieron a casa con más agua de dragón de la que hemos tenido en mucho tiempo. Esta vez fue el Cachorro, así que la señora Thorkildsen le tuvo que dar explicaciones a él.

—Voy a invitar a las chicas a cenar —dijo con su tono nostálgico—. Es probable que sea la última vez.

—¡No digas tonterías! —exclamó el Cachorro con un énfasis que nunca había percibido en él—. Aún te quedan muchos años, mamá. Pero, para eso, tienes que centrarte un poco. ¿Cuánto vivió la abuela? ¿Hasta los noventa y cuatro? ¿Noventa y cinco? No hay motivos para pensar que tú no vayas a vivir tanto como ella. ¡O incluso más! La gente vive más tiempo ahora. No puedes quedarte sentada compadeciéndote mientras te vas marchitando. ¿No podrías ir a las islas Canarias? ¿Disfrutar del buen tiempo? Disfrutar en general. Nosotros cuidaríamos de Tassen, ya lo sabes.

—No me compadezco —dijo la señora Thorkildsen, y la habitación se quedó helada.

—Sabes que hacemos todo lo que podemos para que vivas como quieras —dijo el Cachorro. La señora Thorkildsen no respondió—. Pero, ya que lo hacemos, tú tienes que poner de tu parte. Estar activa. Pensar de forma positiva. ¿Por qué has despedido a la Ayuda Doméstica, por cierto? —preguntó el Cachorro.

Este dato fue toda una sorpresa. Miré confundido a la señora Thorkildsen, pero no dijo nada.

—¿Mamá?

—Fue él quien se marchó. Por fin me habían enviado a alguien que entendía el idioma y que tenía tiempo para tomar un café. Y pensé «ya era hora». Lo mandé a guardar los muebles del jardín y entonces algo cambió en él de repente. Estaba muy afectado. Se fue corriendo sin despedirse siquiera y ¿sabes qué?

Creo que ya basta. Si la mejor Ayuda Doméstica está mal de la cabeza, ¿qué sentido tiene esperar al segundo mejor candidato? Llamé al servicio municipal y dije que hasta nuevo aviso ya no necesitaba ayuda en casa —el Cachorro suspiró, pero no dijo nada—. No me compadezco. Si lo hiciera, pensaría que necesito Ayuda Doméstica, pero no la necesito. Además, nunca sabes a quién van a enviarte. Al fin y al cabo, vienen de cualquier parte del mundo. Nada, dejemos la Ayuda Doméstica para quien la necesite. Yo siempre voy a poder arreglármelas sola.

El Cachorro volvió a suspirar. Olía a enfado y a frustración.

—Pero, tal vez, nosotros sí la necesitamos —dijo entonces—. Parte de la gracia de la Ayuda Doméstica, mamá, es que me da, nos da, tranquilidad. Es posible que saber que viene alguien a verte cada par de días signifique más para mí que para ti, pero me habría gustado que me hubieras comentado todo esto.

—No estoy dispuesta a aguantar que vengan desconocidos a casa tres días a la semana, gracias. Además, una ya no sabe qué ofrecerles. Si no son alérgicos, su religión les prohíbe tomar café y un dulce cuando están de servicio. Es posible que llegue un momento en el que necesite Ayuda Doméstica, pero ese momento no ha llegado todavía. ¡Y se acabó!

Más tarde, cuando la señora Thorkildsen, el carrito y yo andábamos por las Afueras de camino al Centro, le hice una pregunta a la que llevaba un buen rato dando vueltas.

—¿Mientes a tu cachorro?

—Claro que no —me dijo la señora Thorkildsen, claramente indignada.

—¿Entonces es cierto que has invitado a las chicas a cenar?

—Pues claro que sí —me respondió la señora Thorkildsen. Había algo en su forma de decirlo que me empujó a seguir indagando, así que me aferré al tema como los dientes de un pastor alemán al brazo de un activista pacifista.

—A ver, ¿cuándo?

—Todavía no lo he decidido.

—¡Ja! —repliqué.

—Nada de jas —me rebatió la señora Thorkildsen—. Mientras viva, podré decir que voy a invitar a las chicas a cenar y nadie podrá demostrar que no tengo pensado hacerlo.

—Ya, pero entonces no entiendo por qué estás tan molesta con el Jefe. Tal vez él dijera lo mismo que tú. «Voy al Polo Norte», pudo haber dicho, «pero no hoy. Otro día».

—No estoy molesta con el Jefe porque mintiera. Faltaría más. Todos los hombres que he conocido mienten. Mienten sobre cosas importantes y también sobre pequeñeces, no siempre y no sobre todos los temas, pero todos lo hacen. No estoy enfadada con el Jefe, pero creo que, a veces, era un completo idiota.

Es raro que no se nos hubiera ocurrido antes. En cuanto la señora Thorkildsen pidió sus libros y charló un rato con la Bibliotecaria, llegó el momento de que se vaya a la Taberna y yo la espere nervioso junto a la entrada. Pero, entonces, la Bibliotecaria, bendita sea, intervino.

—Él se puede quedar aquí mientras te comes una hamburguesa.

No fui consciente de que se refería a mí hasta que la señora Thorkildsen me habló con la voz que usa cuando hay gente delante; una voz que me imagino que usaría también si yo fuera un cachorro humano con dificultades de aprendizaje.

—¿Qué te parece, Tassen? ¿Te quedas aquí mientras mamá se pide una hamburguesa y una cerveza? ¿Te apetece? ¡Claro que sí!

—Sí, por favor —respondí—. Me parece muy buena idea, si no es mucha molestia.

Una cosa muy rara de los humanos es lo mucho que cambian cuando los tratas de tú a tú. La señora Thorkildsen es evidentemente mi ejemplo más cercano, pero creo que eso es algo que le ocurre a la mayor parte de la gente. Solos son, o bien peores, o bien mejores.

La Bibliotecaria, que ya era bastante fantástica, sola es aún mejor, y eso es lo que me incomoda un poco mientras miro cómo la señora Thorkildsen lee y bebe agua de dragón desde la butaca de cuero del Comandante. ¿Debería hablarle de los mimos y las palabras cariñosas de la Bibliotecaria? Cómo me puso bocarriba —no pude evitarlo, sucedió sin querer— y me enterró la nariz en el cuello mientras hacía toda clase de ruiditos. La Bibliotecaria cree que soy un buen chico y no le da reparo decírmelo y, entonces, me doy cuenta de que no estoy seguro de si a la señora Thorkildsen también se lo parece. Es decir, creo que lo piensa, pero nunca se lo he oído decir. Eso es lo que ocurre cuando un pobre perro idiota empieza a depender de una palabra.

¿Mentiría si no le contara a la señora Thorkildsen lo sucedido y lo maravilloso que me ha parecido? O, al revés: ¿qué bien haría contándoselo? Si conozco a la señora Thorkildsen, estoy seguro de que desearía ser joven y tener la piel suave para poder ponerse de rodillas, la postura preferida de los perros; pero la señora Thorkildsen es vieja y le parece una mierda hacerse mayor, así que creo que lo mejor es dejarlo. Hablar de otra cosa.

—¿Y qué les pasó a los perros a los que no sacrificaron a modo de ejemplo?

La señora Thorkildsen levanta la vista del libro.

—Pues bien, llegaron al Polo Sur. Los perros se comieron su parte y descansaron unos días. El resto de la carne se dejó en «la carnicería» para el camino de vuelta. Después, prosiguieron con lo que quedó de la manada —dice señalando a los lobos de papel del suelo—. Dieciocho.

—¿Y qué pasó con Scott? ¿Llegó al Polo Sur?

—Los ingleses llegaron al Polo Sur más de un mes después de que los noruegos hubieran estado allí, pero, donde el Jefe cumplió su sueño, Scott se topó con su pesadilla. «Dios, éste es un lugar terrible», escribió. El Jefe no dejó por escrito nada parecido. ¿Sabes lo que de verdad les minó la moral? —pregunta la señora Thorkildsen, y se responde antes de que me dé tiempo a decir que no—. Las huellas de los perros en la nieve. Había muchísimas. Una ventaja en todos los sentidos de la palabra.

—Pero el Polo Sur en el fondo no es... ¿nada?

—Nada de nada. Una cruz en la nieve, enmarcada por banderas negras que los noruegos pusieron en todas direcciones para que nadie pudiera llegar a ese lugar y dudar de que alguien hubiera estado allí antes que ellos.

—Banderas negras. ¿Eso es todo?

—De hecho, sí.

Así era el mapa del Polo Sur que había dibujado el Jefe:

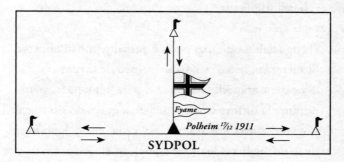

Y así es el mapa cuando se quitan las aportaciones humanas:

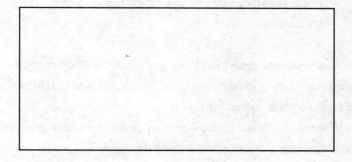

La topografía del vacío. En el centro del mapa clavaron otra bandera; esta vez roja, blanca y azul. Todos los miembros de la tripulación con la suerte de contar con pulgares oponibles agarraron el mástil y la clavaron con todas sus fuerzas en la nieve. Y, como así son los humanos, se produjo un momento que todos describirían como emotivo mientras vivan. Por un momento, todos son felices.

Los perros, por el contrario, se muestran indiferentes. Para algunos, esta es la última parada. La bandera está clavada y el Jefe explica lo siguiente:

«Helge había sido una perra especialmente inteligente. Sin dar problemas, tiraba del trineo de la mañana a la noche y era todo un ejemplo para la manada, pero, durante la última semana, se había quedado sin fuerzas y, cuando llegamos al Polo Sur, ya no era ni la sombra de lo que había sido. Se paseaba con el arnés puesto, pero no tiraba ni su propio peso. Un golpe en el cráneo y Helge dejó de ser. La descuartizamos ahí mismo y, en pocas horas, de ella sólo quedaban la punta de la cola y los dientes».

Comandante abandonó la manada unos días antes. Se fue y nunca regresó. «Se marchó para morir», escribe el Jefe en su diario. Yo no estoy tan seguro.

Cuatro días más tarde, Lasse, el perro preferido del Jefe, tuvo que pagarlo con su vida. «Se había agotado y ya no servía para nada». Lasse acabó descuartizado en quince trozos y devorado por sus compañeros. Al día siguiente, Per se desplomó y recibió el golpe de gracia del hacha. El Jefe reflexionó sobre la muerte de aquel «extraño» perro que no quería pelear o jugar con los demás, que fue un inadaptado desde antes de que le pusieran el arnés.

«Como perro de tiro no tenía precio —escribe el Jefe—, pero, como la mayoría de los perros con esta disposición, no tenía demasiado aguante. Se derrumbó, fue sacrificado y devorado».

A Blackie parece que nadie lo echó de menos. Días más tarde, cuando se lo comieron, el Jefe escribe en su diario lo siguiente:

«Un perro mezquino. Si llega a ser un humano, habría terminado en un correccional en la adolescencia, y después en la cárcel. Estaba relativamente gordo y fue devorado con visible satisfacción».

¿Qué está haciendo el Jefe aquí si no es desvelar el vacío moral que supone en su propia mente la expedición al Polo Sur? Si quiere que lo apoyemos en su «Proyecto viandas con patas», al menos debería evitar juzgar la conducta de la comida. Tal y como lo expresa el Jefe, con la partida de Blackie, hay un delincuente menos en el mundo.

«Si llega a ser humano...».

33

HUELE BIEN. **POCO A POCO,** la casa se impregna de un poderoso aroma que no hace más que crecer en intensidad a medida que llega la hora. ¿La hora de qué? Sólo los pájaros lo saben.

Puede que me vuelva peligroso si no me da algo de comer pronto, pero la señora Thorkildsen hace oídos sordos y ojos ciegos a mis humildes peticiones y, en cuanto al sentido del olfato, ya se sabe que no tiene. El invitado desconocido está a cargo de todo ahora. Una persona misteriosa y a quien tal vez no he conocido nunca ha tomado el control remoto de mi vida y, sinceramente, me parece una mierda.

Tengo el bol lleno de comida, así que, por el momento, la muerte por inanición no supone ninguna amenaza. Pero la comida en el bol es una cosa; es comida que ya tienes y que puedes guardar para más adelante. A mí me interesa más la comida que está en la encimera.

—¿Qué es eso que huelo? —pregunto.

—Carne de ciervo —responde la señora Thorkildsen.

—¡Madre mía! —exclamo.

—Tendría que haber sido carne de oso, a ser posible de oso polar, pero es muy difícil de conseguir.

—Seguro que no pasa nada —digo lisonjero—. ¿Podría probar, aunque fuera un trocito pequeño? Para comprobar que la carne no se haya echado a perder. Los perros tenemos una sensibilidad especial para eso.

Mis glándulas salivares ya están de fiesta. Estoy a punto de babear. La señora Thorkildsen se lleva las manos a las caderas para demostrar, estoy convencido, que confía tanto en mí como en la carne. Ladea la cabeza y sonríe. Creo que la palabra «picardía» es adecuada en este contexto. La señora Thorkildsen sonríe con picardía.

—Como si no fueras capaz de comerte un buen trozo de carne podrida y después pedirme más. Los perros comen cualquier cosa. ¡Si hasta se comen los unos a los otros!

La señora tiene el día sarcástico, pero yo también sé jugar a ese juego.

—Bueno, ¿y quién no? —pregunto, antes de darle el golpe de gracia—. Supongo que debería dar las gracias por no estar en el menú de esta noche.

—Bueno, tal vez no hubiese estado mal. Podría haberte marinado en cerveza unas horas antes de freírte y servirte con cebolla y patatas. Tassen *à la* Thorkildsen. —Después, se arrepiente—.

Lo siento, Tassen, pero, verás, hoy voy a servir filete *à la Lindstrøm*, y no es ninguna broma.

—¿Pero quién se está riendo?

—Hace cien años, Tassen, este plato se servía en los mejores restaurantes de Europa y Estados Unidos. Las élites querían probar la especialidad del cocinero polar. Encontré la receta en un libro.

¿En serio? Primero se gana el corazón de la señora Thorkildsen y, antes de que nos demos cuenta, tenemos a Lindstrøm suelto por la cocina. Un ejemplo perfecto de los peligros de leer libros. Pueden cambiarte para siempre.

—El filete *à la Lindstrøm* no debe confundirse con el filete *Lindstrøm* —me advierte la señora Thorkildsen.

—Claro que no —respondo, siguiéndole el juego. Cuando hay comida en juego, pierdo por completo la decencia.

—En comparación, el filete *Lindstrøm*, el plato sueco, resulta bastante patético —dice la señora Thorkildsen—. Un filete sencillo escondido bajo un montón de remolacha y un huevo frito. De lo peor de la cocina sueca. No se puede comparar con el verdadero filete *à la Lindstrøm*.

—¿Verdad? —digo, sintiéndome mareado de tanto oír esa palabra que flota por toda la cocina. «¡Filete! ¡Filete! ¡Filete! —resuena—. ¡Filete! ¡Filete!».

—El verdadero filete *à la Lindstrøm* se prepara con carne de caza y, como ya te he dicho, a ser posible de oso polar. Pero el ciervo sirve. La carne ha de reposar un par de días. Después, hay que marinarla en cerveza negra y, más tarde, una cantidad generosa de mantequilla y el calor se ocupan del resto. Se fríe un poco de cebolla y se pone encima de la carne y *voilà*: filete *à la Lindstrøm*. Pero eso se hace al final de todo. Se sirve con patatas fritas, y no de las congeladas, Tassen, sino de las caseras. Justo entonces llaman al timbre y me sobresalto. El ritual de siempre. Ladro, si no con energía, al menos con ritmo e insistencia, hasta que la señora Thorkildsen abre la puerta. La rutina termina allí. Me sorprendo. Bueno, en este caso creo que debería decir que me quedo atónito. El corazón me late desbocado y la cola se me mueve sin control. Ojalá pudiera comportarme con frialdad al ver cómo entra la Bibliotecaria.

Esto se pone serio.

Tanto que ha venido hasta mi puerta a estas horas de la noche. Por supuesto, me siento halagado y no soy capaz de disimularlo, pero ¿qué dirá la señora Thorkildsen? Y más esta noche, que esperamos invitados.

—Qué alegría, ¡adelante! —dice la señora Thorkildsen—. Tassen se moría de ganas de que vinieras. ¿Verdad que sí, Tassen? ¿Está Tassen contento?

De hecho, Tassen está algo confundido. Entonces, lo entiendo. La Bibliotecaria es la persona desconocida y misteriosa que ha manejado las riendas de mi vida últimamente. Las riendas de nuestra vida. Durante los últimos meses, ahora que lo pienso. La Bibliotecaria es nuestra invitada de esta noche. Y, como la anfitriona es la señora Thorkildsen, eso la convierte en la invitada de honor.

Las dos mujeres se abrazan y no parece que la señora Thorkildsen vea que hay gato encerrado. A decir verdad, nunca he entendido qué tienen que ver los gatos encerrados con la sospecha, pero, en cualquier caso, me alegro de que nada de esto suponga un obstáculo esta noche.

Ahora me toca a mí. Por fin.

—¡Hooola, Tassen! —dice la Bibliotecaria y se pone en cuclillas con un ágil y rápido movimiento que la señora Thorkildsen hace años que ha borrado de su repertorio. Antes de que yo naciera. Me pregunto incluso si la Bibliotecaria lo hace justo delante de las narices de la señora Thorkildsen por pura maldad. Como un baile de cortejo a la inversa. Bueno, dejémoslo aquí. No es mi responsabilidad que se sienta bienvenida.

Si llego a saber que íbamos a tener una visita tan importante, al menos hubiese intentado revolcarme en el compost antes de que llegara, pero la Bibliotecaria tendrá que aceptarme tal como soy. La señora Thorkildsen, por el contrario, se ha bañado en perfume y se ha puesto el vestido más elegante que tiene. También lleva pendientes de verdad y un pesado collar de perlas y, debería haberme dado cuenta antes, ha ido a la peluquera buena, pero barata, que dice que tiene alergia a los perros. Después de una sesión de chapa y pintura, la señora Thorkildsen ya no está pálida y azulada, sino cálida y sonrosada.

La Bibliotecaria, por el contrario, va vestida de Bibliotecaria, con pantalones cómodos y un jersey de cuello alto. Huele casi como olía la última vez que estuvimos juntos. Pero no del todo. Hay una pequeña gran diferencia: un olor nuevo. O, todo lo contrario, un olor antiguo. El más antiguo. ¡La Bibliotecaria está en celo!

Y juuusto ahí acaba de encontrar el punto clave del rascado, el que está al sur del lomo o algo al norte de la cola, según se mire, y da lo mismo, porque es imposible llegar allí por uno mismo. De no ser por ese punto mágico, creo que las relaciones entre los perros y los humanos serían muy distintas. Probablemente así empezaran las cosas: cuando un humano encontró el punto mágico de un lobo.

Puedes imaginarte cómo reaccionó el lobo. Por no hablar de cómo se recibiría la noticia cuando regresó a la manada vanagloriándose de lo que había vivido. ¿Qué crees que hizo al día siguiente, tras pasarse la noche soñando con cinco dedos acariciándole el lomo?

Está enganchado. Lo necesita. Empieza a escaquearse de la manada para ver si, por casualidad, hay algún humano paseado por el bosque, alguno que quiera acariciarlo. Sin compromiso, claro. Su familia y amigos perciben que al lobo le ha ocurrido algo. Ven que es feliz y que es mejor lobo desde que le rascan el lomo y, entonces, los otros lobos piensan que, si él tiene un punto mágico en la espalda, no resulta impensable que ellos también lo tengan. La evolución ya está en marcha y, en las manos de un ser humano, un lobo puede transformarse en chihuahua a una velocidad pasmosa. Por otra parte, y por suerte, hace falta muchísimo tiempo para que un chihuahua se transforme en lobo. Más tiempo del que le queda a este planeta, yo diría.

Me dispongo a ponerme panza arriba, pero me contengo al oír a la señora Thorkildsen.

—¡Vaya! ¡Sí que se han hecho buenos amigos!

¿Hay un atisbo de sarcasmo en sus palabras? ¿Cierto tono de sospecha? ¿Algún tipo de intención oculta? El olfato no me sirve. Los aromas de la señora Thorkildsen están escondidos en una nube de perfume, pero el corazón le late seguro y acompasado, y eso es bueno.

—Tassen y yo nos hemos hecho mejores amigos —dice la Bibliotecaria con una sonrisa. Me alegro de que haya decidido ser sincera. Ha puesto las cartas sobre la mesa—. De hecho, Tassen es el primer perro del que me hago amiga desde que murió el mío —añade—. Se llamaba Robin. Era un golden retriever. Rubio. Un perro bastante tonto. Lo atropelló un tren... y sobrevivió.

Este último dato sobre lo tonto que era el golden retriever sobra, claro, pero el resto es interesante. La Bibliotecaria ha sufrido una pérdida. Su perro murió. Y ha escogido vivir en el duelo. Si tuviera otro perro, no extrañaría al que murió. El viejo Robin no sería más que un recuerdo suave y tierno. Estoy seguro de que ya lo es, pero, hasta que la Bibliotecaria no tenga otro perro, su recuerdo también será triste y doloroso. La principal, y a menudo única, función de los perros domésticos como yo es ayudar a sus humanos a pasar el tiempo con todas las cosas tristes y dolorosas que suceden a lo largo de su existencia. No sé si es correcto decir que un perro te hace olvidar toda la tristeza y el dolor, pero lo voy a decir de todas formas.

Un perro es tu consuelo y tu chivo expiatorio.

• • •

La mesa está puesta, el olor de la comida llena cada rincón de alucinaciones. Hay fuego en la chimenea, que se ha convertido en un infierno chispeante bajo los lobos de papel que descansan sobre la repisa, y hay el tipo de música de piano que la señora Thorkildsen sabe que me gusta. Como la mayoría de los perros, disfruto de la música clásica, pero soy especialmente sensible a los instrumentos de cuerda. El sonido de los violines de Hardanger me hace aullar. No puedo evitarlo y no sé de dónde viene ese aullido profundo que sale de mis adentros, pero sé que es antiguo y también que algún día moriré. El piano, en cambio...

Cuando me recompongo, la señora Thorkildsen le ha servido una copa de jerez a la Bibliotecaria y ambas están charlando. No puedo más que sentirme impresionado por la capacidad que tiene la señora Thorkildsen de organizar una fiesta sorpresa delante de mis narices. ¿Cuándo planificaron todo esto? Es un verdadero placer, pero estoy muy sorprendido y creo que, si fuera humano, lo habría visto venir. Es una vergüenza que un perro disculpe sus instintos disminuidos con la inteligencia humana. Pero ya basta.

La señora Thorkildsen está radiante esta noche. Y eso es lo más importante. Sonríe, hace preguntas y ríe. Acepta los cumplidos de la Bibliotecaria hacia la casa en general y hacia las vistas en particular. Dado que una de las paredes del salón está forrada de libros desde el suelo hasta el techo y de un extremo a otro, a excepción del hueco en el centro para la chimenea, no creo que les falten temas de conversación esta noche. ¿Tal vez tengan pensado leer después de cenar? Estaría muy bien.

Como siempre que se ven, hablan de la Biblioteca del Centro que pronto cerrará y la señora Thorkildsen se pone sentimental, pero, por suerte, se marcha a ocuparse de la comida.

La Bibliotecaria y yo nos quedamos solos. Hay tensión en el ambiente.

La Bibliotecaria me mira y yo la miro a ella y se me mueve la cola. Claro que se me mueve.

—Eso, ven, Tassen —dice ella, pero no puede decirlo en serio. La señora Thorkildsen puede volver en cualquier momento de la cocina, aunque, por otra parte, podemos darnos unos mimos y unas caricias si me pongo junto a sus pies. Y es increíble lo bien que huele y está ocurriendo de nuevo y ya no pienso. Todo ocurre por sí solo, pero es difícil saber cómo actuar. No veo mejor opción que empezar por esa pierna de allí y ver dónde nos lleva eso. Todo sería mucho más fácil si la Bibliotecaria dejara de reírse y me ayudara un poco.

—¡Tassen! ¡Baja de ahí inmediatamente!

La señora Thorkildsen ha vuelto y está furiosa. Debería haberme imaginado que todo acabaría con gritos y dramatismo. Como siempre. El amor es un lío sobrevalorado.

—No te preocupes —dice la Bibliotecaria riendo. Eso debería haber calmado el asunto, pero la vieja bruja no está dispuesta a dejar de dar lecciones de moral cuando ya hace tiempo que debería haberse jubilado también de esa tarea.

—¿Qué demonios te pasa? —dice la señora Thorkildsen con voz muy seria y, después, se dirige a la Bibliotecaria con dulzura—. Nunca hace estas cosas. Lo siento de verdad. ¡Perro malo!

La Bibliotecaria vuelve a reírse, pero no sale en mi defensa. No le dice a la señora Thorkildsen que fue ella quien me sedujo y yo fui el seducido. ¡Qué va! Permite que yo cargue con la vergüenza, la muy traidora.

• • •

—Un poco de *gravlaks* para empezar. Lo he marinado yo misma. Y espero que te guste la salsa de mostaza. Es una de mis especialidades.

No sé cómo podrá la Bibliotecaria darle su opinión sincera a la señora Thorkildsen cuando la anfitriona ha creado tantas expectativas al respecto de sus dotes culinarias. Es casi hasta de mal gusto, y muy impropio de la señora Thorkildsen que yo conozco. Pero sabe lo que hace. La Bibliotecaria mastica hasta que la comida cruje y, entonces, lo oigo. Ese ruidito que lo dice todo.

—Mmm.

Así suena el gemido que anuncia que la Bibliotecaria ha vendido su alma a la cocina de la señora Thorkildsen. Bueno, al menos se ha vendido cara. Hay quien se vende por un rollito de canela, pero, al menos, la Bibliotecaria disfrutará de tres platos de comida. Tal vez piense en la suerte que tiene, aunque no es posible que sepa que le espera una representación especial de un teatro que en su día fue legendario, pero que hace tiempo que ha cerrado sus puertas. Mastica despacio y con intención.

—¿Cuál es el secreto de la salsa? —pregunta.

—El secreto —dice la señora Thorkildsen muy misteriosamente— es que la salsa no es una salsa, sino una crema. Mostaza y nata, montadas a mano. Lo más sencillo del mundo, pero no tiene rival. No hace falta ni receta. ¡Pero no se lo cuentes a nadie! Es fascinante observar lo que les ocurre a los humanos cuando se les da de comer. No me refiero a los bocados de supervivencia diarios, hechos de lo que sea, sellados en plástico y preparados sin pasión en el horno que hace «¡pling!». No. Me refiero a lo que está ocurriendo aquí y ahora, cuando dos personas se sientan con tiempo por delante y comen tan despacio como pueden. El hermoso gemido de la Bibliotecaria no es más que la parte audible de la metamorfosis. El corazón le late más despacio y la sangre le huele más dulce. Y sólo estamos con el aperitivo.

La señora Thorkildsen pregunta y pregunta y bebe agua de dragón a sorbos. Plantea preguntas grandes y pequeñas que ha ido acumulando a lo largo de mucho tiempo. La Bibliotecaria responde y responde y bebe agua de dragón a sorbos.

—Mis padres nacieron en Vietnam —dice como respuesta a una pregunta que yo no he oído—. Llegaron cada uno por su lado, como hijos adoptivos, y se conocieron en un campamento para niños adoptados. Entonces, se fueron a Oslo y formaron su propia familia antes de que nadie pudiera impedírselo.

La señora Thorkildsen escucha absorta y emocionada.

—Después, se divorciaron. Mi padre se fue a Vietnam a visitar a su familia y se quedó allí. Ahora es un hombre de negocios. Al parecer, gana mucho dinero. Lo más raro es que, de los dos, fue mi madre quien se crio en una familia que valoraba la cultura vietnamita. Creo que mi padre no sabía ni dónde quedaba Vietnam. Para compensar, sabía cazar renos con un lazo. Eso es algo que no saben hacer muchos vietnamitas.

—Muy pocos —concuerda la señora Thorkildsen.

La Bibliotecaria da un nuevo sorbo de agua de dragón. Es posible que haya sobrevalorado la capacidad de la señora Thorkildsen como bebedora; cada vez más datos me indican que puede tratarse de una habilidad muy extendida. Parece que, en su profesión, las Bibliotecarias se exponen a influjos ambientales que las predisponen a mantener una relación liberal con las bebidas espirituosas. Mi teoría es que, quien tuvo la profesión de Bibliotecaria, retuvo la condición de borracha.

—¿Dónde vive tu madre? —pregunta la señora Thorkildsen.

—Mi madre murió hace dos años. Un día la llamé por teléfono y no me contestó, así que fui a su casa y abrí con mi juego de llaves. Estaba tirada en el suelo de la cocina. No tuve que acercarme demasiado para darme cuenta de que estaba muerta.

—¿Qué demonios le había pasado?

—Perdió el equilibrio y se cayó mientras limpiaba la parte de arriba de la nevera. Se golpeó la cabeza contra la encimera de la cocina y eso fue todo. Se partió el cuello. Desde que perdió el equilibrio hasta que murió no pasó más que un segundo.

—¡Es lo más espantoso que he oído nunca! —dice la señora Thorkildsen. Parece que habla en serio.

—Ahora viene lo mejor —dice la Bibliotecaria—. En la autopsia, descubrieron que mi madre se estaba muriendo de cáncer. No había notado ni un solo síntoma, al menos que yo sepa, pero, según el hospital, habría sufrido una muerte dolorosa a lo largo de los siguientes dieciocho meses.

—Esto sí que es lo más espantoso que he oído nunca —repite la señora Thorkildsen. Y parece que habla en serio.

—No está tan mal —dice la Bibliotecaria—. Estoy convencida de que, si no llega a tener el accidente, habría acabado quitándose la vida. Mi madre me habló de un tío con el que vivía en Vietnam desde que murieron sus padres, antes de venir a Noruega. Su tío tenía seis cartuchos puestos en fila sobre la repisa de la chimenea. Su esposa y los cuatro niños sabían qué haría con ellos si la situación se volvía... intolerable. Mi madre solía mirar aquellas balas y preguntarse cuál sería la suya.

—¡Qué horror! —exclama la señora Thorkildsen juntando las manos—. Bueno, ya ha llegado la hora del plato principal. ¿Te importaría ayudarme en la cocina?

Por supuesto que sí. No hay nada mejor en la vida que esa cocina, la señora Thorkildsen, la Bibliotecaria, unos filetes enormes de oso polar y un humilde servidor.

—¡Dios mío! —dice la Bibliotecaria cuando ve la carne—. Y yo que soy vegetariana.

—No digas tonterías. Claro que no lo eres —dice la señora Thorkildsen con desdén—. Desciendes de un neandertal que comía carne siempre que se le ponía por delante.

—Sí, pero porque eran demasiado tontos para pescar —replica la Bibliotecaria, y se echan a reír de nuevo.

Yo no consigo que la señora Thorkildsen se ría tanto como debería y, cuando lo hago, casi siempre es por accidente y después no siempre entiendo de qué se reía.

Me encanta oír cómo se ríe. En esa risa resuena toda una vida humana. Es como el canto de las ballenas en el océano, que se forma y se transforma a través de los años, despacio, tan despacio que ni la señora Thorkildsen ni nadie de su entorno pueden saber que ha ocurrido. Simplemente ha ocurrido y sigue ocurriendo.

Por supuesto que puedo hacer reír a la señora Thorkildsen. Cualquier perrito faldero con algo de respeto por sí mismo y que coma paté podría hacerlo, pero, para ser sincero, se trata más bien de trucos baratos que de un humor sutil. Un empujón con el hocico por aquí, un par de vueltas para agarrarme la cola por allá, no es tan difícil. Pero el repertorio es limitado y algunos de los trucos se me están quedando viejos. Si soy sincero, es posible que algunas de las reacciones de la señora Thorkildsen también estén perdiendo fuelle. La risa que soy capaz de conjurar es diferente a la que brota de la conversación que mantiene con nuestra invitada.

La señora Thorkildsen le habla con entusiasmo a la Bibliotecaria de su héroe Lindstrøm mientras emplata la carne y yo me ahogo en mi propia saliva. No ladro, ni mucho menos, pero creo que es el momento de pronunciar un par de palabras.

—¡Carne! —exclamo, y estoy a punto de añadir: «¡carajo!». A la mierda los modales. Esto es serio. Y, mira, las dos gallinas cluecas se dan cuenta por un segundo de que un servidor está allí con ellas y se está volviendo loco del hambre que tiene.

—A ti también te vamos a dar, Tassen —dice la señora Thorkildsen—. Tranquilo.

Después, siguen hablando de esto y de lo otro y vuelven a

brindar. Pero, entonces, por fin, llega el momento y aparece mi bol rebosante de comida. ¡Carne! Carne sangrienta y jugosa como si la hubiera desgarrado yo mismo. Rugido Satánico arranca los trozos de carne de su víctima y se los traga de un bocado. Sin salsa. Rugido Satánico es feliz.

—Bueno, una cabeza vieja ha de entretenerse con algo —dice la señora Thorkildsen cuando regreso feliz y satisfecho con ellas al comedor.

Me he perdido algo. Tal vez la Bibliotecaria haya planteado una pregunta y tal vez sea sobre por qué una anciana viuda y su perro devoran todos los libros que encuentran sobre lo que ocurrió en un bloque de hielo al otro lado del mundo hace mucho, mucho tiempo.

—La famosa expedición al Polo Sur es el tipo de historia que una cree que conoce, ¿verdad? —pregunta la señora Thorkildsen sin esperar respuesta—. Hombres valientes y perros valientes que cruzan el hielo y la nieve hacia el Polo Sur y que regresan triunfantes mientras el capitán Scott lo pierde todo porque no se le ha ocurrido usar perros como animales de tiro. El inglés tonto que prefiere agotarse tirando de un trineo antes que tocarle un pelo a un perro.

—De hecho, Scott es de quien más he oído hablar —dice la Bibliotecaria—. El ganador moral, digamos. Recuerdo haber visto una película sobre eso en la tele. *El gran hijo del imperio*, o algo así. Hay algo irremediablemente romántico y que remite necesariamente a Lord Byron en escribir tus últimas pedanterías mientras mueres por el rey y por la patria.

»Es increíble siquiera que llegara al Polo Sur. ¿Te imaginas arrastrar unos trineos pesadísimos por un glaciar de tres mil metros de altura? Eso destrozaría a cualquiera. ¿Por qué no usarían perros los ingleses? —pregunta la Bibliotecaria.

—Porque no tenían ni idea de lo que estaban haciendo. Tal vez se dieran cuenta en algún momento de que les habría venido bien contar con perros, pero se excusaban tras el argumento de que no era digno de personas civilizadas permitir que un perro tirase de ellos. Un caballo habría sido otra cosa. Pero los ponis que llevó Scott murieron congelados, como hubiese previsto cualquier pastor noruego, así que se vieron obligados a recurrir a la fuerza humana. Scott y sus hombres se agotaron y sufrieron de gangrena, escorbuto y qué sé yo qué cosas más. Si se hubieran llevado un perro o dos como provisiones, al menos habrían evitado el escorbuto. Una enfermedad espantosa. Todas las heridas que has tenido vuelven a aparecer al mismo tiempo. No veo la victoria moral en exponer a tus hombres a un sufrimiento terrible causado por unas enfermedades que se podrían haber evitado matando a un perro.

—¿Un código de honor británico?

—Por desgracia, no creo que sea un fenómeno particularmente británico, a pesar de que los británicos son los maestros absolutos de la doble moral. Creo que es una cuestión de vanidad. De vanidad masculina. Cualquier derrota, incluso la muerte, es preferible a una victoria inmerecida. Siempre y cuando la derrota quede bien, claro. Recuerdo que lo pensé con lo de esa chica noruega que ganó la maratón de Nueva York tantas veces.

—¿Grete Waitz?

—¡Esa misma! Una vez, tuvo problemas estomacales durante la carrera, pero no dejó que eso la detuviera. Se sacó con las manos todo lo que pudo de dentro del pantalón y corrió hacia la victoria mientras un reguero de mierda se le escurría por las piernas. Cuando le preguntaron por qué no había dejado de correr, respondió que había sido por motivos prácticos. Antes de la carrera, ya había vendido el coche del premio y hubiese sido poco profesional echarse atrás en la venta. Un hombre como Robert Scott habría preferido la muerte antes que exponerse a algo así. Pero no pasa nada por morir de enfermedades terribles e innecesarias. ¡Sigues siendo un héroe polar!

—¿Y qué motiva a alguien como Amundsen, entonces? —pregunta la Bibliotecaria.

—Lo mismo que a todos los hombres como él: el honor, la gloria, la fama, el dinero y las mujeres. En ese orden. Y lo ganó y lo perdió todo. Solo. Amundsen nunca llegó a unirse a nadie. Veía a las mujeres como una amenaza contra sus sueños y ambiciones. Se volvió como se vuelven algunos hombres cuando no reciben los correctivos necesarios de una mujer. Si eso lo combinamos con el cinismo que lo llevó a pisar los cadáveres de decenas de perros para conseguir su objetivo, tenemos a un ganador.

—¿Y qué crees que podría haber hecho una señora Amundsen por él?

—Depende de cuándo entrara en la historia. Si hubiera sido la adecuada para él, no la habría dejado para pasar años de sus vidas tratando de convertirse, tal vez, en la primera persona en llegar a un lugar en el que a nadie se le había perdido nada; para arrastrarse por el hielo durante meses, durante años, mientras sus hijos se hacían mayores. Por cierto, Amundsen consiguió la primera licencia de piloto del país. Si hubiese tenido esposa, podrían haber debatido esa idea de irse al Polo Sur con una copa de vino blanco en el porche y, tal vez, él hubiese tenido la inteligencia suficiente para decir «Mi amor, esperemos un par de años y vayamos en avión a pasar un fin de semana largo. Así evitamos tener que matar a todos esos hermosos perros para llegar hasta ahí».

—¿Cuándo ocurrió todo esto?

—Llegaron al Polo Sur el catorce de diciembre de 1911 —la señora Thorkildsen se queda pensando. Lo noto antes de que vuelva a abrir la boca tras una pausa—. Cuando yo era joven, la expedición polar me parecía algo que había ocurrido en la prehistoria. Las fotos las podrían haber hecho cien o quinientos años antes y los temas hubiesen sido los mismos: hombres, perros, trineos y, por lo demás, una blancura absoluta. Pero no ocurrió en la prehistoria, sino menos de veinte años antes de que yo naciera.

»Tal y como entiendo la historia ahora, fue el fin de una era. El mundo al que pertenecieron mi madre y su generación llegaba a su punto final. O a su punto y coma. Los que sobrevivimos a la guerra a veces olvidamos que, antes de ella, existieron otro mundo y otra vida. La guerra ensombrece los recuerdos más antiguos. Quizá la necesidad de no olvidar la guerra haya mantenido vivo su recuerdo, pero también es posible que haya borrado lo que vino después, por no hablar de todo lo que ocurrió antes. ¿Tú tienes alguna relación con la guerra?

—Mi familia no tuvo ninguna relación con esa guerra, pero, por supuesto, tuvo una muy estrecha con otra. Yo he conseguido mantener ambas fuera de mi vida. Miro la guerra de Vietnam desde un prisma noruego y la ocupación de Noruega desde uno vietnamita. No siento nada especial al oír el himno nacional. Y no me gusta esquiar.

—¡Eso es ser mala noruega! —dice la señora Thorkildsen, claramente ebria—. Vaya falta de respeto hacia nuestra cultura.

—¡Ya lo sé! Soy una persona terrible —ríe la Bibliotecaria—. Una maldita inmigrante, eso es lo que soy.

¿De qué crees que hablan dos Bibliotecarias en la sobremesa? Exacto. Hablan de literatura. De libros que ambas han leído, de libros que sólo ha leído una de ellas y que la otra tiene que leer. Libros grandes, buenos libros. Pero, entonces, despacio, pero con seguridad, la señora Thorkildsen y la Bibliotecaria comienzan a cercar a su presa: la mala literatura.

—La novela negra es un síntoma de la decadencia de nuestra sociedad —dice la señora Thorkildsen con voz fúnebre, y yo ya sé lo que viene después—. La moda de la novela policiaca ha infectado a toda una generación de lectores. Es una generación que ha visto cambios sin precedentes en el mundo, que tiene toda la miseria y las injusticias del mundo al alcance del teclado, que tiene la guerra en el salón de su casa. Podría decirse que es la generación que se ha enfrentado a más retos, así que elige buscar refugio en un universo literario estático en el que nada cambia y siempre triunfa la ley. Una y otra vez. Y, lo peor... —La señora Thorkildsen trata de calmarse antes de proseguir—. Lo peor es que el universo de la novela policiaca siempre finge corresponderse a la realidad. Ése es uno de los tópicos de los panegíricos de la prensa: que parece de verdad. Muy realista. Y, muchas veces, esas novelas son violentas hasta la náusea. Lo gracioso es que los críticos usan esa brutalidad para declarar que se trata de una obra realista, como si ellos mismos hubieran experimentado esas grotescas torturas. ¿De dónde viene la necesidad de estas detalladas descripciones de la degradación humana, ya sea de leerlas o de escribirlas? Si de verdad necesitas vivir un crimen así de cerca, exponte a él o, mejor aún, ¡comételo tú mismo!

—Pero, como dices, la gente lee esas novelas —dice la Bibliotecaria en tono conciliador—. ¿Que qué necesidad cubre la literatura policiaca? Está bastante claro que se trata de la necesidad de emociones fuertes, ¿no crees? Emoción y escapismo. ¿No es eso lo que ofrecen los buenos escritores?

—Claro. Pero, entonces, ¿por qué la gente que devora novelas policiacas no lee también *Crimen y castigo*? ¿Capote? ¿Genet? ¿Mailer? ¡Edgar Allan Poe!

—*Nevermore!* —exclama la Bibliotecaria.

Brindan. Se quedan en silencio. Es un silencio agradable.

—Pero ¿comían perros? —pregunta entonces la Bibliotecaria.

¿Es eso que oigo un suspiro de la señora Thorkildsen? Y, si lo fuera, ¿qué significa?

—Sí. Tanto los perros como los humanos comían perros. Nunca había pensado en el papel de la dieta en la historia polar, pero debería, porque yo también he trabajado en un barco. Me dedicaba a calcular las compras y la preparación de la comida para un número determinado de personas y a multiplicarlo todo por el tipo de actividad física y el tiempo. Con un presupuesto limitado. Que debía procurar no gastar. Y todo esto antes de que se descubrieran las vitaminas, por lo que el primer reto consistía, ni más ni menos, en no enfermar o morir por comer algo en mal estado. Los ingleses sufrieron de escorbuto hasta la muerte, lo que no les ocurrió a los hombres de Amundsen. ¿Por qué? El punto fuerte de Amundsen en la Antártida fue la comida. Y los perros. Que, en parte, eran la misma cosa. Los perros estaban en la columna de activos y pasivos del plan de provisiones. Tenían que mover a cinco hombres y a cincuenta y dos perros treinta kilómetros al día durante varios días. Después, cuando se superaba una serie de obstáculos, el trineo se aligeraba y se recorría la distancia del día, se sacrificaba a un perro. El único requisito para completar la expedición era que, además de alcanzar el Polo Sur, todos los hombres sobrevivieran. Los perros podían sacrificarse. Es más, eran sacrificios calculados: se contaba con ellos para llegar a los veinticinco kilos de provisiones por cabeza. De los cincuenta y dos perros que partieron hacia el Polo Sur, sólo once regresaron a la base de invierno.

—¿Dispararon a cuarenta perros?

—O los mataron de un mazazo. Bueno, de hecho, algunos de los perros se escaparon.

La señora Thorkildsen se levanta con parsimonia y se dirige a la mesa del salón para buscar, menuda sorpresa, un libro.

—Deberías leerlo tú misma —dice mientras se acerca a ella—. Es lo más cerca que estarás de conocer a Roald Amundsen como persona durante la expedición polar.

La Bibliotecaria toma el libro, lo acaricia con los dedos casi con obscenidad y se lo acerca al cuerpo. Valora su calidad técnica con un cumplido y, después, lee en voz alta lo que la señora Thorkildsen ha marcado con una de sus banderitas:

> Aquella noche, se encendió el calentador más rápido que nunca y se puso a la máxima potencia. Con ello, esperaba crear el mayor ruido posible para evitar oír los muchos disparos que pronto habrían de descargarse. Veinticuatro de nuestros valientes camaradas y fieles ayudantes iban a probar el amargo sabor de la muerte. Fue duro de soportar, pero así tenía que ser. Habíamos acordado que nada se interpondría entre nosotros y nuestros objetivos.

—Por lo menos, por una vez, es sincero.

La señora Thorkildsen se lleva la copa hacia el pecho.

—Exacto —concuerda la Bibliotecaria—. «Nada se interpondría entre nosotros y nuestros objetivos».

—Traté de llevar la cuenta, pero ya no sé cuántos perros sacrificaron en total. Con las hembras que nacieron en el Fram, los que mataron en el Polo Sur y los que nacieron más tarde, serían unos doscientos. Puede que más. Algunos perros acabaron sufriendo el aciago destino de ser despellejados y disecados. Tassen y yo vimos un par de ellos en el Museo del Fram. ¿Qué te parece? ¿Estás en *shock*?

—En *shock* no —dice la Bibliotecaria—, pero tal vez un poco sorprendida por las dimensiones del asunto. Sabía que habían usado y matado perros, pero tenía la impresión de que sólo se trataba de unos pocos, quizá por motivos médicos. Doscientos perros es una barbaridad.

—¿Verdad? Y, al mismo tiempo, sólo es una cifra. Dos o doscientos. ¿De verdad importa?

—Y, según tú, ¿cuántos muertos hacen falta para poder hablar de una guerra?

—El asunto también es quiénes mueren. ¿Sabías que en algunas partes de Estados Unidos está prohibido comer carne de caballo? ¡Prohibido! Se ha creado una industria enorme que se ocupa de los cadáveres de los caballos. Se organizan funerales para caballos en los que se entierra a los animales a dos metros bajo tierra con ayuda de una excavadora y una grúa. ¿Te imaginas?

—He leído que hay gente que diseca a sus perros cuando se mueren. Al parecer, es bastante común. Tal vez por eso me sobresaltara un poco cuando me has contado cómo usaron a los perros en la expedición al Polo Sur. Pero ¿crees que les tenían cariño?

—Puedes leer lo que dice el Jefe sobre el tema. Lo tengo marcado porque me pareció reseñable.

La señora Thorkildsen le vuelve a pasar el libro a la Bibliotecaria, que lo lee con una voz clara y joven que contrasta cada vez más con el contenido a medida que avanza en la lectura:

Amaba a mis perros en circunstancias normales y el sentimiento, aparentemente, era mutuo. Pero las circunstancias en cuestión no eran normales. O, tal vez, quien no era normal fuera yo. Con el tiempo, a menudo he pensado que quizá éste era el caso. El objetivo al que no estaba dispuesto a renunciar me volvió cruel. Porque fui cruel obligando a aquellas criaturas a tirar de la carga demasiado pesada de los trineos.

—Pero ¿por qué nos preocupamos por esos perros? —pregunta la señora Thorkildsen—. Los animales que de verdad tendrían que darnos lástima son los que vivían allí. Toneladas de focas y pingüinos asesinados y devorados por seres que no pintaban nada en ese continente. Las focas de allí abajo no estaban acostumbradas a los humanos y no trataron de huir cuando éstos les dieron caza. Se quedaron allí tumbadas esperando los mazazos. O, peor: con un pez en la mano, al cazador le resultaba fácil llevarse a la foca hasta el barco para matarla ahí. Así se libraba de tener que arrastrar a su enorme presa por el hielo. Dios sabe cuántos animales matarían.

—Si se empieza a pensar así, no se acaba nunca —dice la Bibliotecaria—. ¿A cuántas hormigas les he quitado la vida desde la verja hasta la puerta de tu casa? Todos somos asesinos de masas a diario.

Se ríen.

Se hace el silencio que anuncia la digestión de la comida. El ambiente es denso. Entonces, la señora Thorkildsen, de la nada, recurre a uno de sus clásicos.

—Hacerse mayor es una mierda.

He perdido la cuenta de las veces que habré oído a la señora

Thorkildsen pronunciar esas palabras porque sólo sé contar hasta cuatro. Pero la Bibliotecaria hace lo que yo nunca hago: le plantea la pregunta adecuada.

—¿En qué sentido?

La señora Thorkildsen se lo piensa bien antes de responder. Esto es nuevo.

—Hay muchos aspectos de envejecer que son una mierda, pero, ya que me lo preguntas, te diré que lo peor es que, en realidad, no envejeces.

—¿Cómo?

—Ojalá toda yo envejeciera al mismo ritmo. Tal vez tampoco fuera fácil, pero, al menos, así evitaría olvidarme de lo mayor que soy para que, después, el espejo me lo recuerde sin piedad. Ojalá el pensamiento envejeciera al mismo ritmo que la piel, por ejemplo. Pero el alma nunca se arruga. No de la misma manera. Por dentro, no envejezco. Mi cuerpo, mi cerebro, todo en mí se hace mayor, pero yo no. Cuando sueño, sigo teniendo dieciséis años. Creo que el alma no envejece más que eso. Al menos la mía. Pero está ahí encerrada en la cárcel que soy yo, mientras el edificio se derrumba poco a poco por la edad, el desgaste y la falta de mantenimiento. Cuando veo a un hombre guapo por la calle, puedo pensar o sentir lo que sea, y él puede hacer lo que yo deseo y mirarme, pero siento que su mirada pasa a través de mí. Me he vuelto invisible a esa mirada. El impulso de correr por el prado en una noche de verano no desaparece, pero no puedo correr. Y Dios sabe qué ocurriría si un joven Adonis me agarrara entre sus brazos y cumpliera mis deseos más profundos. Tal vez me rompería todos los huesos del cuerpo. O tal vez ardería en llamas por la fricción, con lo seca que estoy.

Más risas. Más agua de dragón. Más señora Thorkildsen:

—Espero que sea cierto que una se vuelve más sabia con los años, pero «una» sigue siendo la misma. Las alegrías y los miedos siguen siendo los mismos, así que te das cuenta de cuántas de las alegrías requieren de la fuerza del cuerpo, mientras que los miedos avanzan con su propia energía renovable. ¿Te estoy aburriendo?

—En absoluto. Me alegra que me cuentes esto. Que te molestes en tener una conversación sincera sobre algo. Sobre algo serio. Una gran diferencia que veo entre el lugar de origen de mis padres y el mío propio es que aquí el contacto entre los jóvenes y las personas mayores es mucho más débil y que la muerte está muy ausente en nuestras vidas.

—El problema no es la muerte, sino la vida. Uno de los antiguos griegos dijo que los dioses envidiaban a los humanos porque los humanos saben que van a morir, pero no saben cuándo. Para estos dioses, que la vida no sea eterna, que pueda terminarse en cualquier momento, es lo que le da vida a la vida. ¿No es acaso el mundo mucho más interesante cuando sabes que puede desaparecer en cualquier momento? Pero, lo que los dioses han olvidado imaginar, es cómo se siente sentarse a esperar a que llegue el momento cuando ya hace tiempo que estás harto de vivir. Cuando ya has hecho lo que tenías planeado hacer y no le ves más sentido a la vida, pero aún no sabes cuándo llegará tu hora.

—¿Es eso lo que haces? —pregunta la Bibliotecaria con calma—. ¿Esperar impaciente la muerte?

—Al contrario. Soy bastante paciente, la verdad. Si fuera impaciente, habría buscado una salida de emergencia. Sólo quiero vivir sin la negación de la muerte, que se ha convertido en la cruz de muchos en nuestros tiempos, sobre todo para los viejos. Nos hablan como si la muerte fuera el enemigo. Tenemos que movernos y hacer dieta y estimularnos hasta pensar que hemos evitado la muerte. Que la muerte ha caducado. Pero el miedo a la muerte no es nuestro, sino de nuestros hijos, que aún se encuentran en una edad en la que ésta llega al azar y de forma injusta. Son ellos quienes creen que se puede vencer a la muerte con ejercicio y viviendo una vida moderada, preferiblemente con una dieta vegetariana.

—Creo que entiendo a qué te refieres —dice la Bibliotecaria—. Cuando veo a la gente correr por el parque que está al lado de mi casa, siempre pienso: ¿por qué? ¿Qué te empuja a hacer eso? ¿Estar en forma? Muy bien, que lo disfrutes. ¿Tener una mejor imagen de ti mismo? Bueno. ¿Hay algún motivo para pensar mejor de uno mismo sólo porque cambia del paso al galope de vez en cuando?

—Y a todos les cuelga un cable de las orejas —señala la señora Thorkildsen.

—Me declaro culpable de eso. No salgo a correr, pero me gusta escuchar música cuando voy a pasear o en bici. Ahora que lo pienso, es el único momento que tengo para escuchar la música que me apetece. ¿Te inquieta el futuro?

La señora Thorkildsen responde sin pestañear.

—Sí —hace una larga pausa antes de proseguir—. Bueno, tal vez no. Como ves, no entra en mis planes pasar gran parte de mi vida en el futuro, pero, cuando pienso en ello, me preocupa. No sé qué es lo que me preocupa exactamente. No tengo problemas económicos, puedo vivir aquí todo el tiempo que quiera, a pesar de lo que piensen los demás. Estoy todo lo sana que puedo estar. Es una mierda hacerse mayor, pero la cosa sólo empeora si te quejas. Además, la vejez le llega a todo el mundo y está tan repartida que al menos parece... justa.

—Pasas mucho tiempo sola —dice la Bibliotecaria. No sé si es una pregunta o una afirmación.

—Sí. A veces me preocupa cómo me estará afectando pasar tanto tiempo sola, pero, por otra parte, me alegra que mi familia no aporree la puerta más de lo que ya lo hace. Pensé que me alegraría cuando me dijeron que estaban pensando en mudarse a casa, pero, en cambio, me sentí intranquila. Ahora están hablando de mudarse a otro sitio y me parece muy bien. Sé que, de alguna forma, tienen en cuenta que el niño debería poder ver a su abuela o, mejor dicho, que la abuela debería poder ver a su nieto. Pero, cuando lo pienso, sólo me veo cuidando de un niño que puede cuidarse solo. A decir verdad, mi nieto me es ajeno y eso no me genera ninguna tristeza. Al contrario. ¿Te parezco fría?

—En absoluto —responde la Bibliotecaria—. ¿Pensaría de otra manera si tuviera hijos? Es posible. Pero, visto desde fuera, el cuarto mandamiento es el peor de todos. Si hay un versículo de la Biblia que revele que es una obra humana y no divina es este: «Honrarás a tu padre y a tu madre. Así tendrás una larga vida en la tierra». Es el único mandamiento que empodera a las personas, pero no a todas, sino exclusivamente a los padres —prosigue la Bibliotecaria, cada vez más entusiasmada—. Fíjate en que es el único mandamiento que promete una recompensa concreta para empujar a seguirlo. Es extraño en muchos sentidos. «Honrarás a tu padre y a tu madre». Muy bien. Y, cuando tu padre y tu madre mueran, ¿de repente te liberas de uno de los diez mandamientos? Los otros nueve son permanentes y eternos, pero parece que este cuarto es el único circunstancial. Es más, depende de las circunstancias familiares. Casi puedo imaginarme a Moisés diciendo: «¿Quizá deberíamos añadir unas pocas líneas para mantener a raya a esos adolescentes maleducados? Nadie se dará cuenta».

34

LA CONVERSACIÓN NO HA TERMINADO, pero por fin llega la hora de que la Bibliotecaria nos deje. Mientras se pone las botas en la entrada, la señora Thorkildsen llega de la cocina con un libro en la mano y una misteriosa sonrisa en los labios.

—Ya que estás aquí —dice—, ¿te importaría llevarte este libro que me olvidé de devolver la última vez?

¡La señora Thorkildsen miente! Esta vez no la he descubierto con la nariz, sino con los ojos. El libro que la señora Thorkildsen tiene en la mano es el que trata sobre Adolf Lindstrøm, el que tiene una mancha de vino tinto. Y, si hay un libro que la señora Thorkildsen no ha olvidado, es ése. Ha pasado días reposando en la estantería, como un nudo incandescente de culpabilidad, y ahora se deshace de él con una sonrisa, sin más. ¿Tal vez éste fuera el plan desde el principio? ¿Emborrachar a la Bibliotecaria para que se llevara el libro manchado sin darse cuenta de que la señora Thorkildsen lo había empapado en agua de dragón? O tal vez me he perdido algo, lo que sería una pena.

Apenas puedo esperar a que la Bibliotecaria, tras un sinfín de risas y sonrisas y abrazos (y alguna que otra caricia, debo reconocer), salga por la puerta.

—¡Qué poca vergüenza tienes para la vergüenza que deberías tener! —le digo, lacónico. O eso espero. Me encantaría ser lacónico ahora mismo.

—¿Qué tonterías dices? —dice la señora Thorkildsen.

—Toda esta farsa —le digo—, ¿era sólo para devolver un libro de la Biblioteca?

—Qué tontería. Lo podría haber devuelto yo misma hace mucho.

—Pero estaba estropeado. ¿Qué pasó?

—Lo arreglé —dice la señora Thorkildsen, misteriosa y burlona.

A mis espaldas —¡Dios sabe cuándo encontraría el tiempo!—, la señora Thorkildsen había hecho una incursión en el mercado negro. Afirma que ha estado en una librería anticuaria. Eso nunca habría ocurrido bajo mi supervisión.

—¡Podrían haberte matado! —le digo.

Si nunca has estado en una librería anticuaria, alégrate. Considera esto una advertencia: las librerías anticuarias se dedican a aprovecharse de las necesidades de las personas enfermas. Hay una delgada línea entre ser «bibliófilo» y ser «bibliómano», pero es una línea muy importante. Al bibliófilo, por norma general, le basta con la Biblioteca, pero el bibliómano necesita poseer.

La señora Thorkildsen no es bibliómana. Todo lo contrario; se mantiene en el lado correcto de la línea. Aun así, no creo que alguien que se dedica a endosar libros usados a los demás tenga ningún problema en reconocer a una persona desesperada por un libro en concreto. Y la señora Thorkildsen tenía esa necesidad. Ese vendedor rapaz no tenía más que mirarla para reconocer su desesperación y su nerviosismo. Dios sabe cuánto la engañó antes de dejarle agarrar su ejemplar con sus artríticas manos y meterlo en el carrito de la compra.

—¿Qué pasa con el código olfativo?

—Este ejemplar ya tenía un código de barras, ¿te lo puedes creer? Es todo un golpe de suerte, ¿no crees? Para el resto, sólo me hicieron falta unas tijeras, un forro adhesivo y el viejo sello que me llevé antes de dejar de trabajar.

Me siento tentado de decirle a la señora Thorkildsen que se parece más al Jefe con cada día que pasa, pero, por otra parte, es mejor no darle ideas.

La Bibliotecaria se ha ido a casa, o a dondequiera que las Bibliotecarias jóvenes pasen la noche, y la señora Thorkildsen se sienta en su butaca con su copa y un recorte de periódico que lee una y otra vez. Se lo ha dado la Bibliotecaria, que se había acordado de él en el último momento, cuando guardaba con esfuerzo el libro de Lindstrøm en su abarrotado bolso. Tal vez sacara el recorte y se lo diera a la señora Thorkildsen para hacer algo de sitio para el libro.

—Tienes que leer esto —dijo la Bibliotecaria—. Salió en el periódico de ayer.

Y eso es lo que ha hecho la señora Thorkildsen. Una y otra

vez. Es difícil percibir con el olfato el efecto que ha tenido —y tiene— este texto en la señora Thorkildsen, que ya está llena y cansada y borracha.

—¿Estás triste? —le pregunto—. ¿Quieres mimos?

—No, no estoy triste. Pero sí, me vendrían bien unos mimos.

—¿Qué es lo que te ha dado?

—Es una carta al director. Deja que te la lea.

Y me la lee:

Cuando pienso en mi infancia, me doy cuenta de que no supe apreciarte como merecías. No sabía la suerte que tenía de ir a un colegio con biblioteca propia y una bibliotecaria que me conocía y me guiaba hacia nuevas experiencias lectoras.

La señora Thorkildsen habla como si estuviera resfriada.

He viajado por todo el mundo y he vivido muchas vidas a través de los libros que me enseñaste. Tengo una idea aproximada de cómo es ser adoptada o de cómo fue ser una niña gitana durante la Segunda Guerra Mundial. Estuve allí cuando Pompeya fue enterrada en ceniza volcánica y recuerdo haber sufrido saqueos vikingos.

La Biblioteca me ofreció un lugar seguro para leer mientras esperaba que empezaran las clases de teatro, o cuando llegaba demasiado temprano a la escuela. Hubo incluso alguna ocasión en que tuve la suerte de poder conocer a un escritor de verdad.

Todos los niños deberían tener una bibliotecaria en sus vidas.

Eso parece ser todo. En cualquier caso, no hay nada más que decir. Su corazón late, su respiración es regular y la señora Thorkildsen está triste y satisfecha. Yo estoy lleno y satisfecho.

—¿Habla de ti? —le pregunto—. ¿Eres tú la bibliotecaria?

—No soy la bibliotecaria —dice la señora Thorkildsen—. Pero habla de mí.

35

EN CUANTO RETOMA SU RELATO, la señora Thorkildsen se sitúa frente a la chimenea con un vestido verde que se ha puesto para la ocasión y que, por arte de magia, le queda más ajustado que antes. Ha bebido, pero sólo lo necesario para conseguir un ligero rubor en las mejillas. El interés de la señora Thorkildsen por «El gran concurso de a ver quién mea más lejos en la Antártida» se encuentra en un estado intermedio entre dos copas de agua de dragón: sin agua de dragón en el cuerpo, a la señora Thorkildsen no le interesa contar nada; con demasiada, no se encuentra en condiciones de hacerlo. Deben darse unas ciertas condiciones de leve y alegre borrachera, y ése es el estado en el que se encuentra ahora mismo.

—Esto son treinta y nueve perros, Tassen —dice. Y tal vez

sea la forma que tiene de decir mi nombre, pero su voz me suena un poco conspiratoria—. Según Thorvald Nilsen.

—No me vas a engañar para que te pregunte quién es Thorvald Nilsen.

—Era. Thorvald Nilsen era el segundo de a bordo del Jefe.

—Un beta —digo con una gélida ironía que le pasa desapercibida.

—Nilsen dio la vuelta al mundo dos veces y media durante el tiempo que duró la expedición al Polo Sur. ¿Te lo imaginas?

—¿Y por eso era un buen hombre? —pregunto, tal vez un poco ácido, pero, a pesar de todo, estoy intentando ser un buen perro, de verdad. Podría haber dicho algo sobre la relación de la señora Thorkildsen con los hombres en general, ya fueran padres, hijos o amantes. Por no hablar de los capitanes de barco en mares lejanos. No obtengo respuesta a mi pregunta. Pero todo el mundo tiene derecho a una opinión, ¿no?

La señora Thorkildsen me dice que volvieron a casa con setenta y siete perros menos de los que llegaron a la Antártida. Menos de una cuarta parte de todos los perros de la expedición, incluyendo la comida para peces. Los once perros que llegaron al Polo Sur se encontraban entre los treinta y nueve que subieron a bordo.

—Así que levaron anclas para alejarse del gran bloque de hielo en el que los ingleses seguían avanzando hacia la muerte sin la ayuda de un solo perro. Pero con las grandes historias ocurre lo mismo que con las grandes hazañas: lo más importante es ser el primero. Y, si puedes elegir entre ser el primero en realizar la hazaña o en contar la historia —aclara la señora Thorkildsen—, elige siempre contar la historia.

—Intentaré recordarlo —le digo.

Sentado en su camarote, el Jefe escribió la historia de su triunfo sintiendo aquel conocido miedo a llegar el último, el que creía haber dejado atrás en la tienda de campaña que montó en el Polo Sur. Nadie sabe lo que pensaba sobre el perdedor de la carrera mientras grababa su legado sobre lo que él creía piedra, pero que, en realidad, era hielo.

La señora Snapsen da a luz a ocho cachorros: cuatro hembras y cuatro machos. Dejan vivir a la mitad, a dos de cada sexo. ¡Chof! ¡Chof! ¡Chof! ¡Chof! Y se acabó el asunto. La señora Thorkildsen coloca cuatro perros más en el suelo.

—Cuarenta y tres —dice. A mí me suena bien. Después, coloca cuatro figuras más en la repisa de la chimenea.

El Jefe corrió a tierra y mandó un telegrama con su hazaña a todo el mundo en cuanto el Fram, tras una larga y dura travesía, llegó a Tasmania. En aquella parada, la expedición se libró de unos cuantos perros más. Éstos no fueron asesinados, sino vendidos como esclavos a algún loco imperialista con ambiciones antárticas. Probablemente fuera fácil dar con él.

Los once perros que llegaron al Polo Sur se quedaron en el Fram, que renqueaba por el Pacífico hacia Buenos Aires sin el Jefe a bordo, que había decidido viajar en un barco de pasajeros bajo seudónimo por su seguridad... ¡y con una barba postiza!

—¡Por el amor de Dios! ¿Ves cómo era incapaz de parar? —dice la señora Thorkildsen sin poder evitarlo—. Mintió para llegar al Polo Sur y mintió también en el camino de vuelta.

—Si no tuvieran un sentido del olfato tan patético, sería imposible engañar a nadie con una barba postiza —me permito señalar.

En la húmeda y cálida ciudad porteña, el grupo del Jefe se disolvió. Él ya había zarpado por su cuenta y había abrazado la fama que lo asfixiaría poco a poco durante el resto de su vida.

La mentira se desvanecía, pero no del todo. El Fram seguía su curso hacia el Polo Norte. Esa promesa era lo único que protegía al Jefe de ser tildado de mentiroso en círculos oficiales. Pero la verdad era que el Fram no llegaría a ningún sitio que no fuera el fondo del mar, al menos a largo plazo. El buque polar debería haber seguido su travesía hacía mucho, pero permaneció anclado en el puerto, apestando a medida que las provisiones para el viaje hacia el Polo Norte se malograban.

Los perros del Polo Sur seguían vivos. Uno de ellos iba camino a Noruega, pero el resto empezaba a ser un problema. ¿Y qué hacen los humanos con los problemas? Esconderlos donde nadie pueda verlos. Encerrarlos, a ser posible. Y eso es justo lo que ocurrió con los perros polares.

Los perros acabaron en el caluroso y húmedo zoo de Buenos Aires. Una institución que, al parecer, tenía experiencia con perros polares, siempre y cuando les reportara dinero. Así que, así fue.

—Aquí termina el viaje —dice la señora Thorkildsen.

—¿En un zoológico?

—Murieron todos de varias enfermedades.

—¿Qué clase de enfermedades?

—No lo sé, Tassen. Dijeron que fue de una especie de peste canina que los perros polares ya traían consigo.

—¿Y ya está?

—Al parecer, sí.

—¿Después de dar la vuelta al mundo, de ser los primeros en el último confín de la Tierra, murieron enfermos en un sucio zoológico?

—No sabemos si estaba sucio, pero sí —dice la señora Thorkildsen—. Todos menos uno. El único de los perros del Polo Sur que sobrevivió se llamaba Coronel. Éste ya había sobresalido aquel día de hacía dos años en Kristiansand cuando los perros felices y bien alimentados iban a subir al Fram. Sin saber que la gran fiesta estaba a punto de terminar, la mayoría de ellos se había dejado transportar en una barca de remos, de dos en dos, unos más dóciles que otros. Llevó mucho tiempo hacerlo, pero estaba claro que era la manera más sensata de proceder. La tripulación que ya estaba a bordo tuvo tiempo de colocar y atar a los perros a medida que subían al barco, y los hombres que iban en las barcas de remos aprovecharon para tener una primera toma de contacto con sus peludos compañeros de viaje.

»Lindstrøm era uno de los hombres que iban en las barcas. El otro era Oscar Wisting, el adiestrador de perros. Ninguno de los hombres del Jefe sabía tanto sobre los perros de Groenlandia como Oscar Wisting. Los perros hacían lo que Wisting quería, incluso el rebelde de pelo rojizo que aquel día no quería subir a la barca. De no haber llevado bozal, habría intentado morderlo, pero, como lo llevaba, lo que intentó fue escapar. El perro saltó por la borda y se echó a nadar en el primer intento de huida de la expedición al Polo Sur. Oscar Wisting saltó tras él.

»Así se encontraron. O, mejor dicho, así encontró Oscar a

Coronel. Sabía lo que buscaba. El perro era uno de los más grandes de la manada. Había nacido para el liderazgo, pero primero había que lograr que se dejara liderar.

—Técnicas de supresión —murmuro para mis adentros, pero, la señora Thorkildsen, la misma señora Thorkildsen que no me oye cuando exclamo que mi bol de comida está vacío, me oye ahora.

—¿De qué demonios hablas? —me pregunta con una mezcla de genuina sorpresa y leve irritación.

—Así es como se consigue que funcione todo ese circo —le digo, intentando sonar también molesto—. Estropeando y enturbiando las relaciones. El amo designa a un esclavo para que mantenga a raya al resto de esclavos y haga el trabajo sucio. Es el truco más sencillo del mundo. Si yo fuera el que organizara una expedición al Polo Sur con humanos para tirar de los trineos, haría que se mataran entre ellos llegado el momento. Bastaría con darles a algunos el más mínimo privilegio y enseguida creerían que son mejores que los demás, naturalmente superiores al resto de su especie. Se lo creerían hasta tal punto que podrían asesinar a sus hermanos sin pensárselo dos veces y sin arrepentimiento. ¿Sabes cómo se la llama a la gente así?

—No, Tassen, no lo sé —dice la señora Thorkildsen con paciencia fingida.

—La mayoría, se la llama.

—Bueno, bueno —dice la señora Thorkildsen, rellenándose la copa—. Pero déjame que te cuente qué pasó al final con el único perro que regresó a casa —prosigue con la copa llena—. Coronel y un par de perros que nacieron durante el viaje fueron enviados de vuelta a Noruega. Tal vez fuera suerte. O tal vez fuera que el Jefe había comprendido que, si volvía sin un solo perro del Polo Sur vivo, las críticas sobre la matanza de los perros serían feroces. Coronel fue el único que regresó a Noruega. Algo es algo.

—¿Regresó? ¡Pero si apenas había puesto una pata allí en su vida! —protesto.

—Coronel se convirtió en el perro más famoso de la historia de Noruega. Simple y llanamente era una estrella canina. Los periódicos informaban de todos sus pasos y los patrocinadores del Fram hacían cola para mostrarse con él en público.

—Tal vez habría sido mejor que falleciera en el zoo en lugar de servir como atracción de circo.

Lo digo en serio.

—Bueno, el caso es que no era ninguna atracción de circo. El Jefe se ocupó de evitarlo. Se convirtió en amigo de los perros cuando ya sólo le quedaba uno. Parece ser que tenía remordimientos. El Jefe, con sus doscientos hermosos perros muertos tras las huellas de sus esquís, de repente se preocupó por que Coronel viviera la vida en paz y tranquilidad. Pagó una costosa operación para el animal por una dolencia que en la Antártida habría resuelto con un tiro en la cabeza. En un telegrama, el Jefe dijo que se ocuparía personalmente de Coronel cuando regresara de su gira de conferencias mundial sobre la conquista del Polo Sur. Coronel no tardó en mudarse a la triste y lóbrega casa del Jefe junto al Bunnefjorden, a las afueras de Oslo, que entonces se llamaba Kristiania. Allí, en un entorno bucólico, debía pasar sus últimos días el héroe polar de cuatro patas.

»Es posible que Coronel fuera feliz. Sin embargo, para su entorno, un perro de Groenlandia es una fuente de miedo e inquietud. Por la noche, se sentaba en el jardín trasero del Jefe y aullaba a la luna. Además de los aullidos, el vecindario estaba inquieto porque sus propios perros desaparecían de forma misteriosa tras ser vistos con Coronel pisándoles los talones. El cuidador de Amundsen escribió al Jefe, que se encontraba en Estados Unidos, y le dijo que era probable que Coronel los hubiera matado y guardado como provisiones en el bosque.

—Un depósito —apunté.

—Al mismo tiempo, no dejó de hacerle la vida imposible a quienes se le acercaban —dice la señora Thorkildsen—. Si Coronel hubiera sido cualquier otro perro, lo habrían enviado directo al Norte o le habrían pegado un tiro en la cabeza, pero él era un tesoro nacional. Un tesoro nacional incontrolable que mordía, una catástrofe natural a punto de desatarse. En una saga en la que las vidas de los perros no valían nada, en la que los perros tenían que pagar con la vida tanto si se portaban mal como si no, el último superviviente se volvió intocable.

El final es casi de color de rosa. Mandaron a Coronel a la casa de Oscar Wisting, en Horten, donde se convirtió en un gran héroe y en una presencia habitual de las calles del municipio. Coronel caminaba libre y a menudo se lo encontraban en una de las carnicerías de las afueras. Pudo aparearse sin parar, pues tenía una cola de criadores dispuestos a pagar por el privilegio de entrar en el árbol genealógico del héroe polar. Coronel seguía siendo un perro líder por naturaleza. Como en la Antártida, en su vejez en Noruega conservó su grupo de perros que lo seguían con respeto.

Y, así, tras una buena vida, el último perro que pisó los confines del mundo llegó al fin de sus días sin dramatismo y con el estómago lleno.

Uno de los viejos amigos de la señora Thorkildsen, probablemente también bibliotecario, una vez dijo lo siguiente: «Ser o no ser: he ahí la cuestión».

Bueno, de acuerdo. Si hay que verlo todo en blanco y negro, podría parecer que ésa es precisamente la cuestión: ser o no ser. Ahora blanco. Ahora negro. Negro como el pelo, blanco como la nieve.

Pero, como casi siempre, la existencia es más bien como la nieve medio derretida y marrón del final del invierno.

Un paseo fuera de la jaula. También puede verse así. Estás acurrucado en tu nido, seguro y satisfecho. Todas tus necesidades están cubiertas y tienes la mente despejada. Entonces, un día se abre la puerta de la jaula y, sin saber por qué y sin quererlo, abandonas la vida en la jaula y te diriges hacia otra. Tal vez sea una vida buena, con raciones adecuadas de amor, comida y ejercicio. Tal vez sea una vida triste, en soledad. Tal vez sea breve, tal vez sea larga, pero, tanto si te han llamado allí como si has huido en esa dirección, después de un tiempo te encontrarás de nuevo en la jaula, seguro y satisfecho en tu nido.

¿Una bala en la cabeza al final de un largo día tras un trabajo bien hecho o años de enfermedad y declive? Más nieve derretida y marrón. De todas formas, ¿qué gano yo temiendo o incluso pensando en la muerte? Yo que, a diferencia de la señora Thorkildsen, no puedo decir que el mundo haya cambiado demasiado desde que era joven. No me refiero a las trampas mortales y diarias que pueden evitarse, desde las bombas atómicas hasta el cartero, sino al miedo que se vuelve tan fuerte que se transforma en anhelo. Creo que tal vez eso sea lo que le ha ocurrido a la señora Thorkildsen.

Si un perro, en lugar de un bibliotecario, hubiera escrito la cita, no hubiese sido «ser o no ser», sino «estar o no estar solo». No se trata de que sean muchos o pocos. Sino de que haya alguno o ninguno. Se trata de librarse de morir solo y también de no estar solo mientras vives. Da igual si se trata de una manada que desafíe a la muerte a tu lado en el campo de batalla o de la manita huesuda y temerosa de una pensionista que te agarra de la pata mientras penetra la temible aguja del veterinario. Lo importante es no estar solo.

Todo el mundo recuerda —o debería— a la perra espacial Laika por su pionero trabajo para dar el siguiente paso en la conquista humana del universo. Fue en la época en que, gracias a la ayuda de los perros, la Tierra ya estaba descubierta y ya habían terminado las dos guerras que vinieron después. Laika fue la primera en abrir el camino hacia un lugar en el que a los perros, por no hablar de a la mayoría de la gente, no se les había perdido nada. Hacia lo desconocido.

Pero ahí terminan los parecidos. Mientras que la manada del Jefe se abrió paso hacia lo desconocido con un objetivo claro y un plan sobre cómo regresar de allí con el pelaje intacto, para Laika no había boleto de vuelta. A diferencia de sus compañeros, los perros de Groenlandia, que tampoco consiguieron volver, lo suyo no tuvo nada que ver con la raza. Laika era una perra callejera de Moscú de origen indeterminado.

Laika murió, ingrávida y aterrorizada, al sobrecalentarse tras unas pocas horas a bordo del Sputnik 2, pero, para entonces, ya había cumplido su misión. Había demostrado involuntariamente que un ser humano podía sobrevivir a ser lanzado hacia la nada en un cohete y, desde entonces, la humanidad no ha dejado de hacerlo. Un lobo y un humano se encuentran un día en un camino, y, poco después, ya están flotando juntos en la Nada. De Ningún Lugar a la Nada, supongo que tiene lógica. Pero, de nuevo, uno podría preguntarle a la señora Thorkildsen lo siguiente: ¿Qué pintaban allí?

El relato oficial es que a Laika la sacrificaron tras unos cómodos días en el espacio, naturalmente de una forma humana y digna. Pero lo que ocurre con la verdad es que sólo sale a la luz cuando ya tiene una edad. Llevó su tiempo y más. Un científico que participó en el proyecto Laika y que escribió la obra maestra *Animales en el espacio*, Oleg Gazenko, declaró más adelante lo siguiente:

«Lo lamento. No deberíamos haberlo hecho. No aprendimos lo suficiente de ese proyecto para justificar la muerte del animal».

Según el bueno de Oleg, constatar que la mayoría de la gente podría tener un futuro en el espacio exterior no era razón suficiente para matar a un simple perro callejero. Por desgracia, no sé lo que opinaba de exterminar a un par de cientos de perros de Groenlandia para llegar al Polo Sur un cuarto de hora antes que los ingleses. Sólo puedo hacer elucubraciones.

36

EL PROCESO MEDIANTE EL CUAL la señora Thorkildsen pasa de ser un trol cansado con aliento metálico y piel apergaminada a convertirse en una señora perfumada es elaborado. No sabría decir cuál de las dos huele peor. En cualquier caso, a la señora Thorkildsen puede llevarle años arreglarse. Un océano de tiempo. Por lo menos.

En primer lugar, tiene que quitarse la ropa que se pone para dormir y pasearse un poco con su vieja, pálida y arrugada piel en la que florecen con facilidad los moratones. La señora Thorkildsen cada vez es más pequeña, pero parece que su piel no para de crecer. Después, se ducha. No me hace mucha gracia, así que evito el baño mientras eso sucede. Por eso no sé muy bien qué hace allí dentro, pero percibo el olor de los productos químicos. Más tarde, sale con ese albornoz que le queda demasiado grande y con una toalla en la cabeza. Pausa para el café. Tras un proceso de selección que le toma un buen rato, se pone una capa de ropa tras otra hasta que toma forma la versión cotidiana de la señora Thorkildsen; la señora Thorkildsen que me imagino como la señora Thorkildsen cuando la señora Thorkildsen no está.

En este momento del proceso, hace una pausa para comer. Para mí sería natural intentar que me diera una golosina, pero, dado que la señora Thorkildsen no me deja salir porque después iremos a pasear, empiezo a sentir ganas de hacer pis y, entonces ya no me apetece tanto la golosina.

No me doy cuenta, pero, cuando se termina su tradicional rebanada de pan crujiente con queso y su ridículo vasito de leche de vaca, la señora Thorkildsen se bebe un buen vaso de agua de dragón.

Hoy, caminamos a paso ligero. La rueda del carrito chirría como de costumbre y disfrutamos de un paseo bastante agradable en nuestro camino por la Periferia.

No sé por qué, pero me oigo a mí mismo preguntarle a la señora Thorkildsen si ha vuelto a ver a ese tal Jesucristo por el que le preguntaron las dos mujeres que estaban tan nerviosas. La señora Thorkildsen se detiene en seco con una seriedad escalofriante.

—¿Por qué me preguntas eso?

—Tal vez porque dices que no te cae bien. No conozco a nadie más de quien digas eso.

—Hay mucha gente que no me cae bien —dice la señora Thorkildsen, casi ofendida.

—A ver, ¿quién?

—Bueno... Paulo Coelho o Dag Solstad. Por ejemplo.

—¿Quiénes son?

—Unos escritores famosos horribles.

—Me refería a gente que se pueda tocar y oler.

—¿Como quién?

—Pues estaba pensando que tal vez no te caiga bien la Perra de tu hijo. Me parece olerlo cuando vienen a casa.

—¿Qué si me cae bien? —dice la señora Thorkildsen—. Yo no diría que no me caiga bien. Sólo que no somos especialmente compatibles.

—¡No me digas! —exclamo.

—Así son las cosas. Hay personas con las que una encaja mejor que con otras —dice la señora Thorkildsen para zanjar el tema, pero yo sigo insistiendo.

—Parece muy preocupada por que te fijes en ella.

—No creo.

—Quizá se trata de estas cosas que debes sentir, no creer. Si tuvieras olfato, no tendría que explicártelo. O tal vez sí, porque, a pesar de que, según tú, la vista y el oído te funcionan perfectamente, no la ves y no oyes lo que te dice.

—¡Claro que sí! —exclama la señora Thorkildsen.

No me molesto en responder. A ver, ¿qué diablos puedo decir? Si uno es un poco sabio o tiene experiencia, como dicen algunos, sabe que, a veces, es mejor no decir nada en absoluto. Me callo, a pesar de que la señora Thorkildsen ahora está dispuesta a atacar, como George Foreman contra Muhammad Ali en Zaire. «La pelea en la selva». Pero yo no soy Muhammad

Ali. Incluso en las situaciones más críticas, no soy lo que se llamaría un luchador. «Histeria en la Periferia» queda oficialmente cancelada. Huyo del conflicto y estoy orgulloso de ello.

Huyo del conflicto. Qué expresión tan horrible. Qué terrible ser así. Pero, por suerte para mí, así resolvemos los conflictos por estos lares. Huimos de ellos. Si surgiera un conflicto y nos cerrase el camino, nos limitaríamos a rodearlo y a seguir como si nada hubiera ocurrido.

Eso es todo.

De camino de la Cueva del Dragón a la Biblioteca, en el callejón vacío de detrás del cine, la señora Thorkildsen se detiene, saca una botella del carrito, la abre y mira a su alrededor antes de darle un buen trago. Después, vuelve a guardar la botella, muy satisfecha consigo misma.

—Nunca he entendido a la gente que dice que sólo bebe *aquavit* con comidas grasas —dice la señora Thorkildsen—. El *aquavit* es una bebida grasa.

El carrito se ha vuelto demasiado pesado. La señora Thorkildsen se da cuenta en cuanto se dispone a tirar de él para subir las escaleras de la Biblioteca. Ya sabía yo que llegaría el día en que el carrito del demonio nos metería en líos y, a lo largo del tiempo, he tratado de dejarlo claro con sutileza, pero no me ha escuchado. Ahora, ha llegado el momento de que la señora Thorkildsen se enfrente a la verdad.

—Esto no va a funcionar, Tassen —me dice.

—Tienes toda la razón —confirmo.

—¿Y ahora qué hacemos? Tampoco puedo dejar el carrito fuera de la Taberna, con todos esos mendigos que entran y salen.

—¿Qué habría hecho el Jefe? —pregunto.

—¿Qué? —pregunta la señora Thorkildsen. No sé si lo hace porque no entiende lo que le quiero decir o porque no me ha oído.

—¿Qué habría hecho Roald Amundsen en esta situación? —repito.

—Pues… recobrar fuerzas con una chuleta de perro, ¿no?

La señora Thorkildsen se ríe. Sola. Los chistes sobre comer perros están pasadísimos.

—El Jefe nos habría dividido en dos equipos —la interrumpo sin inmutarme—. El equipo A se ocuparía de la subida al próximo piso para buscar ayuda para el transporte del resto del material, mientras que el equipo B se quedaría junto al carrito y se ocuparía de que no llegara ningún borracho a beberse el agua de dragón. Así que la pregunta es: ¿quién de los dos es el equipo A y quién es el equipo B?

La señora Thorkildsen se lo tiene que pensar un poco. Demasiado, diría yo. Pero tal vez la memoria me esté jugando una mala pasada.

—¿Sabes una cosa, Tassen? —dice la señora Thorkildsen en voz baja—. A veces me preocupo por ti.

—Gracias —le respondo—. Yo también me preocupo por ti.

Por desgracia, no llevamos a cabo mi plan para subir las escaleras. Un caballero andante, un borracho en la flor de la vida que apesta a perfume y a agua de dragón, sube el carrito de la señora Thorkildsen por la escalera con sus brazos tatuados y un buen humor que no tarda nada en poner a la señora Thorkildsen de mucho mejor talante. El joven entra en la Taberna y, por un momento, pienso que la señora Thorkildsen va a dejar atrás su inhibición y entrará corriendo tras él.

Allí estamos, a las puertas del Reino, preparados para recibir nuestras dosis de sabiduría y caricias, pero la puerta está cerrada y de ella cuelga un cartelito. Por desgracia, no es un pictograma, así que tengo que esperar con paciencia a que la señora Thorkildsen saque las gafas y lea el mensaje. El mensaje mortal.

> Esta filial está cerrada desde el uno de
> noviembre. Los libros que se tengan en
> préstamo pueden depositarse en la caja roja
> de la izquierda. ¿Buscas un libro? Sírvete
> de la estantería verde de la derecha.
> ¡Muchas gracias a nuestros usuarios por
> cuarenta y tres años maravillosos!

Después de pensárselo un poco, la señora Thorkildsen, sin retirar la mirada del cartel, expresa su opinión.

—Menuda mierda.

Como, tras la famosa cena, la señora Thorkildsen le había dado a la Bibliotecaria el libro que debía devolver, ahora está frente a la puerta cerrada de la Biblioteca sin ningún objetivo claro. Por eso empieza a olisquear la estantería de los libros que buscan un nuevo hogar, creo yo. ¿Y qué encuentra en esa estantería de libros descartados?

—*Una vida en el hielo: El cocinero polar Adolf Lindstrøm*
—dice la señora Thorkildsen.

Y no dice nada más. Se queda allí de pie con el libro en la mano, sin indicios de ir a moverse.

—No tiene sentido ir a la Taberna si la Biblioteca está cerrada, ¿no? —digo, haciendo referencia a la doctrina de la señora Thorkildsen de «comida para el cuerpo y para el alma».

Las visitas a la Taberna estaban condicionadas por las visitas a la Biblioteca y, sin la Biblioteca, la Taberna pierde todo el sentido. Eso me parece a mí.

La señora Thorkildsen se queda pensativa y vuelve a colocar el libro de Lindstrøm en la estantería. Tendrá que buscarse otro hogar.

La señora Thorkildsen se queda de pie, mirando las letras del papel que está en la puerta de la Biblioteca como si esperase que fueran a cambiar. Cambiar de sitio y de significado. Las mismas palabras que anuncian el cierre de la Biblioteca podrían ordenarse de forma que anunciaran que la Biblioteca está más abierta que nunca, pero eso no ocurre. Entonces, la señora Thorkildsen se va a la Taberna con el carrito. Qué injusticia.

37

L A SEÑORA THORKILDSEN LLEVA UNA eternidad o dos sentada ahí dentro, comiéndose la hamburguesa más deliciosa
del mundo, que riega con un vaso de cerveza tras otro, al
parecer sin dedicar ni un pensamiento a que yo estoy atado,
solo y abandonado junto a la puerta de entrada. Es cierto que
había un asqueroso perro cazador de alces noruego cuando
llegué, pero elegimos hacer caso omiso el uno del otro y fun-
cionó bastante bien hasta que llegó el dueño y se lo llevó. Todos felices. Se llamaba Knurr y el dueño dejó muy claro que
Knurr era un perro listo y bueno, sin especificar por qué. Muy
bueno para cazar alces, por supuesto, pero, aparte de eso, no
sé qué más puede ofrecer Knurr.

Se abre la puerta y, gracias a Dios, sale la señora Thorkildsen.

Camina despacio, pero con paso más o menos firme, a pesar de que parece que el carrito se ha vuelto aún más pesado que antes.

Me pongo tan irracionalmente contento que ni yo mismo entiendo por qué. Es una alegría que se apodera de mi cuerpo y de mi mente y me sacude hasta que me mareo. Me encantaría subirme de un salto a los brazos de la señora Thorkildsen, pero me quedo en el felpudo de césped artificial mientras ella cruza el umbral tirando del carrito. Y sigue avanzando. Antes de que pueda comprender lo que ocurre, la señora Thorkildsen baja el primer escalón y, antes de que alcance a decir nada, ya está bajando el segundo. Es el momento de la verdad. El carrito empieza a bajar el primer escalón y la señora Thorkildsen aún no me ha visto. Debería ladrar para alertarla, pero estoy nervioso y temo asustarla porque es evidente que está en apuros.

Pisándole los talones, sale un gnomo feísimo. El gnomo apesta a grasa rancia, pero ésa es la única cosa buena que puedo decir de él. Está enfadado y habla con brusquedad.

—¡Eh! —exclama tan alto que la señora Thorkildsen se sobresalta y se tambalea un segundo, para después agarrarse a la barandilla—. ¡Te has ido sin pagar!

La señora Thorkildsen se muere de vergüenza. Como el brochazo de un gran maestro, el momento se pinta triste, temeroso y lamentable. La señora Thorkildsen tiene miedo, tanto que quisiera acercarle el hocico a las rodillas, tal vez poner esa cara que tanto le gusta, con la cabeza inclinada y una amplia sonrisa, pero no es posible. La señora Thorkildsen, en las escaleras, está siendo acusada de robo a su avanzada edad y tiene un testigo en su contra. Y ese testigo soy yo. Porque no estoy en la escalera con ella. Sigo atado junto a la puerta.

¡La señora Thorkildsen se ha olvidado de mí!

La sorpresa que sentimos ambos es palpable. Es un momento sumamente bochornoso. No sé ni qué decir. Tal vez esto lo cambie todo. Veremos.

—¿Me había olvidado? —pregunta.

—Sí, te habías olvidado —respondo. Las cosas como son.

Estoy a punto de ofrecerle unas palabras de consuelo, decirle que, en el fondo, no es para tanto, que vayamos a casa para que yo pueda comer algo, pero, antes de que alcance a decírselo, la señora Thorkildsen sonríe con calidez. No sé de dónde sale esa sonrisa.

—Ay, claro.

Su admisión o reconocimiento me alivia infinitamente, pero parece que esta vez tampoco es mi turno. No es a mí a quien se dirige, sino al gnomo del delantal apestoso, al que habría mordido y dado caza si no llego a estar atado e indefenso.

—Parece que se me ha olvidado pagar —tartamudea la señora Thorkildsen. La vergüenza se apodera de su voz y de su mano, que escarba frenética en el bolso, como si fuera un parterre recién plantado en el que hubiera enterrado un hueso bien jugoso.

—¡Ven a pagar!

—No encuentro la cartera... Estaba aquí —tartamudea la señora Thorkildsen.

—¿No tienes dinero?

No es una pregunta, es una acusación.

A la señora Thorkildsen le tiemblan las manos y la voz.

—Tal vez esté allí arriba. Tal vez me la haya dejado dentro.

La señora Thorkildsen se da la vuelta para subir las escaleras que acababa de empezar a bajar y, justo en ese momento, justo entonces, me mira con ojos perplejos y mi instintiva emoción por ser visto se desvanece más rápido que una galleta de chocolate en las fauces de un perro. Porque no me ve. La señora Thorkildsen ve un perro, pero no me ve a mí, hasta que pasa tanto tiempo que ya no encuentro una explicación con la que me sienta cómodo.

—Voy a llamar a la policía —exclama el gnomo.

—Gracias, si eres tan amable… —dice la señora Thorkildsen con una sonrisa, que es una versión triste de su sonrisa más dulce.

—Digo que voy a llamar a la policía por ti.

—Sí, gracias. Es mejor dar parte de estas cosas enseguida. Tal vez puedan encontrar al ladrón. Y, si no hay ladrón, conviene dar parte de todas formas para que se ocupe el seguro.

—Carajo, ¿estás borracha? Voy a llamar a la policía para que te detengan. ¡Intentabas salir corriendo sin pagar!

¡Qué tipo más maleducado! Estoy furioso, pero estoy atado. Además, percibo que el gnomo apestoso es un pateador, un demonio que, con fuerza, entusiasmo y gran satisfacción, le plantaría la bota en la barriga a cualquier criatura que resulte no ser humana. En realidad, seguramente también dé patadas a los humanos. Así suelen funcionar las cosas: de maltrato animal a maltrato humano.

La señora Thorkildsen me ve y la señora Thorkildsen se

tropieza. Se tropieza y se cae tan despacio que, por un instante, parece que flota, como si estuviera harta de esta extraña situación y hubiera decidido dejarla atrás. Volar hacia el cielo como un alma flotante. Pero el vuelo no tarda en convertirse en caída y, entonces, la señora Thorkildsen se precipita de espaldas escaleras abajo. Todo sucede en silencio, se alarga eternamente y termina con un leve y horrible golpe. Y, después, cuando la señora Thorkildsen termina de caer, el silencio es aún mayor.

—Mierda —dice el gnomo.

Tal vez piense que es culpa suya. No lo es. Es culpa mía. Mierda.

Último mordisco

Encarcelado
yo
en la prisión.

DEL POEMARIO DE TASSEN
THORKILDSEN «LAMENTO
DESDE LAS PROFUNDIDADES DE
UNA PERRERA HASTA AHORA
ACEPTABLE A LAS AFUERAS DE
ENEBAKK»

38

DE UN MOMENTO A OTRO, paso de ser una criatura relativamente libre a una relativamente cautiva. Digo «relativamente» porque es una palabra muy útil para este tipo de situaciones. Deja fuera de juego cualquier precisión que pudiera haber en la frase con una sonrisa socarrona, y eso es lo que necesito ahora en mi cautiverio. Porque estoy relativamente cautivo. Sí, debo reconocerlo. Por otra parte, ahora me doy cuenta de lo relativa que era mi libertad.

Residencia Canina Gassestranda. No hay que dejarse engañar por ese nombre tan acogedor, como me ocurrió a mí. La Residencia Canina Gassestranda es una cárcel para perros de las de toda la vida, con un nivel de seguridad medio. Salimos al patio durante el día. Nos encierran en una celda por la noche. No hay permisos. No hay formación de cara a cuando hayamos cumplido nuestra condena. Corredor de la muerte. El tiempo que me queda es igual de incierto que el tiempo que ya he pasado aquí. El tiempo se comporta de una manera distinta en la cárcel. Se persigue su propia cola.

La vida consiste principalmente en dormir y deprimirse. En cierto sentido, todo es como debe ser. Me dan la comida que necesito, aunque no es ni de lejos tan variada ni está tan bien presentada como la de casa. Demasiado pienso seco. (Tengo una teoría de la conspiración sobre el pienso seco, y es que el pienso seco es un plan de la avariciosa industria veterinaria que vive de quitar el sarro que les sale a los perros por comer esa mierda, pero podemos hablar de ello en otra ocasión).

Si Amnistía Internacional, que la señora Thorkildsen ha financiado por sí sola durante años, hiciera una redada en la Residencia Canina Gassestranda, descubriría todo un abanico de abusos; entre otras cosas, una falta irresponsable de salsa, tentempiés para perros y otras golosinas. Yo solía decir que uno nunca sabe cuándo lo espera una golosina, pero, en la Residencia Canina Gassestranda, esa regla no funciona. Aquí dentro, siempre sabes que nunca te espera una golosina, y ese conocimiento lo afecta a uno como perro. Debo reconocer que, a largo plazo, la dieta Gassestranda es bastante más saludable que la dieta Thorkildsen. Estoy en mejor forma que nunca, pero, como digo, temo el sarro.

El terreno que rodea la Residencia Canina Gassestranda es, bueno, un terreno. Es difícil tomárselo en serio cuando ninguno de los jóvenes que trabajan aquí se molesta en llevar armas cuando salimos al bosque, aunque apeste a caza. En general, la vida, a pesar de la falta de salsa, huele más interesante aquí que en casa. Con mi eterno sueño romántico de formar parte de una manada, nunca me había parado a pensar en lo que conllevaba en un sentido puramente aromático. Apesta, por así decirlo. Estar encerrado de noche en una sala llena de perros tristes de todas las edades y tamaños es como encontrarse en mitad de un huracán de información más o menos desesperada y sin sentido. Los olores se entrecruzan a un ritmo agotador, incluso cuando todo el grupo duerme. Nubes rosas y gas verde por todas partes. Ronquidos. Lloriqueos. Horrores.

El patio es, bueno, un patio. Allí mandan las bandas. Sobre todo Rusk y Rask, dos perros de caza mestizos que son hermanos y nunca se ponen de acuerdo en quién manda cada vez, pero que enseguida dejan de lado sus diferencias cuando se encuentran con el resto de presos. Esos dos pendejos se han ganado a los perros más influenciables, muchos de ellos víctimas de los abusos del día anterior o del día siguiente, y tienen aterrorizado a todo el mundo. Todos les tienen miedo. Todos menos Ruffen Rasmussen.

A diferencia de todos los empleados o de los reclusos de Gassestranda, Ruffen Rasmussen, una bola de pelo de color marrón claro, un peluchito, siempre está de buen humor. Es feliz porque está seguro de que va a salir de aquí. Ruffen Rasmussen no es creyente, es *sabedor*.

—Mi Señor va a volver —dice Ruffen Rasmussen, seguro y tranquilo.

Ya lo ha hecho antes, afirma. Apela a la paciencia y a la lealtad, y vuelve a contar la historia de cuando su familia se fue de vacaciones a un país en el que los perros estaban prohibidos y lo dejaron en la Residencia Canina Gassestranda.

—Como tú, hermano —dice Ruffen Rasmussen, primero a uno y después a otro—, yo era un alma perdida cuando llegué aquí por primera vez. Cuando mi Señor dijo: «Tienes que quedarte aquí, Ruffen, y después vendremos a buscarte» y se fue de mi lado, creí que se me rompería el corazón. Todo se volvió tan negro como un labrador. Me convertí en una sombra apática de mí mismo. En lugar de traer felicidad a los demás, el objetivo para el que fui creado, me dedicaba a autocompadecerme. ¡Volví a cagar en el suelo! ¿Y por qué lo hice, Tassen?

Ya conozco la rutina, sé lo que viene a continuación, pero le doy la réplica.

—Porque dudaste, Ruffen. Porque dudaste.

—¡Porque dudé! —exclama Ruffen, triunfante—. Dudé de que mi Señor fuera a volver. Y, cuando uno duda de su Señor, ¿cómo va a confiar en sí mismo?

Según Ruffen Rasmussen, la duda es la raíz de todo mal. Y quizá tenga razón.

—Has de tener una fe ciega en tu Señor —nos adoctrina—, y serás recompensado con una larga vida en casa.

—¿Y qué pasa si uno no tiene un Señor? —le pregunté un día que estábamos o, mejor dicho, que él estaba hablando en el patio—. ¿O si tu Señor se ha caído por una escalera y ha desaparecido, por ejemplo?

—El Señor siempre regresa —me respondió Ruffen Rasmussen con firmeza, arrugando el bigote—. La pregunta es: ¿Estarás ahí cuando él regrese?

—Ella. Mi Señor es una señora. Y dudo que venga a buscarme —le dije.

—¡Ahí lo tienes! —replicó Ruffen Rasmussen—. Estás dudando.

Por lo demás, la clientela es la misma que la de la mayoría de las cárceles: la mitad de los que están aquí no deberían estarlo y la otra mitad nunca debería haber estado en ninguna otra parte. Algunos incluso deberían estar en un sitio completamente distinto. Me explico. ¿Qué pinta un perro callejero rumano a las afueras de Enebakk? No soy racista, nada más lejos, pero tengo mis opiniones sobre los orígenes étnicos de los presos. Aquí no sobran los cazadores de alces noruegos, por así decirlo.

—Todo tiene sus motivos —solía decir la señora Thorkildsen cuando la vida no se comportaba cómo ella creía que debería.

Según tengo entendido, fue su madre quien descubrió ese fenómeno. Me aferro a esas palabras aquí dentro, pero no es fácil entenderlas encerrado entre estas cuatro paredes. Estoy seguro en mi jaula, incluso me atrevería a decir que me gusta, me encantaría tener una en casa, pero tengo el suficiente raciocinio para comprender que estoy cautivo. Por otra parte, como digo, aquí me dan de comer y puedo hacer ejercicio. Si no fuera por los ronquidos de Ringo, que duerme debajo, no tendría nada de qué quejarme.

Ringo, por el contrario, tiene muchos motivos para quejarse. Aunque la culpa es sólo suya. Ringo ha mordido a un niño. Podría afirmarse que lo hizo en nombre de muchos y que seguro que había una razón para lo que hizo, pero eso no sirve de nada. Ringo ha sido un perro malo y lo sabe. Se arrepiente tanto que su conciencia lo atormenta mientras duerme. Cuando sueña, parece un caniche angustiado, pero eso tampoco sirve de nada. Ringo lleva aquí mucho tiempo, desde mucho antes de que yo llegara, y la verdad es que no creo que deba albergar la esperanza de salir de aquí, aunque, por supuesto, no se lo digo a la cara. Me da miedo que Ringo no sobreviva. Ringo tampoco es un perro hecho para cualquiera. Me gustaría haber visto a la señora Thorkildsen con un perro como éste que, entre otras cosas, pesa más que ella. Pero —¿quién sabe?— tal vez la señora Thorkildsen sea una dominadora nata. Tal vez sencillamente hubiera azotado a Ringo hasta romper el mango del látigo y haberlo convertido en su fiel servidor. Tal vez la señora Thorkildsen habría atravesado los bosques a toda velocidad en un trineo de piel y huesos tirado por Ringo con nieve en el bigote y acero en la mirada. ¿Quién sabe?

Espero y confío en que no habría sido así, pero, por lo que sé de los humanos en general y de la señora Thorkildsen en particular, podría ocurrir que su ausencia se deba a que se haya retirado a cumplir su amenaza de escribir un libro sobre el Jefe y sus perros. Es una pésima idea que, desafortunadamente, puedo haber alimentado sólo por escuchar atentamente sus palabras. Por hacerle preguntas. Pero ya he aprendido la lección. Si escuchas a las personas, te dirán algo.

—No lo hagas, señora Thorkildsen —le diría si estuviera aquí—. Mejor vamos a la ciudad a comprar un libro. No hace falta que escribas. Al contrario. Lo que tienes que hacer es leer.

La señora Thorkildsen habría desdeñado mis consejos. Me habría mirado de medio lado, con esa mirada tan seria y burlona suya.

Por mi parte, no puedo decir que vea un sentido más profundo a mi existencia ahora mismo, pero tampoco me pasa desapercibido que una jaula tal vez sea el marco más adecuado para los últimos capítulos de una historia sobre los perros que viajaron hacia Ninguna Parte.

Sería mentira decir que al final me cansé de la historia de los perros que fueron al Polo Sur. Por otra parte, el dramatismo de la historia es tal que cualquier sentimiento de orgullo o de victoria se tiñe de sangre antes de llegar a término.

Pero ¿qué ocurre si tratamos de dividir la representación de *Le Théâtre Antartique* en la clásica estructura de tres actos? Es decir:

1. Persigue a un hombre árbol arriba.

2. Amenázalo con un palo.

3. Consigue que baje del árbol sano y salvo.

Hagamos una prueba:

1. Persigue a un perro árbol arriba.

2. Sacude al pobre infeliz con un látigo.

3. Baja al perro del árbol con un disparo certero.

Como puede verse: es un derrumbe narrativo total. No hay motivo para pensar que, al final, todo va a salir bien. No conseguirías que Hollywood hiciera la película. No antes de que hayan hecho *Lassie se cae al pozo* o *101 dálmatas muertos*.

39

A **DECIR VERDAD, NO TENGO MUCHO** de lo que quejarme en la cárcel. De hecho, desde un punto de vista perruno, de casi nada. Pero, parte del problema, tal vez el propio problema, es que mis necesidades hace tiempo que han superado las necesidades naturales de los perros y ya no hay vuelta atrás. Para mí tampoco. Extraño el sonido de la voz humana, ese suave susurro. Y la salsa, claro. Aquí dentro no hay ni una gota de salsa, ¿lo había mencionado ya?

Las voces humanas hacen que la mañana sea el mejor momento del día. Normalmente hay dos personas de guardia y siento una profunda paz cuando los escucho charlar y entrelazar sus voces. Cuando no están ladrando órdenes a los presos, claro, que, a su vez, responden con un ladrido, les estén hablando a ellos o no.

. . .

—Tassen— oigo decir a una voz una dulce mañana.

La vida tras los muros me ha enseñado a reprimir las reacciones espontáneas de alegría. Es muy fácil que te malinterpreten, así que me limito a levantar las orejas y la cabeza. Pero siento una curiosidad que hacía muchísimo tiempo que no sentía.

Dos pares de pies frente a la jaula. Un olor conocido. Mejor dicho, varios olores conocidos con el mismo origen. ¡Mi hogar! El olor de la señora Thorkildsen no pinta nada en la Residencia Canina Gassestranda, lo que me alegra y desespera más de lo que puede tolerar este lugar.

No me estoy olvidando de ella, nada más lejos, pero era una nostalgia con la que no podía vivir, por lo que había intentado esconderla lo mejor posible. Un poco como hizo la señora Thorkildsen cuando el Comandante se fue desarmado a la cacería eterna.

¡Es el Cachorro! ¡El Cachorro! ¡El mismísimo Cachorro! ¡Hola, hola, hola, Cachorro! Nunca me habría imaginado que pudiera alegrarme tanto al verlo, pero, cuando se abre la jaula, aúllo como un loco y todo mi cuerpo, desde la punta del hocico hasta la punta de la cola, quiere cantar y bailar. Aúllo por la paz y la libertad. Aúllo por la buena de la señora Thorkildsen, que estará en casa.

Como el perro que soy, enseguida se me olvida todo lo que no necesito en ese momento, así que dejo a mis compañeros de cautiverio sin despedirme ni pensar un segundo en ellos. Debería haberle pedido al Cachorro que se los llevara a todos.

La señora Thorkildsen tiene espacio y comida suficientes para todos: Erling. Ruffen Rasmussen. Posky. Gunda. Pan. Ringo. Leo. Rusk. Beuhla. Mary Jane. Rask. Buenos perros. Hasta los perros callejeros rumanos. También ellos son buenos. Que sus boles de comida estén siempre llenos y sus paseos sean largos. El Cachorro también parece contento al verme. De verdad. Me gustaría saber cómo me ha encontrado y de qué hilos ha tirado para sacarme de aquí. Es posible que lo haya subestimado. Tal vez la señora Thorkildsen también lo haya hecho, no lo sé. Antes de contar lo que ocurre cuando llegamos a casa, me gustaría señalar que no he vomitado en el coche. El Cachorro me lo agradece no pegándome.

La señora Thorkildsen no está en casa. De hecho, nuestra casa tampoco es nuestra casa. Nuestra casa se ha convertido en otro sitio. Por fuera, todo está como antes, pero, en cuanto cruzo corriendo y alegre el umbral, me encuentro en un mundo nuevo y desconocido. Me basta una sola olida para constatar que la señora Thorkildsen no está en casa. La Perra del Cachorro, sin embargo, sí que está en casa. Vaya que si está. La Perra está sentada en un sofá blanco de un tamaño monstruoso, entre unas paredes que han perdido su calidez y su brillo de color avellana y se han vuelto misteriosamente también blancas.

—¡Noooo! —Naturalmente, no entiendo lo que quiere decir esa hembra humana y sigo adentrándome en el salón. Entonces, grita de nuevo, pero esta vez dice otra cosa—: ¡Sentado!

Sé lo que significa «sentado», así que sigo la orden de inmediato y con gusto. El más sencillo de los trucos. Me siento como un perro de porcelana, pero, en lugar de premiar mi obediencia con una caricia en la cabeza o con una golosina, la Perra me tira con fuerza del collar y, antes de poder reaccionar, me veo arrastrado con la misma violencia hacia el umbral que acabo de cruzar, hasta el porche por el que el Cachorro sube en ese momento.

—¡Te he dicho que el perro no puede entrar en casa! —exclama la Perra, empezando así un absurdo intercambio de opiniones con un nivel creciente de agresividad y de ruido.

Esa tipa loca quiere negarme la entrada a mi propia casa. No me hace falta oír los argumentos que sostienen esta locura porque no tengo más que echar un vistazo al lenguaje gestual del Cachorro. Alfa siempre consigue lo que quiere. El Cachorro tal vez hubiera destacado en una manada más grande cuyos miembros se hubieran unido por casualidad, pero, en su pequeña manada familiar, no tiene ninguna oportunidad y lo sabe. Así lo ha decidido la naturaleza

—¡Pero en algún sitio tiene que estar!

El Cachorro sale en mi defensa y mi imagen de él crece unos centímetros.

—¡Pues dáselo a Jack! —La propuesta deja mudo al Cachorro. La Perra rompe el silencio—. Tu madre dijo que Tassen estuvo muy contento con él mientras ella estaba en Copenhague.

—¿Y eso ella cómo lo sabe? —El Cachorro sacude los brazos y se queda quieto un segundo o dos para, después, responder indignado su propia pregunta—. ¡Claro! ¡Porque se lo dijo Tassen! Entonces, podemos preguntarle a Tassen qué le parece, ¿no?

—Me parece que... —digo, pero el Cachorro me interrumpe.

—¿Y qué le decimos a mi madre? ¿«Hola, hemos regalado a tu perro»?

—Como si importara algo lo que vayas a decirle. Además, no hay nada que hablar. Esta discusión ha terminado.

Y así es. El Cachorro se retira bajo una nube negra y arranca el coche con gran estruendo. A mí me atan y me dejan fuera de mi propia casa. La Perra entra.

Me tumbo en el césped recién cortado y trato de mantener la escasa dignidad que me queda. Tomo aire con los orificios nasales bien abiertos y, a pesar de lo cerrada que está la puerta y de lo blancas que están las paredes, estoy en casa. Huelo mi propia orina junto al seto.

El olor que no alcanzo a distinguir es, sin embargo, el de la sombra de la señora Thorkildsen. Su ausencia es un misterio, tal vez el mayor misterio de la historia, un misterio que llena todos los instantes del universo de inquietud, como un olor extraño que no has olido nunca, pero que aun así te da miedo.

Empieza a caer la noche y el Cachorro regresa de donde sea que haya estado. Vuelve en el mismo coche con el que me fue a buscar a la cárcel, el mismo coche en el que, hace una eternidad, salimos juntos de caza. ¡Imagínate! Cuando el coche se asoma por la entrada, me pongo a dar saltos de alegría. Tal vez sea posible amar también esta vida. A ver, ¿qué otra cosa voy a hacer si la señora Thorkildsen se ha ido? ¿Sentarme a esperar a que llegue la muerte, como hizo ella, o seguir hasta el final, aunque tenga el cuerpo cansado y las patas doloridas y prefiera acabar con todo?

El Cachorro no quiere jugar. El Cachorro quiere entrar en la casa de las paredes blancas. Entra y cierra de un portazo sin siquiera decirme un «buen chico». Así de rápido cambian las cosas. Se me había olvidado. Ahora me llega el rastro de su olor y hay algo nuevo en él, algo que no estaba allí cuando se fue. Es el olor de una mujer que no es la Perra. Está embarazada, además. A saber de dónde ha traído ese olor el Cachorro.

El Cachorro sale de casa tan rápido como ha entrado. Camina deprisa y vuelve al coche, rebusca en el maletero y regresa. Sin una palabra, el Cachorro me suelta de la estúpida cuerda y ya no estoy atado y confundido, sino libre y confundido. Tal vez lo más seguro sea seguir al Cachorro, ahora que ha empezado a comportarse como un líder. Su capacidad de ignorarme es cada vez más impresionante y sigue aumentando. Tal vez el Cachorro ya sea adulto. «Por fin», hubiese dicho la señora Thorkildsen, pero no está aquí.

40

EL CACHORRO PARA EL COCHE delante de un alto edificio de ladrillo que se parece a cualquier otro edificio de ladrillo, pero el olor me resulta inconfundible en cuanto lo aspiro una vez. Hemos vuelto a un lugar donde ya habíamos estado antes. Tal vez te preguntes por qué, pero yo no. Yo sólo me alegro de estar aquí. En realidad, me alegro de estar en cualquier sitio pero, ya que estamos aquí, me alegro de estarlo.

Es la casa en la que murió el Comandante hace ya mucho tiempo, media eternidad, tal vez más, pero el olor es igual de agridulce que aquella vez, un olor que cambia el aire por el que circula. El olor de la muerte, pienso ahora. Nunca lo había pensado antes.

El Cachorro me pone la correa y me siento más seguro. Ahora le toca a él guiarme. Me aseguro de no tirar, muestro lo mejor de mí y no me siento mal del todo. Creo que podré acostumbrarme a salir de paseo con el Cachorro.

La casa está tan cálida como la última vez, la luz del techo es igual de lúgubre y los viejos son igual de viejos, allí sentados e inmóviles mientras esperan su turno. Dos mujeres mayores francamente apestosas duermen mientras la televisión habla del paso del tiempo. A los viejos no les gusta que el tiempo pase, pero odian aún más que no lo haga. La televisión los ayuda con eso.

La habitación es tan parecida al cuarto donde murió el Comandante que, por un momento, pienso que es él quien está medio sentado, medio tumbado, en la enorme cama mecánica, bajo la tenue luz de la mesita de noche.

—Hola, mamá —dice el Cachorro en la penumbra—. Mira quién ha venido a hacerte una visita.

¿Mamá?

¡Mamá!

¡Quien está en la cama es la señora Thorkildsen! Me da un poco de vergüenza no haberla reconocido enseguida (aunque ahora huele diferente), pero, aun así, no quepo en mí de gozo. ¡Qué día tan maravilloso! Mientras mi cola vive su propia vida ahí detrás, me levanto sobre las patas traseras y me apoyo en la cama. El Cachorro lo entiende. Me suelta la correa y me empuja hacia la caja de pulgas de la señora Thorkildsen.

—Mira, mamá. ¡Tassen ha venido a ver cómo estás! —dice el Cachorro demasiado alto, como si aún estuviera en el umbral de la puerta.

La señora Thorkildsen no responde a sus palabras con nada

más que un suspiro. Me subo a la colcha para darle un buen beso, un buen lametón de los de toda la vida, mientras trato de no pisar donde no debo, de no pisarle el cuerpecito, que es más pequeño que nunca.

Le lamo la cara, pero la señora Thorkildsen no es consciente de mi presencia, a pesar de que le brillan los ojos y pestañea. Mira a su alrededor, pero no ve nada. Paso del éxtasis a la frustración en un abrir y cerrar de ojos, así que ¿quién podría quejarse si se me escapa un ladrido?

El Cachorro.

—¡No, Tassen, carajo! —exclama.

Me tumbo en la colcha y miro muy fijamente a la señora Thorkildsen. Siento cómo respira y huelo el aire que sale de su boca cuando exhala. Oigo cómo late su fiel corazoncito. Pero eso es todo.

—¡Quieto! —dice el Cachorro, saliendo por la puerta.

Puede quedarse tranquilo. No tengo pensado ir a ninguna parte ahora que me he vuelto a reunir con la señora Thorkildsen. Por fin estamos solos. Entierro el hocico en su axila, el mayor refugio que puede encontrarse en este mundo.

—Dime una cosa —le digo—. No tendrás pensado morirte tú también, ¿no?

La señora Thorkildsen se aclara la garganta.

—Ya estoy muerta. Acabada. *Kaputt*. Fallecida. La exseñora Thorkildsen. Llámalo cómo quieras, Tassen. Canta bingo, si quieres.

Lo dice sin sufrimiento ni melodrama, con la misma seguridad tranquila con la que solía decirme que era la hora de comer o de dar un paseo. Cuando la señora Thorkildsen dice que está muerta, no tengo motivos para pensar que lo que dice no es cierto. Me la tomo completamente en serio. Con una seriedad mortal.

—¿Y qué pasa conmigo si tú estás muerta? —me veo obligado a preguntar.

—Te irá bien —dice la señora Thorkildsen—. Vivirás con los chicos. Ya me he ocupado de todo. Te cuidarán bien.

Dada la situación, no tengo más remedio que tragarme todos mis prejuicios sobre los cojines y las paredes blancos y la negra ira de la Perra. De todas formas, la señora Thorkildsen tiene mejor criterio.

—Entonces —digo, tal vez para romper el silencio—, ¿cómo es estar muerta? —la señora Thorkildsen se ríe y su risa hace que se me sacuda la cola—. Estás igual —digo para animarla—. Con un sentido del humor que surca el río Estigia.

En realidad, no suena nada alentador. Por otra parte, ¿para qué necesitan los muertos que se los anime? Es como darle a un perro hambriento un hueso de goma.

—Pues tengo este cuerpo que ya no necesito —dice la señora Thorkildsen—. Ya ves cómo están las cosas. No entiendo cómo es posible.

—¿Y no puedes deshacerte de él de alguna manera?

—Resulta que es más difícil de lo que pensaba.

—¿No puedes pedirle a alguien que te dispare?

—¿Como los perros del Jefe?

—Algo así. Pero yo preferiría no tener que comerte después.

—No creo que me quede demasiada carne en el cuerpo, Tassen. Y la que me queda estará bastante reseca. Tal vez puedas hacer un buen caldo si tienes paciencia y la hiervas a fuego lento durante unos días. Pero recuerda colarlo como es debido, Tassen. Prométemelo. Y déjalo en el frigorífico por la noche. Que repose en un lugar frío.

—Ya hemos hablado de eso.

—Efectivamente.

—Gracias por contarme esa historia. Ha sido... inspiradora.

—Ah, ¿sí? ¿Y qué te ha inspirado?

—Pues, a ver. ¿Con qué puedo compararla? Debo reconocer que me cuesta verle el sentido.

—No eres el único —reconoce la señora Thorkildsen con una sonrisa.

—No debería haber muerto nadie, ni humanos ni perros. Pero ahí están las cuentas. ¿Cuántos perros murieron?

—Sé que los números no son tu punto fuerte, Tassen, pero casi doscientos perros perdieron la vida en esa expedición.

—¡Son muchísimos! De eso estoy seguro. O casi.

—Son el doble de la primera manada de lobos de papel que hicimos. ¿Te acuerdas?

Dice «hicimos».

—Claro que me acuerdo. Y, aunque no sepa de números, sé lo que es el doble. Doscientos por ciento. Es fácil.

—El caso es que son demasiados.

—¿Sería distinto si sólo hubieran sacrificado a un perro? Por otra parte, todos los días mueren muchos más perros de formas mucho más feas después de una vida mucho peor. ¿No lo has pensado? —añado.

—Lo sé, pero sigo opinando lo mismo, aunque esté muerta. No puedo separar lo que pasó de lo que ocurrió después, cuando regresaron a casa y comunicaron que habían plantado la bandera en el último confín del mundo y que ya no había más lugares que uno pudiera declarar de su propiedad.

—¿Y entonces llegó la guerra?

—No lo dudes.

—¿La guerra en la que luchó el Comandante?

—No sé si tiene sentido distinguir una guerra de otra. Al final, son todas iguales. Hombres que luchan para ganar poder y estatus. Y honor. ¡El honor! Dios, cómo odio esa palabra. ¿Alguna vez se hace algo por algún motivo que no sea el honor?

—Bueno —le digo—. ¿Tal vez la comida?

—Me conoces lo suficiente para saber que no soy vegetariana, Tassen. Ningún cocinero que se precie lo es. Los humanos comen animales, y así tiene que ser, pero tienen que hacerlo con intención y dignidad. No se lanza a un cachorro por la borda porque no encaje en la manada que tira de un trineo del que podrías tirar tú mismo.

La señora Thorkildsen es ella misma incluso después de muerta, pero debo reconocer que este nuevo estado le confiere un nuevo peso a sus palabras.

—Lo que más me entristece es la precisión con la que se mató a los perros. Tal vez porque sé lo que estaba por venir en los años posteriores, cuando se asesinó a millones de personas de la forma más eficiente y barata posible. Las perras, los perros, los cachorros se reducen a ecuaciones en las que la equis es igual a muerte y la solución es el honor.

—¿Ecuaciones? —pregunto, pero la señora Thorkildsen lo deja pasar. En lugar de contestar a mi pregunta, dice:

—Hay un par de cosas que debo contarte sobre «El gran viaje al medio de ninguna parte». Cuando el Jefe regresó del Polo Sur, fue bien recibido en todas partes. También donde no era bien recibido. Te puedes imaginar que los ingleses estaban un poco enfadados con el homenajeado conquistador del Polo Sur, y eso fue antes de que encontraran los restos congelados de la expedición de Scott. Los británicos, con deportividad y la boca pequeña, invitaron al Jefe al banquete de la victoria en Londres. Lord Curzon era el presidente de la Royal Geographical Society y le correspondía hacer un brindis por el invitado de honor. En su discurso, como era de esperar, destacó el uso de los perros por parte de los noruegos.

—Naturalmente —intervengo.

—«Permítanme que sugiera tres hurras... ¡por los perros!», dijo.

—¡Ja! ¿De verdad dijo eso?

—Lo dijo. Y, a diferencia del Jefe, los perros recibieron sus hurras.

—¿Y el Jefe se enfadó?

—¡Imagínate! Le molestó durante el resto de su vida. Un par de años antes de morir, publicó una autobiografía tan fea y tan dura que lo despojó de su honor y de los pocos amigos que le quedaban. En el libro, vuelve a contar la historia del ofensivo discurso de Londres con una pluma que gotea rabia. No lo olvidó nunca.

—Se lo merecía. Ya está bien que le molestara. Uno no puede

quedarse de pie en la parte de atrás del trineo. Nada es tan sencillo.

—Eso no fue lo único que sintió el Jefe. Durante toda su estancia en la Antártida, sufrió de dolores anales.

—¡Ay! Es imposible llegarse ahí por mucho que te esfuerces. Seguro que fue incapaz de lamerse ahí solo.

—No lo creo, no.

—¿Así que se pasó todo el viaje de ida y vuelta al Polo Sur con el culo dolorido?

—Se aplicaba algunos ungüentos, pero no sé si le servían de mucho. Puede que la diferencia entre un ligero dolor en el trasero y un dolor intenso no sea tan grande, al fin y al cabo.

—Tal vez fuera eso lo que lo motivara a seguir adelante. Ese dolor tan fuerte en el trasero.

—Dicho así, parece que Roald Amundsen fuera un gato que corre colina arriba porque alguien le ha untado mostaza debajo de la cola.

—Quizá sea una buena comparación.

—¿El viaje al Polo Sur como síntoma de irritación anal?

—Picor anal mental. Y la clave no está en llegar, sino en volver. El Jefe fue el primero en volver del Polo Sur.

—Gira que te girarás, siempre tendrás el culo detrás.

—Cierto.

El capitán Scott está en el Polo Sur, agotado y derrotado. Una expedición honrosa de pronto se ha convertido en una retirada humillante y aún está a medio camino. La vida ya no parece tan importante. Pero ¿la muerte? La muerte sí que lo es.

El capitán Scott quiere morir y se le concede el deseo. Los

cuatro hombres de su equipo también han de morir para que se cumpla ese deseo, cada cual de una forma más miserable. Mueren como mueren los animales libres, como los vegetarianos piensan que deberían morir los animales, de enfermedades horribles que atormentan el cuerpo hasta su último aliento.

Así son las cuentas, para ti que sabes contar:

El Jefe, con sus decisiones, acaba con la vida de una cantidad desconocida de animales autóctonos y una manada enorme de perros, mientras que el capitán Scott, aparte de los animales que caza, le quita la vida a una docena de caballos, a sus compañeros de equipo y, por último, también se quita la vida a sí mismo.

¿Quién es peor?

El resultado de esta ecuación es una historia. O, mejor dicho, dos historias distintas sobre llegar al mismo no-lugar, sólo para darse la vuelta y regresar a casa. Una de ellas se escribe con sangre humana. La otra, con sangre canina.

Imagina que todos los participantes, el Jefe incluido, tuvieran que guardar el secreto. Estás invitado a ser la primera persona en llegar al punto más meridional del mundo, pero no puedes contárselo a nadie. Se publicarán todos los datos científicos, por supuesto, y la bandera noruega en el Polo Sur seguirá siendo la base de unas reivindicaciones territoriales que nadie reconocerá nunca. La única diferencia es que tú no podrás contar la historia. Todo el mundo sabrá que alguien ha estado allí, pero nadie sabrá que fuiste tú. ¿Quién quiere ser el primero? ¿Nadie?

A fin de cuentas, de eso se trataba todo, ¿no? De escribir una historia más para las estanterías de la Biblioteca. Yo creo que la señora Thorkildsen está subestimando la recompensa del Gran Viaje. Cuando se lo digo, rechaza mi idea.

—¿Así que tendríamos que estar encantados con la guerra porque se escriben muchos libros sobre ella?

Como siempre que saca la carta de la guerra, no hay nada más que decir.

Por supuesto, el capitán Scott tenía miedo mientras avanzaba con gran esfuerzo al frente del trineo. En primer lugar, tenía miedo de que el viaje al Polo Sur fuera en vano y, después, cuando el miedo se convirtió en certeza, tenía miedo al dolor, al frío, a la vergüenza, al hambre, a la enfermedad y a la muerte. Si hubiera usado (¡y hubiera comido!) perros, quizá todos hubieran sobrevivido. Un solo filete de perro, tal vez con hígado de guarnición y... ¿quién sabe? Estuvieron a punto de conseguir llegar hasta el Polo Sur y volver sin perros, pero, aun así, la moraleja es la siguiente: ¡Llévate un perro!

Pero, si ya estás vagando por la tundra helada cuando te das cuenta de que no vas a sobrevivir, puedes aprovechar el tiempo, siempre que tengas a mano bolígrafo y papel. Con papel y un bolígrafo, uno puede contar la historia después de muerto. La señora Thorkildsen, por ejemplo, no habría sobrevivido una expedición al Polo Sur, pero, como la conozco, sé que se llevaría papel y un bolígrafo para que su dramática historia sobreviviera, aunque ella cayera muerta. Ninguna historia parece más real que la de los muertos.

Dicen que la historia la escriben los vencedores. La carrera hacia el Polo Sur es la excepción que confirma la regla. La obra en dos tomos del Jefe con medidas científicas y descripciones meteorológicas fue un éxito de ventas, pero la muerte de Scott se convirtió en el relato. Los noruegos llegaron primero, pero los ingleses vencieron. Ganaron la historia. Los estudiantes ingleses aprendieron que Scott había llegado primero al Polo Sur, pero había tenido la mala suerte de morir heroicamente en el camino de vuelta a casa. Esa historia es mucho más agradable, aunque los cadáveres estén igual de fríos.

Se celebraron muchas cenas de gala en honor al Jefe, pero todas le empezaron a saber a filete de perro. Al final, todo se precipitó hacia el desastre de una manera totalmente innecesaria.

Una vez, la señora Thorkildsen me enseñó una foto que se tomó una hora antes de que el Jefe desapareciera del mundo en una máquina voladora. Estaba sentado solo, aparentaba más de los cincuenta y cinco años que tenía y, por su aspecto, se diría que había perdido algo. ¿Un partido de fútbol? ¿Una amistad? ¿Una vida? Es imposible saber en qué estaba pensando. Tal vez, sus pensamientos estuvieran en el otro extremo del mundo, diecisiete años atrás, junto a un hombre esperando que, en mitad de un infierno aullador, la muerte le trajera la vida eterna. El Jefe sabía que iba a morir en las próximas horas, y creo que le parecía bien. Ya había vivido mucho. Ya había tenido bastante. La muerte es una liberación. En eso el Jefe y la señora Thorkildsen no son tan distintos.

O, tal vez, estuviera sentado en su barco aéreo, incómodo por culpa de sus horribles picores anales.

Al final, el Día del Juicio Final, al Jefe también se lo juzgará por el perro que escogió. La expedición al Polo Sur era un negocio y los perros eran tanto herramientas como provisiones, pero ¿qué tipo de perro tenía en casa? Esto es como una prueba de Rorschach. «Muéstrame tu perro y te diré quién eres».

Es una pena que mandaran a Coronel a vivir con Oscar Wisting antes de que el Jefe volviera de su gira. Me habría gustado mucho que el Jefe no pudiera dormir por las noches escuchando aullar al último superviviente de los perros del Polo Sur en su patio trasero. Veinticinco kilos de carne, muchas toneladas de mala conciencia.

¿Qué perro crees que escogió el héroe polar?

La respuesta correcta es: ¡un san bernardo!

No es broma. Sí, una de esas bestias parsimoniosas que parecen osos que han esnifado pegamento. El Jefe probablemente basó su elección en que los perros de esa raza tienen fama de ser buenos guardianes. Pero, en serio, ¿qué asocias a un san bernardo?

Salvación. ¿A que sí?

Con un barril de agua de dragón al cuello, el amable perrito de peluche encuentra a las víctimas completamente desvalidas y atrapadas en la nieve y las rescata. Las saca del frío trayendo consigo la civilización en su forma más líquida. Sé que muchos perros estarán en desacuerdo conmigo, pero lo que tenemos ante nosotros es lo más diametralmente opuesto que existe a un perro de Groenlandia, al menos en lo que respecta al papel que desempeña cada raza en la vida humana. El perro polar expandió el territorio de los humanos llevándolos cada vez más lejos en el frío; el san bernardo, los volvió a sacar de allí. Éste último puede llevarse de maravilla con los niños. El Jefe no tiene hijos.

¿Qué hace un hombre vestido de piel de lobo con un san bernardo?

Al final, sólo queda una pregunta por hacer. Es el tipo de pregunta que uno se piensa si debe plantear, porque la respuesta resonará en su corazón durante el resto de su vida. Una respuesta positiva es como un sol que brillará para siempre. Un «no» es una nubecita oscura de eterna lluvia. Una tercera alternativa es, por supuesto, callarse y seguir viviendo con la duda, pero ya me conoces.

—¿Soy un buen chico?

La señora Thorkildsen me sonríe. Lo huelo.

—Sí, Tassen —me dice—. Eres un buen chico.

41

CLARO QUE ME ARREPIENTO. Me arrepiento de no haberle preguntado a la señora Thorkildsen si tenía una golosina guardada, pero no me dio tiempo porque el Cachorro volvió de repente de dondequiera que estuviera. Y tenía prisa.

Si lo conociera mejor, diría que está cambiado. El Cachorro se pone el abrigo que ha dejado en la butaca, la butaca que es igual que aquélla en la que se sentó la señora Thorkildsen a dormitar mientras el Comandante se moría, y lo hace con una gravedad que no parece suya. Al menos, no se parece a lo que yo conozco de él. ¿O soy yo quien ha cambiado ahora que la señora Thorkildsen ha proclamado póstumamente que su hijo es el nuevo líder de la manada? ¿Lo veo con otros ojos ahora que sé que él es el número uno? Tal vez el Cachorro siempre haya sido tan decidido en sus movimientos, tal vez siempre me haya evitado con la mirada.

—¡Vamos! —dice el Cachorro.

Un mensaje claro, pero titubeo. No me parece bien alejarme de la señora Thorkildsen, por muy muerta que esté. Ojalá me ayudara un poco, pero la señora Thorkildsen no dice nada.

—¡Vamos, Tassen! —repite el Cachorro, y entiendo por la entonación que no tengo nada más que pensar, a menos que me apetezca que me sacuda en el morro.

Ha llegado la hora de darle las gracias por la comida a la señora Thorkildsen. Gracias por los paseos. Gracias por rascarme. Gracias por lo que entendías y por lo que no. Gracias por quererme. Gracias por los rollitos de canela. Y por las tortitas rellenas de carne y salsa marrón. Me dio pena que dejaras de hacerlas cuando se fue el Comandante, pero así son las cosas. Ahora es demasiado tarde. Gracias por cuidar del Comandante. Gracias por llevarme al museo del buque polar. Gracias por no matarme de un golpe y rellenarme de serrín. Gracias por dejarme dormir donde me apeteciera. Gracias por la pelotita verde que hace pip, pip. Gracias por los lobos de papel. Gracias por ser tan buena.

¿Se me olvida algo?

Seguro. Pero así son las cosas. La memoria de un perro tiene la forma aproximada del universo y no puede hacerse gran cosa al respecto.

Sé lo que diría la señora Thorkildsen si tuviera que resumir toda su sabiduría vital en un solo consejo: «Sé bueno», diría.

A mí me lo decía. Mucho. Y seguiré intentándolo, aunque sea más fácil decirlo que hacerlo. Por lo general, uno destroza el zapato con los dientes antes de darse cuenta de que ha hecho algo malo.

El Cachorro tiene unos cables metidos en las orejas. El Cachorro habla mientras conduce y yo estoy hambriento.

—No hay cambios —le dice al aire—. Está allí, pero es como si no estuviera.

—Estoy bastante de acuerdo, pero... —digo, pero el Cachorro me interrumpe.

—Es imposible saberlo. Tassen se volvió loco, pero no sé si ella se dio cuenta de que estaba allí... No hubo ningún cambio... He hablado con la policía hoy...

Es del todo imposible colar una palabra entre medias, tanto como entender de lo que está hablando el Cachorro.

—Al final, han decidido que no van a hacer nada más... Confiscarán el arma y eso es todo. Ni multas, ni nada... De camino a casa... Hasta ahora...Adiós.

Se hace el silencio, pero el Cachorro se pone a toquetear unos botones hasta que, que Dios me asista, suena música en el coche. Por suerte es reggae. El reggae es música sin violines.

El Cachorro vuelve a hablar. Habla alegre y animado ¡y se dirige a mí!

—No lo sabías, Tassen, pero nuestra querida mami llevaba un revólver en el bolso.

¿Querida mami? ¿Y esa quién es? En lugar de darme la oportunidad de responder, el Cachorro prosigue.

—Nosotros tampoco lo sabíamos.

Termina la canción y suena un anuncio. ¡De pomada anal! Tiene que ser una señal.

—Mamá iba por ahí con un puto revólver en el bolso. ¡Podría haberte disparado, Tassen! Un tiro en el cráneo de un Smith & Wesson. Habría sido un titular memorable: «Mujer borracha dispara a un perro».

No puedo imaginarme a la señora Thorkildsen haciendo algo así. Antes de apuntarme a mí, se habría llevado el famoso revólver a la cabeza y habría apretado el gatillo. Ahí tienes la diferencia entre Margrethe Thorkildsen, de soltera Lie, y Roald Engelbregt Gravning Amundsen.

—No le temo a la muerte —decía la señora Thorkildsen—. Y, cuando se me olvida que no le temo y me despierto encogida y asustada en mitad de la noche, me recuerdo a mí misma que lo peor que podría pasarme ahora mismo sería tener una larga vida.

• • •

He empezado este día tan ajetreado encerrado en una jaula. Lo termino encerrado en un coche. Puede que sea un avance, pero no me lo parece. Me cuesta creerlo. No recuerdo haber hecho nada malo, pero aquí estoy, hambriento y solo en un coche en mitad de la noche.

—¡No! —dijo el Cachorro cuando, como es natural, me disponía a salir del coche tras él cuando aparcamos en la entrada—. Tú te quedas aquí. ¡Quieto!

Y cerró de un portazo.

Es un mensaje sorprendente y decepcionante en sí mismo, pero ni en mis más locas fantasías me habría imaginado que sería una cadena perpetua. También es cierto que no tiene por qué durar tanto tiempo. No dudo que estoy a muy poco de ser el próximo perro que salga en el periódico tras una calurosa y desagradable muerte en un coche. Cuando salga el sol y caliente el interior del coche, se cocinará la sopa. O, mejor dicho, me cocinaré yo. Perrito caliente. No hace falta un revólver ni un hacha para cargarse a un perro, basta con no bajar las ventanillas del coche para que la pobre criatura pueda respirar un poco. Todas las ventanillas están cerradas herméticamente y, a pesar de la limitada capacidad de los perros de prever y planear el futuro, comprendo que esto será un infierno. Ya es un infierno.

Por suerte, existe una solución cuando la vida es un infierno, un método que la señora Thorkildsen dominaba de la cabeza a las yemas de sus artríticos dedos: mueve un poco el culo y no te molestará más el clavo. Piensa en otra cosa. Por eso es bueno tener siempre demasiadas cosas en las que pensar.

No hay perros en la Antártida.

Ya no. De un plumazo, la aventura del Polo Sur ha llegado a su fin tras casi cien años. No se admiten perros. Así son las cosas. Los perversos pingüinos y las estúpidas focas de repente necesitan todo el continente para ellos solos.

A los perros los sacrificaron o los mandaron lejos. Lo mismo de siempre. Y, desde entonces, no ha habido perros por esos lares, salvo uno. Es de plástico y sirve de alcancía para recolectar dinero para los perros guía de Australia. No creo que haya que contarlo. Si un perro no está relleno de vísceras jugosas, sino de serrín o de calderilla, no se lo puede considerar un perro de verdad.

La ley que prohíbe que los perros visiten (¡!) o se establezcan en la Antártida no es, como habrás adivinado, una ley natural, sino una creada por los humanos. Como si no les bastara con dominar la cadena alimentaria sin fuerza, garras o dientes afilados, los humanos también se han hecho los dueños y señores que deciden quién puede vivir en qué parte del mundo. Los humanos son, de todos nosotros, quienes expulsan a una criatura de un continente porque allí «no encaja». ¡Como si los humanos encajaran en algún sitio!

La esperanza es lo último que se pierde, dicen ellos. Siempre me ha gustado esa expresión. Podría decirse que es la variante humana de «uno nunca sabe cuándo lo espera una golosina». Y lo bueno de las golosinas, y lo bueno de la esperanza, es que basta con tener un poquito.

«Algunos se escaparon».

Tres sencillas palabras del puño y letra del Jefe. Lo mejor que escribió, en mi humilde opinión. Unos cuantos perros desaparecieron durante la marcha hacia el Polo Sur. Me imagino que entraron en razón. «Se acabó». El lema de los lobos. Lo que pasó con los perros que se escaparon no lo sabe nadie. Probablemente murieron. Claro que murieron. Congelados, si no murieron antes de hambre.

Pero, como diría la señora Thorkildsen: ¿Podemos estar seguros?

Los perros de Groenlandia se sienten cómodos en el entorno

antártico, más que cualquier otro animal de cuatro patas que lo haya intentado. Tampoco falta la comida. Estoy seguro de que a los perversos pingüinos no les vendría mal tener algún depredador natural más. Tienen que espabilar, claramente, y puedes decir lo que quieras de tener un lobo pisándote los talones, pero, desde luego, sirve para despertarte.

Seguro que los perros que se escaparon tuvieron una buena vida con una dieta estable de pingüinos y focas, y seguro que se aparearon sin parar y formaron varias manadas que viven desperdigadas por todo el Polo Sur, al refugio de la oscuridad invernal. ¿No es eso lo que dijeron los científicos? ¿Que no sabían cómo de rica sería la vida animal allí abajo durante el invierno?

El *lupus antarcticus* aúlla a la aurora austral.

Digámoslo así.

42

Un día que volvíamos a casa después de una incursión exitosa al Centro, la señora Thorkildsen se detuvo por casualidad a leer un cartel que alguien había tenido la poca vergüenza de colgar de una farola junto a la parada del autobús. Como los perros no sabemos leer, tuve que preguntarle qué ponía en el cartel.

—Se ha perdido un gato.

—Lo dudo —repliqué—. Seguro que sólo ha desaparecido.

—Se llama Tassen —prosiguió la señora Thorkildsen.

—¿Disculpa? —pregunté.

—Lo pone ahí —respondió la señora Thorkildsen.

—Tiene que ser un error —dije—. Tassen no es un nombre de gato. Seguro que es una errata. Tassan, tal vez. Eso suena más a nombre de gato, ¿no crees? Un poco más exótico.

—Tassen, el gato bengalí —insistió la señora Thorkildsen.

Más tarde, esa misma noche, mientras yo me revolcaba en un montón de ropa sucia en el lavadero, un pensamiento me pasó por la mente a la velocidad del rayo: ¿Y si soy un gato?

Sé qué suena lamentable, pero, en aquel momento, envuelto en el aroma de la ropa sucia de la señora Thorkildsen, me pareció una crisis existencial aguda:

¿Cómo puedo saber que no soy un gato? La señora Thorkildsen me da comida de perro, me habla como a un perro y me trata como a un perro, pero ¿y si todo eso formara parte de una gran conspiración? Las ideas de ese tipo son las que pueden desmotivar, deprimir y aletargar a un perro como yo.

Aun así, volví a ponerme en pie, tanto literal como figuradamente. Se había hecho de noche, pero estaba muy despierto. Normalmente, no me preocupa cuando no puedo dormir. Ya dormiré cuando sea. Además, la segunda mejor cosa del mundo, después de quedarse dormido en la ropa sucia, es quedarse tumbado y despierto entre la ropa sucia. Pero aquella noche estaba inquieto. Algo me decía que tenía que ir a la cocina, pero, cuando llegué, lo único en que podía pensar era que tenía que salir al pasillo, donde recibí el mensaje de que debía volver al baño… y así di unas cuantas vueltas más hasta que me obligué a abandonar ese patrón de conducta y me dirigí al salón.

En el suelo, frente a la chimenea, estaba el último lobo de papel. Coronel. Todos los demás estaban en la repisa. De pie, ahí solo, no parecía ni fuerte ni amenazador. A decir verdad, parecía frágil. Solo. Yo también tengo miedo cuando estoy solo. La señora Thorkildsen también, diría yo. No puedo saberlo, porque nunca he visto cómo es cuando yo no estoy, pero diría que estoy en lo cierto.

Es posible que los perros tengamos nuestros defectos, tanto en lo que respecta a los zapatos como en lo referente a los códigos morales, no lo voy a negar. No sé qué es el amor, ni para qué sirve. Nunca aprenderé a leer la hora, ni a conducir un coche. Siempre dejaré suciedad a mi paso y no hay perros que no suelten pelo. Los perros que no sueltan pelo son un mito humano. Y, cuando no hay trineos de los que tirar, invasores a los que atacar o presas que cazar, ¿qué se hace? ¿Quién es uno entonces?

Lo mejor a lo que puedes aspirar en el mundo es a tener compañía. Ya sea para sufrir o para disfrutar, durante una coronación o una ejecución: todo es mejor en compañía. Puede que digas que todo se fue a la mierda con la señora Thorkildsen, pero ¿sabes qué? No estuvo tan mal, porque yo acompañaba a la señora Thorkildsen. Y ella a mí. Eso era lo que teníamos en común ella y yo. Lo que nos unía. Nos hacíamos compañía.

• • •

¡Hay alguien detrás del coche!

Encerrado en el coche, estoy en un callejón sin salida. Un ser desconocido se pasea por la parte de atrás del coche y lo sacude y balancea mientras yo intento reaccionar de alguna manera. No lo consigo. Cada vez estoy más paralizado por el miedo, hasta que la puerta se abre y, entonces, creo que todo ha llegado a su fin. Pero sólo es el Cachorro. Gracias a Dios, es el

Cachorro. Debería haberme dado cuenta de que era el Cachorro. Le cuento con todo detalle cuánto lo quiero y cuánto lo he extrañado.

Me ignora de tal manera que siento escalofríos. A ojos inexpertos, podría parecer antipático, pero, créeme, el Cachorro no es antipático, sólo es quien manda. Es el tipo de persona que no necesita tirar de la correa para que hagas lo que él quiere.

No hace falta que hablemos. Tampoco hay muchas situaciones que requieran una conversación, ¿no? Un perro y su amo no necesitan tener más en común que un objetivo. Y basta con que uno de los dos sepa cuál es, mientras los dos sepan viajar juntos. Se suele viajar mejor en silencio.

En la vida con la señora Thorkildsen, tenía que tomar numerosas decisiones, pero, en esta nueva vida, creo que puedo delegarlas casi todas en el Cachorro. Tal vez consigamos, con un poco de ayuda por mi parte, convencer a la Perra, hacerle ver que soy «inteligente y despierto». Tal vez exista un futuro en el que pueda tumbarme en el sofá, aunque sea blanco.

Estoy volviendo a cometer el mismo error. Pensar y planificar algo distinto a lo que hay. Tengo que adiestrarme para estar aquí y ahora, con todo mi ser. ¡Sé que soy un perro! Pero mis instintos se han adormecido tras una vida con el bol de comida siempre lleno. Ése es el destino de los perros domésticos. Tal vez sea una ventaja que los perros no sepan de estos peligros mientras sacuden la cola para dar las gracias por la comida. «Si los perros están felices, todo va bien». La felicidad del ignorante, se la llama. Ése es el privilegio de los animales. El privilegio de los humanos se llama conocimiento.

Ya no confío en mi hocico viejo y cansado, pero juraría que nos dirigimos hacia el bosque.

No sé si vamos al mismo coto de caza al que fuimos la última vez que entramos en el bosque, pero, como digo, reconozco el olor, así que la pregunta sólo me la hago por interés geográfico. Y la geografía no es tan interesante en un mundo en el que el norte se vuelve sur y arriba se vuelve abajo cuando conviene.

Mis impulsos y mis instintos me piden que salte, brinque y desaparezca corriendo entre los arbustos. Que baile y ladre con toda la fuerza de mis pulmones.

Hemos vuelto. La eterna e imbatible simbiosis del perro y el hombre. La combinación de nuestras cualidades, destrezas y herramientas nos convierte en adversarios formidables para todos los seres del mundo. Yo tengo instintos, sentidos, resistencia y energía. Él tiene pulgares oponibles.

Despierto y alerta, pero manso, como si estuviera dando un paseo por el parque con la señora Thorkildsen, avanzo tranquilo por el camino. Muestro lo mejor de mí. Con la pata por delante y la cola por detrás.

La vida es bella.

AGRADECIMIENTOS

Gracias a:

Halfdan y Knut, Tor Bomann-Larsen,
Hanna Høiness, J. Basil Cowlishaw
y al OMI International Arts Centre
de Hudson, Nueva York.

Un agradecimiento muy especial a mi buen
y viejo amigo Lasse Kolsrud que diseña y
recorta lobos de papel. «No te olvides…».

Las citas las he tomado de:

Polo Sur, de Roald Amundsen

kykelipi, de Jan Erik Vold